Gigi Paoli

Oltre

GIUNTI

Giunti Editore si impegna per uno sviluppo sostenibile
con l'utilizzo di carta certificata FSC proveniente
da fonti gestite in maniera responsabile.

www.giunti.it

Via Bolognese 165 – 50139 Firenze – Italia
Via G. B. Pirelli 30 – 20124 Milano – Italia

Prima edizione: giugno 2024

L'inizio

Zurigo, ore 7.44, 29 dicembre 2010

Non voleva morire.

Non accettava proprio l'idea di dover lasciare tutto quello che aveva costruito.

Poi si corresse mentalmente, cercando nel letto una posizione che gli avrebbe potuto attenuare il dolore, ma che non trovava mai.

La morte è…, pensò a quale aggettivo usare, *superabile?*

Aggirabile?

Sì, sorrise dentro di sé, *forse è aggirabile.*

Io non voglio lasciare cosa ho ideato, cosa ho realizzato e cosa sto per creare.

Non voglio, non posso, non devo.

Non è questo il mio destino, ne sono certo.

La coltellata di dolore al fianco gli tolse il respiro per un attimo, ma non la lucidità, quella mai: non l'aveva abbandonato, neanche quando l'ultimo oncologo interpellato allo Sloan Kettering di New York aveva alzato le mani per arrendersi.

Il corpo era un ammasso informe di cellule impazzite, ma magicamente il cervello aveva opposto una barriera e, di fatto, era rimasto l'unico suo organo interno a non aver deciso, semplicemente, di arrendersi.

Ma quello che il bravo dottore newyorkese non sapeva è che la Scienza sarebbe stata presto in grado di fare miracoli. Forse fra qualche anno, forse già ora, forse proprio grazie a lui.

«I limiti sono fatti per essere superati» lo aveva sempre ammonito il suo vecchio maestro all'università.

Aveva vissuto tutta la vita per renderlo orgoglioso: peccato che fosse morto senza sapere *quanto*, in tutti quegli anni, era riuscito ad andare oltre quel limite.

In fondo, si disse, non lo sapeva davvero neanche lui.

Poco male.

Fra qualche ora lo avrebbe scoperto.

«*Wie geht's Ihnen heute, Herr Escher?*» gli disse l'infermiera che occupava la stanza comunicante con la sua suite.

E come vuoi che stia oggi?, pensò l'uomo, guardando il suo corpo che ormai si era arreso, pieno di tubicini che lo penetravano ovunque, gli immettevano liquidi, gliene toglievano altri.

Ma lei era pagata, e molto bene, per farlo soffrire il meno possibile: la sua disponibilità di morfina era illimitata e i soldi che lui le passava le permettevano di sperare in una vecchiaia serena, dato che era sola e senza figli.

Infine, fra i benefit, c'era la camera del Dolder Grand, uno degli alberghi più lussuosi di Zurigo, più grande di quella di casa sua.

L'uomo la guardò, consapevole e confidente in una speranza che Hanni, la sua fedele infermiera, non poteva conoscere, e disse solo: «*Gut, danke*».

Bene, grazie.

Ma il motivo per cui stava bene, ma bene davvero, in quel

preciso istante della sua lunga e complessa esistenza, lo sapevano solo lui e pochissimi altri.

Perché quel giorno appena iniziato era finalmente arrivato.

I limiti sono fatti per essere superati. Percepì la voce del suo professore, chiara e forte, nella mente.

Non era mai stato così pronto in vita sua.

Hanni aprì con calma le pesanti doppie tende che oscuravano la stanza e nascondevano il magnifico paesaggio che si estendeva oltre l'immensa parete in vetro.

La luce lattiginosa dell'alba dava l'impressione di essere dentro a un quadro di Thénot, il pittore francese che aveva scelto la Svizzera come soggetto delle sue opere.

La vista era stupefacente, perché il Dolder, un vero e proprio castello delle fiabe costruito nel XIX secolo, era accoccolato su una collina che dominava Zurigo: e quindi, dalla suite giusta, e quella era davvero giusta, spostando lo sguardo da sinistra a destra si potevano vedere il lago, la città, la valle e anche le Alpi che, in lontananza, dominavano tutto.

Era la Natura alla sua massima potenza.

Niente può essere paragonabile *alla forza e alla bellezza della Natura*, aggiunse la sua mente, mentre veniva aiutato da Hanni a mettersi seduto sul letto.

Sorrise e rispose a se stesso: *Questo, mio caro amico, non è del tutto esatto.*

Ci volle un'ora per renderlo presentabile e, soprattutto, trasportabile dal suo assistente-guardia del corpo nel grande van Mercedes, nero, con i vetri oscurati, che aspettava all'ingresso del Dolder.

«Herr Escher» scandì Viktor. Si era formato negli Spetsnaz russi, le forze speciali di Mosca, ma poi aveva giudicato molto più conveniente per le sue finanze cedere le proprie capacità al settore privato. Ma di colpi di Stato, in Paesi africani di cui non ricordava neanche il nome, ne aveva visti abbastanza, e dalla Brigata Wagner non se n'era andato; no, perché nessuno se ne va dalla Wagner restando verticale, ma aveva accettato l'incarico più facile del mondo: proteggere un vecchio malato in uno degli hotel più belli che avesse mai visto.

Meglio della sabbia e del fango del Mali. Molto meglio.

Bastava solo portarlo tre volte alla settimana dall'albergo dove viveva alla clinica, per il resto, controllare il piano dove si era stabilito (perché quell'uomo si era preso TUTTO il piano) e sfondarsi di Żubrówka e puttane per il resto delle ore.

E infatti, quella notte…

L'anziano lo guardò, sorrise sbavando, e Viktor ebbe la netta sensazione che gli avesse appena spiato i pensieri, che si erano interrotti proprio nel momento in cui ammanettava la ragazza alla testiera del letto.

Controllò che la Beretta M9 fosse al solito posto sotto l'ascella e iniziò a spingere la sedia a rotelle dove Hanni aveva messo il suo assistito.

Un altro noioso viaggio albergo-clinica-albergo, pensò.

Non avrebbe mai saputo quanto si stesse sbagliando.

Il van Mercedes V 300d scese lentamente la collina del Dolder ed entrò in città.

Viktor fece quello che il suo cliente gli aveva chiesto: per arrivare alla clinica non seguì la via più breve, ma fece il giro largo.

Lui aveva eseguito senza fare domande, da buon militare, come era sua abitudine da sempre.

L'auto scese lungo la Zürichbergstrasse e imboccò la Rämistrasse.

«*Langsamer, bitte.*» Più lento per favore, sentì dire Viktor, che immediatamente alzò il piede dall'acceleratore, puntò gli occhi sullo specchietto retrovisore e vide l'anziano guardare fuori.

Il suo sguardo puntava verso la Kunsthaus, uno dei musei più importanti di Zurigo, famoso perché dall'esterno sembrava la prigione di un mondo distopico.

Ma all'interno, oh, all'interno… il vecchio chiuse gli occhi e li rivide tutti: Monet, Van Gogh, Rodin, Cézanne, quanta meraviglia.

Quando li riaprì, il Quaibrücke, lo storico ponte sul fiume Limmat, con le sue torri ferocemente puntate verso il cielo, gli fece capire che solo la pomposa facciata dell'Opera di Zurigo li divideva dall'ultima fermata.

La Klinik Pyramide am See era immersa nel verde, a due passi dalle acque del Lago di Zurigo. E si chiamava così per la sua forma incongrua, o meglio, incongrua per un boschetto della Svizzera, perché magari al Cairo sarebbe stata perfetta.

Era infatti una struttura tutta specchi, a forma di piramide, che ospitava una delle cliniche private per malati oncologici più prestigiose della città.

Poi c'erano anche altre due cose, che però nessuno sapeva.

La prima è che facevano molto altro, oltre a curare i tumori.

La seconda è che la società proprietaria era un po' strana, in quanto partiva bene, avendo la sede regolare in una banca svizzera, poi un'altra sede in Lussemburgo, ma poi il film cambiava, perché, se qualcuno avesse voluto indagare più a fondo, sarebbe finito contro il muro di una fiduciaria del Liechtenstein e di un trust alle Cayman.

Un lavoraccio, pensò l'anziano, mentre il montacarichi della Mercedes faceva scendere la sua sedia a rotelle davanti all'ingresso, *e poi non posso neanche dire che è tutta roba mia.*

Cosa sarebbe accaduto quel giorno, be', lo sapevano solo in pochi, quelli indispensabili.

Chi avrebbe avuto, o dovuto avere, un ruolo.

Gli altri, chi più chi meno, non avrebbero visto altro che l'ennesimo povero vecchio, malato terminale di cancro, arrivare lì e spendere vagoni di soldi per prolungare una vita che urlava disperatamente la sua fine.

Altri ancora, purtroppo, sarebbero stati sacrificabili.

E sacrificati.

Il corpo di Hanni fu trovato ai piedi della collina del Dolder, in un boschetto, impiccato al ramo di un albero per *una disperata solitudine* come c'era scritto nella lettera ritrovata dagli agenti di polizia, giunti sul posto già annoiati per l'ennesimo suicidio.

Viktor, invece, sparì letteralmente col suo van Mercedes dopo essere uscito dalla clinica – come mostrò una telecamera di sicurezza alla polizia svizzera – e non aver fatto ritorno lì tre ore dopo, come avrebbe dovuto fare, per riprendere il suo cliente.

Dalla Wagner, si sa, non esci mai in verticale.

Ma qui la Wagner non c'entrava nulla, era solo la soluzione più facile.

Più difficile, anzi impossibile, che Viktor potesse essere riconosciuto quando fu trovato cadavere, ammanettato al letto di una puttana con il volto sfigurato e tumefatto, senza documenti. Né le impronte né il DNA bastarono a dargli un nome.

Qualcuno, quello stesso pomeriggio, si presentò poi al concierge del Dolder per pagare il conto di Herr Escher.

Una cifra esorbitante che l'albergo, senza fiatare, ricevette in contanti all'interno di una valigetta.

E poi ci fu un'altra cosa piuttosto strana: quando il servizio di pulizia si presentò al piano occupato da Escher non ci fu proprio niente da pulire.

Tutto perfetto e in ordine, come se in quei mesi non ci avesse mai vissuto nessuno.

O come se una squadra di dieci persone avesse bonificato tutto entrando e lasciando l'hotel dalle uscite di sicurezza.

Già.

Herr Escher si accomodò nel letto della nuova camera con vista lago, scelta per l'occasione speciale.

Un'infermiera gli portò un bicchiere d'acqua e un quadratino di cioccolato al latte.

Li posò sul ripiano al fianco del letto e se ne andò.

Conosceva la procedura: sciolto nell'acqua c'era un farmaco per evitare nausea e vomito, molto amaro, che la dolcezza del cioccolato avrebbe compensato.

L'uomo bevve, addentò il quadratino e attese il ritorno dell'infermiera.

Un cumulo di nuvole basse non impediva la visione del Lago di Zurigo e della meraviglia che lo circondava.

La Natura è davvero bellissima, pensò.

L'infermiera tornò con un altro bicchiere d'acqua e un altro quadratino. E stavolta non uscì.

L'anziano prese il bicchiere e bevve tutto d'un fiato, senza toccare il pezzetto di cioccolato.

La donna annuì e se ne andò in silenzio come era venuta.

I limiti sono fatti per essere superati, fu il suo pensiero chiudendo gli occhi.

Non voleva morire.

E non sarebbe stato quello il giorno.

1

Roma, ore 2.43, 19 aprile 2023

Si svegliò nel buio.

Sentì il tessuto del cappuccio che gli copriva la testa e si accorse che era legato.

Si accorse che era legato e completamente nudo, prono.

Poi sentì il rumore soffocato di alcuni passi.

Al buio, legato, nudo.

E qualcuno era accanto a lui.

Urlò.

Nessuno rispose.

Urlò ancora e chiese aiuto, chiese chi ci fosse lì con lui.

Chiese perché.

Nessuno rispose.

La paura stava già mutando in terrore, il terrore avrebbe presto cambiato pelle, come i serpenti, trasformandosi in panico puro e incontrollabile.

Sapeva che il percorso della sua mente sarebbe stato questo, inevitabile, ineluttabile come la forza di gravità che fa scivolare un blocco di neve fresca da una montagna e lo trasforma in una valanga mortale, che abbatte e travolge tutto quello che trova davanti a sé.

Lo sapeva, era un uomo di Scienza.

Ma frenare il terrore che erutta da dentro, provare a soffocare il panico che fa perdere il controllo equivale a buttare benzina su una brace calda.

Il fuoco divampa, si moltiplica, si fa feroce.

Si fa, appunto, incontrollabile.

E dunque, l'uomo urlò. E poi urlò ancora. E urlò di nuovo, lasciando che il terrore prendesse possesso anche dei suoi istinti fisiologici.

Se la fece addosso, sì.

E la vergogna, un'impercettibile particella di vergogna, ebbe in lui l'effetto di un panno passato su una lavagna.

E allora pensò. Per un attimo provò a ricordare cosa lo avesse portato lì.

E dove era "lì", poi?

Prima che la paura dell'ignoto, la più irrazionale di tutte, lo ricacciasse nell'abisso, riuscì a fare quello che aveva imparato tanto tempo prima: compartimentare la mente.

«Pensa al tuo cervello come a un sottomarino» gli aveva insegnato il suo vecchio mentore. «Metti i tuoi pensieri ovunque, nei vari livelli, nei diversi locali, ma convinciti che ogni stanza del tuo cervello abbia una porta a tenuta stagna, proprio come nei sottomarini, e se per sbaglio, o per un incidente, uno di questi spazi dovesse allagarsi, tu lo isolerai per proteggere tutto il resto. Una volta in salvo, ti occuperai di riparare la falla. E come i sommergibili tornano sempre in superficie, buttando fuori l'acqua per diventare più leggeri e approfittare così della spinta idrostatica del nostro amico Archimede, anche tu tornerai a galla, dopo esserti alleggerito di qualunque cosa ti possa angustiare.»

Quando, nel 2000, la Marina russa perse il sottomarino Kursk con tutto il suo equipaggio, fece appena in tempo a chiedere un aggiornamento del teorema al suo mentore.

Il vecchio aveva sospirato, anzi, aveva emesso qualcosa che somigliava più a un sibilo, per via dell'enfisema polmonare che l'avrebbe ucciso di lì a poco: «A quei poveri ragazzi avevano consegnato, i loro stessi compagni e amici, un siluro difettoso, che poi era esploso nel deposito delle armi, provocando un danno irreparabile. Figliolo, proteggiti sempre dai tuoi amici, solo loro potrebbero farti esplodere dall'interno. Resta a galla, sempre».

Fece appena in tempo a concludere il pensiero.

Poi, senza preavviso, la sua mente registrò che un altro siluro difettoso era stato caricato a bordo.

Perché in lui tutto esplose.

E fu solo dolore.

Urlò, urlò disperatamente.

Poi svenne.

Si risvegliò nel buio, ancora.

Non era cambiato niente.

Anzi, era cambiata la temperatura, ora c'era un caldo soffocante.

Ecco sì, forse quel ronzìo che sentiva in sottofondo era di un climatizzatore al massimo, anche perché aveva una sensazione di calore proprio sulla schiena.

Niente rumore di passi attorno a sé.

Solo il battito accelerato del cuore, segno evidente della paura che aveva preso pieno possesso del suo corpo e della sua mente.

Era uno scienziato, aveva avuto una vita intera per imparare come nella logica, nella razionalità ci fossero tutte le risposte. Tutte quelle che servivano a condurre una vita piena e appagante.

Ma le domande erano assai più delle risposte e lui aveva sempre trovato il modo di andare oltre, un passo per volta, senza forzare il percorso o cercare scorciatoie.

E ne aveva trovate di risposte a domande che sembravano non averne.

Cosa aveva fatto per trovarsi in quella situazione, dunque?

Con uno sforzo mentale indicibile, provò a strappare quel velo di nebbia che lo avvolgeva, ignorando l'ondata di dolore che partiva dalla schiena e che, improvvisa, oltrepassò la barriera del calore e della paura che lo stavano facendo sudare in modo impressionante.

La sua mente analitica iniziò a mettere in fila i ricordi a breve termine.

Era a Roma, la sua città.

Per l'esattezza, se in quel momento si trovasse ancora a Roma non poteva saperlo, ma si ricordava di aver preso un aereo per tornare a casa.

La mia bellissima casa al Gianicolo e i miei meravigliosi gatti che mi stavano aspettando, pensò per un istante, percependo fisicamente le lacrime che gli inondavano gli occhi.

Ma il cervello, si sa, è una macchina meravigliosa: fa vedere e percepire cose che vanno oltre la dimensione naturale della vita, proprio come l'uomo cui viene amputato un braccio o una gamba e che dice sinceramente di "sentire" ancora l'arto che non ha più.

L'uomo ricordò la sua casa, i suoi gatti e sentì fisicamente le sue lacrime.

Difficile, in realtà, che potesse sentire le lacrime.

Lui non poteva saperlo, dato che era bendato e con un cappuccio sulla testa.

Ma gli occhi non li aveva più.

Non lo sapeva, no, ma in quel preciso momento i suoi bulbi oculari, le sue pupille, le sue iridi marroni, lo osservavano in modo alquanto incongruo da un vasetto pieno di liquido in cui erano disciolti sali minerali, aminoacidi, vitamine, antibiotici e un paio di agenti osmotici.

E forse, per lui, era davvero meglio non saperlo.

1404. 1404. 1404.

Gli tornava in mente questo numero ma, per quanto si sforzasse, non riusciva ad abbinarlo a qualcosa che si collegasse alla sua vita e alla situazione attuale.

Si sforzò.

Trasformò la mente in un sottomarino e ne attraversò alcuni scompartimenti, tenne altre paratie ben sigillate e arrivò davanti, finalmente, alla porta stagna che aveva una targhetta con un numero: 1404.

La mente era potente e aprì fisicamente quella porta.

Volo Air France 1404: partenza dall'aeroporto Charles De Gaulle di Parigi alle 17.40 e arrivo a Roma Fiumicino alle 19.45.

Sì!, esultò dentro di sé.

Anche perché, subito dopo, si rivide al gate del Charles De Gaulle a litigare col personale di terra per via dell'annuncio di un ritardo di almeno quarantacinque minuti dovuto a un guasto all'aereo.

Ero andato a Parigi, dunque, pensò.

Ma continuava a sfuggirgli il motivo, nascosto in una delle mille stanze a tenuta stagna del suo personalissimo sottomarino.

A Fiumicino, pensò ancora, aveva di certo preso il treno che dall'aeroporto, in mezz'ora, portava alla stazione Termini.

Faceva sempre così quando rientrava dall'estero.

Poi aveva sicuramente atteso un taxi e si era fatto portare a casa...

Anzi no, no!

L'aereo aveva fatto ritardo, se lo ricordava bene, così gli era passata la voglia di cucinare. I gatti li avrebbe sfamati sua sorella, che abitava al piano di sotto, in una splendida palazzina Liberty di via Giacomo Medici, meno di dieci minuti a piedi dal Belvedere del Gianicolo, la sua passeggiata preferita.

Si era fermato a mangiare nel solito ristorante all'ingresso di Trastevere, a cinque minuti da casa.

Spaghetti alle vongole, vino bianco e... sì, ora ricordava, molto vino bianco.

Tanto che, a un certo punto, si era accorto di avere difficoltà ad alzarsi dalla sedia.

«Tutto a posto, professore?» gli aveva chiesto il proprietario del locale, che lo conosceva.

Be', quasi tutti sapevano chi era, si disse in un rigurgito di vanagloria.

Era andato in bagno, aveva svuotato prima la vescica e poi l'ultimo bicchiere di vino sul tavolo.

Ricordò di aver pagato e di essere uscito dal ristorante per respirare l'aria della languida primavera romana e provare a superare quella che, a tutti gli effetti, sembrava essere davvero una bella sbronza.

E poi?

Poi… il buio, come adesso.

Di una cosa, però, era sicuro.

Forse.

Casa sua era distante cinque minuti da lì, ma dai suoi gatti non era mai arrivato.

Il rumore di passi riprese ad accompagnare il ronzìo di sottofondo.

E il terrore tornò a sfondare tutte le porte stagne del suo sottomarino, come acqua ad altissima pressione.

«Chi c'è? Chi sei? Che vuoi da me? Chi sei?» chiese urlando senza ricevere risposta.

Il ronzìo nella stanza aumentò, come se il condizionatore avesse cambiato la velocità di ventilazione.

Nitidamente, sentì i passi che si avvicinavano a lui.

«Chi sei? Cosa vuoi da me?» domandò gridando, quasi del tutto fuori controllo.

Una musica d'organo partì all'improvviso, ruggente e inattesa.

Era fuori luogo lì.

La musica salì di tono, come la sua angoscia.

«Che vuoi da me? Chi sei? Che vuoi da me?» ripeteva e biascicava, biascicava e ripeteva.

La musica si placò un attimo, un solo attimo, un paio di secondi, non di più.

E in quel momento sentì una voce, sottile, vicino al suo orecchio.

«Voglio la tua paura, dammi la tua paura.»

Urlò, disperato.

E quando il dolore, estremo, inumano, lo avvolse, urlò ancora di più.

Poi finì tutto.

Anzi no, iniziò tutto.

2

Palaiseau, venti chilometri a sudovest di Parigi, stessa ora, stesso giorno

Si svegliò nel buio.

E nel gelo.

Con orrore e vergogna si accorse che era completamente nuda, perché ogni centimetro quadrato della sua epidermide, dal collo in giù, reagiva al contatto con una specie di metallo freddo su cui era sdraiata a pancia in giù.

D'istinto cercò di voltarsi, anche per allontanarsi da quella superficie gelida, e in quel momento si rese conto che non avrebbe potuto farlo.

Sentì nitidamente i lacci di plastica che le legavano i polsi – così stretti da farle male – e le caviglie agli angoli del piano dove era stata bloccata.

Dove sono stata bloccata, ripeté il suo cervello con un brivido che non era di freddo.

Poi, nella sua brillantissima mente, si vide da un'altra prospettiva, dall'alto, nella posizione in cui era in quell'istante.

Che vergogna, pensò in un rigurgito di imbarazzo per la bellissima donna che il tempo non aveva ancora divorato del tutto: era nuda, prona, a braccia e gambe larghe, come a formare una X col suo corpo.

Una X?

Strana è la vita, fu il suo ultimo pensiero prima di abbandonarsi alla disperazione, *io lavoro proprio in un posto che si chiama così, l'X.*

Gridò, chiese aiuto, sentì la sua stessa voce rimbombare nelle orecchie come un'eco lontana.

Non sentiva alcun rumore, ed era immersa nel buio a causa di quel maledetto cappuccio sulla testa, di cui percepiva il tessuto sulle labbra, assieme a qualcosa di vischioso che sembrava coprirle il volto, come una crema da notte particolarmente densa.

Ma non vedeva niente, e se tentava di muovere le braccia e le gambe il risultato non cambiava di un centimetro.

Era inchiodata a quella lastra di metallo gelido.

Mon Dieu, pensò, *mi basterebbe una mano, una sola mano, per sbrogliare tutto e fuggire da questo incubo.*

Provò a fare forza col braccio sinistro – era mancina – ma in cambio ricevette solo una fitta di dolore all'altezza del polso, là dove il laccetto di plastica, identico a quello usato dalle forze di polizia, iniziava ad affondare nella pelle e a scarnificarla.

Urlò e pianse, pianse e urlò.

Ma era una donna tosta: nella sua professione non avrebbe potuto raggiungere i risultati che aveva ottenuto, se non lo fosse stata.

Così ci riprovò.

E la plastica si fece largo nella carne fino a toccare l'osso del polso.

Mon Dieu, solo una mano, pensò prima di svenire per il dolore.

Ma Dio, nella sua infinita visione, sapeva già tutto e non poteva proprio fare più niente: perché la donna, entrambe le mani non le aveva più.

Le erano state amputate qualche centimetro sopra il laccetto di plastica che le faceva tanto male.

Al dito indice della mano sinistra aveva un meraviglioso solitario di Cartier, quattro carati di purezza straordinaria che al suo ex marito non erano tuttavia bastati per salvare il matrimonio.

Quell'anello magnifico lei lo indossava sempre, anche sul lavoro, per dimostrare al mondo che il suo vero matrimonio era più vivo che mai, oltre che indissolubile: lei era sposata con la Scienza, con X, e nessun amore sarebbe stato più grande di quello.

La maison Cartier, comunque, non avrebbe mai immaginato che un pezzo unico come quello potesse finire su un ripiano di plastica, fra due bisturi e una sega, imbrattati di sangue.

A risvegliarla fu la musica.

Anche perché amava la musica; non solo il fluire delle note, ma quello che c'era dietro, quello che c'era oltre: ne vedeva i connotati matematici, una perfezione che risaliva ai tempi di Pitagora, il primo a intuire l'esistenza di rapporti numerici tra le frequenze.

Ricordava una frase celebre che un suo amico violoncellista le aveva detto una volta: «La musica è il piacere che la mente umana prova quando conta senza essere consapevole di contare».

Si accorse che la sua, di mente, stava invece cercando ad ogni costo di mantenere un appiglio con la realtà, con quel che conosceva, per non cadere nell'ignoto e perdersi.

E dunque la Scienza, la musica, la matematica.

Ma cos'era quella che stava ascoltando? Una sinfonia? Ma sì, la conosceva.

Era l'*Inno alla gioia* di Schiller.

L'Inno alla gioia?

Quale malato di mente può mettere la Nona di Beethoven in una situazione simile?

Che follia è questa?

Perse di nuovo il controllo e iniziò a gridare, a dimenarsi, a lottare per liberarsi da quella trappola che non aveva luce, non aveva uscita, non le dava speranza.

Urlò, pianse, chiese aiuto, chiese perché.

Pianse ancora, chiese ancora perché.

Pourquoi? Pourquoi?

Poi, all'improvviso, come se qualcuno fosse sempre stato accanto a lei per tutto quel tempo, sentì una mano guantata poggiarsi sul suo avambraccio nudo; le sembrò quasi una carezza.

Quoi…?

Non fece in tempo a finire la frase.

Il dolore la trascinò lontano da sé, nel buio.

Quando riprese conoscenza, il dolore se n'era andato assieme a Beethoven; tentò di resettare la sua mente, una sorta di "spegni & riaccendi" che i tecnici informatici usavano come ultima spiaggia per provare a far ripartire un sistema bloccato.

A volte, davvero, funzionava. Non si sapeva perché, non lo sapevano neanche i tecnici stessi, figuriamoci lei, ma il computer magicamente ripartiva.

E dopo arrivava la solita frase: «I computer sono stupidi».

Lei a quel punto sorrideva, non poteva fare diversamente,

ma di stupido, nei computer che aveva conosciuto lei, non c'era assolutamente nulla, anzi. Però non poteva dirlo a nessuno.

Così, mentre il calore di quel luogo sembrava ormai aver trovato la strada giusta per penetrare il suo corpo da ogni parte, perché si accorse che stava ribollendo, provò anche lei a fare "spegni & riaccendi" per tentare di capire come fosse finita lì.

Dài, inizia dalle cose facili, si disse. *Che giorno è oggi?*

Il cervello umano contiene oltre cento miliardi di neuroni, forza, mica si saranno fulminati tutti in una notte.

Una notte?

Ma è giorno o notte?

Stop, si disse con lo stesso tono che riservava ai suoi studenti meno brillanti (anche se da lei, ammise, i meno brillanti non arrivavano proprio).

Ricominciamo da capo, si spronò: *giorno, mese e anno.*

Aggrottò la fronte sotto il cappuccio, sentì tirare la pelle.

Aprile. Ventiventitré. Diciotto. È il diciotto aprile 2023.

Era una sciocchezza, confessò a se stessa, ma le era costato uno sforzo enorme.

Forse mi hanno dato qualche sostanza per stordirmi, si disse, ritenendo inammissibile usare così tanto del suo prezioso tempo per una cosa talmente banale come ricordarsi che giorno fosse.

Ma tutto era importante, a quel punto e in quel momento, perché era un appiglio, come fa uno scalatore che cerca piccoli spuntoni nella parete di roccia per aggrapparsi e salire ancora.

Ignorò un'ondata di nuovo e diverso dolore che le stava risalendo dalla schiena e continuò a fare la sua personalissima *check list* di riavvio.

Cosa ho fatto ieri?

Le apparvero dei volti nella mente, sfuocati, indistinguibili.

Si rivide riflessa in uno specchio delle Galeries Lafayette, ne notò distintamente l'iconico logo col nome, ed ebbe, netta, la sensazione di non essere da sola.

Con chi era?

Merde, non se lo ricordava. Si sforzò, ma non lo ricordava.

Ricordò invece che in seguito non era andata a casa; ora nella sua mente si affollava un'infinità di cartelli stradali, grandi e piccoli.

Nomi di strade, di piazze, di luoghi.

La Gare de Lyon.

La stazione principale di Parigi, era andata lì, ma... *pourquoi?*

Si abbandonò al torpore e, quando si risvegliò, il reset del suo cervello era quasi magicamente completato.

Dalla Gare de Lyon non era corsa a casa sua in rue de Turenne, nel quartiere più bello di Parigi, quello degli antiquari, il Marais.

No, aveva guidato nel traffico dell'autostrada A6, rivedeva i cartelli nella sua testa, ed era tornata di corsa all'X.

L'X si trovava a Palaiseau, una cittadina di trentamila abitanti a sud ovest della capitale, nella regione dell'Île-de-France: un luogo meraviglioso, nella valle di Chevreuse, dove enormi spazi verdi rendono la vita molto più serena e placida di quella a Parigi.

E poi, lì c'è X, la città della Scienza, l'Università, la Scuola.

Dove tutto è cominciato.

L'università intitolata a Pierre e Marie Curie che oggi fa parte della Grande Sorbona.

La Scienza al massimo grado, la ricerca al più alto livello.

Massimo?

Più alto?

La donna si accorse che il caldo era sempre più insopportabile e, pur essendo nuda, stava sudando, tanto. E non le accadeva mai.

La sua mente si abbandonò per un attimo a un esercizio scolastico basilare, un altro dei modi che usava automaticamente per non perdere il controllo.

Sto sudando, pensò, *ed è sudore freddo anche se fa caldo: la sudorazione improvvisa, fredda,* si fece lezione da sola, *è conseguenza di uno stress molto forte perché l'organismo reagisce rilasciando cortisolo e adrenalina, sostanze che inducono vasocostrizione e stimolano le ghiandole sudoripare.*

Ecco.

Per un attimo, un solo infinitesimo attimo, la donna riuscì a rallentare il respiro e il battito cardiaco, cercando di recuperare le forze.

Poi l'*Inno alla gioia* ripartì a tutto volume.

Senza motivo, improvvisamente.

Così come senza motivo, improvvisamente, sentì ridere.

Ridere.

E fu solo terrore.

La musica finì, la risata finì.

La paura no.

Soprattutto perché non aveva minimamente idea del motivo per cui si trovasse lì. E la paura più ancestrale, quella da cui è più difficile riemergere, è quella dell'ignoto.

E dunque l'unica cosa che potesse fare, nuda e legata a una superficie di metallo, era provare a capire come ci fosse finita.

Riprese a fatica l'esile filo dei suoi ricordi.

Era tornata a X, nel suo ufficio, che si trovava accanto al CPHT, il Centro di fisica teorica da lei diretto, un'unità che collaborava anche con il Centro nazionale francese della ricerca scientifica.

Ricordò di aver scritto qualcosa al suo computer e di essersi avvicinata alla finestra che dava sul laghetto artificiale all'ingresso di X.

Mon Dieu, che ho scritto? A chi ho scritto?, si domandò più volte senza trovare un minimo appiglio, come se quel preciso *cluster* del suo cervello fosse stato cancellato.

Impossibile, era solo scioccata, ferita e probabilmente sotto l'effetto di sostanze anestetiche o psicotrope.

Impossibile o....

Un lampo di consapevolezza si fece spazio nella sua mente: se le avessero fatto ora una risonanza magnetica funzionale, come nelle neuroscienze, una considerevole parte del suo cervello si sarebbe illuminata a giorno, dimostrando, secondo alcuni, che le sue parole, e in questo caso i suoi pensieri, non corrispondevano ai fatti, alla realtà.

No, si disse ancora una volta, *non ricordo perché a volte il cervello banalmente dimentica, pieno com'è di informazioni di ogni tipo.*

E dunque ricordò solo di essere uscita dal suo ufficio che fuori era già buio, X era deserta, e aveva raggiunto la sua vecchia Renault Clio nel parcheggio.

Le tornò in mente la stanchezza alla fine di una giornata difficile (*Ma perché difficile? Mon Dieu*) e la possibilità di non tornare a Parigi – per non guidare almeno un'altra ora – approfittando di una camera che le era stata messa a disposizione in rue du Fort, alle porte del centro pedonale di Palaiseau, a dieci minuti dal suo ufficio: era un delizioso Bed & Breakfast dove c'era sempre posto per lei e che, neanche a farlo apposta, si chiamava La Parisienne, la parigina, proprio com'era lei.

Lo usava spesso, soprattutto quando aveva voglia di prendersi una mezza giornata di libertà: a quindici chilometri da lì c'era infatti la Reggia di Versailles, e perdersi nei suoi giardini rimaneva il suo gioco preferito, fin da bambina, quando i suoi genitori la portavano a visitarla.

Ma si accorse di non ricordare niente di quel luogo, come se davvero non ci fosse mai stata.

Era entrata in macchina, aveva appoggiato la sua inseparabile borsa Vuitton sul sedile del passeggero e aveva inserito la chiave per avviare il motore.

E poi…

Il buio.

Della stanchezza, quella sì, si ricordava, tanto da non aver neppure cenato.

O c'era stata una cena?, pensò.

No no, si corresse, *niente cena: ero talmente stanca che ho inserito la chiave e poi ho appoggiato la fronte sul volante e…*

Niente, il buio.

Sentì dei passi avvicinarsi e s'irrigidì automaticamente.

«*Écoutez*» le disse una voce sottile che sembrava arrivare da un altro mondo.

E una musica senza senso riempì lo spazio e il tempo.

No, non era vera musica, era un'accozzaglia di note casuali.

E poi grida, rumori, ancora grida, spasmi di strumenti in agonia, elettronica grezza trasformata in qualcosa che tutto era fuorché musica, almeno come lei la intendeva.

«*Tu ne l'aimes pas?*» le sussurrò all'orecchio.

«No, non mi piace» rispose la donna con l'ultima stilla d'orgoglio che le era rimasta in gola.

«*Pas bien.*» Non bene, le rispose. «*Pas bien.*»

Lei sentì qualcosa di ancor più freddo, e sottile, risalire dalla caviglia lungo il polpaccio, poi l'interno del ginocchio, la coscia…

La donna urlò, consapevole, disperatamente consapevole di ciò che l'attendeva e, allo stesso tempo, disperatamente inconsapevole del percorso che l'aveva portata lì.

«*Mon Dieu*» gridò con tutto ciò che le era rimasto nei polmoni. «*Mais que veux-tu de moi?*» (Ma che vuoi tu da me?)

La mano che muoveva la lama si fermò.

Silenzio.

Poi una frase.

L'ultima e incomprensibile.

«*Je veux manger ta peur*» (Voglio mangiare la tua paura).

E la musica coprì le urla.

3

Oggi

Saint Paul de Vence, Francia
21 gennaio 2024

La sera era dolcissima, senza vento, il mare del Golfo del Leone era calmo e faceva da specchio alla luna.

Lei era bellissima e lo guardava come da tanti anni nessuno lo aveva più guardato, dritto negli occhi, quasi senza sbattere le palpebre.

Erano su una terrazza dove un unico, grande tavolo rotondo, il loro, riempiva ogni millimetro di spazio.

La donna, senza smettere di guardarlo, si alzò, iniziò a muoversi verso di lui, un passo dopo l'altro, e il professor Piero Montecchi – un neuroscienziato razionalissimo, sì, ma anche un ex militare che in gioventù si era dilettato con altri passatempi ben più prosaici dei libri – ebbe l'ennesima dimostrazione che il cervello, talvolta, viaggia veramente per conto suo, percorre binari strani e infiniti, oltre ogni razionale controllo.

Uno strumento irreggimentabile, forse, di cui mai si sarebbero scoperte davvero tutte le funzionalità.

Quando Montecchi vide la donna muoversi verso di lui, il suo cervello, da chissà quali anfratti della memoria a lungo termine, ripescò il ritornello di una canzoncina ascoltata più di trent'anni prima, durante l'addestramento da parà che poi l'avrebbe portato a rischiare la vita in Somalia.

Se fai l'amore come cammini... diceva quella canzone.

E lei, oh sì, camminava benissimo, un passo dopo l'altro, come se non si muovesse vicino al tavolo di un ristorante ma su una passerella di alta moda.

Giunse accanto a lui, guardandolo dall'alto in basso.

Il professore cercò di tenere fermo lo sguardo, mentre lei poggiava entrambe le mani sui braccioli della sua sedia.

Poi avvicinò la bocca al suo orecchio.

Montecchi chiuse gli occhi, perdendosi nel profumo dei suoi capelli.

Percepì una voce roca, lontana, eppure lei era lì, davanti a lui. Parlava e parlava per la prima volta. «Ho fame.»

Poi sentì quei bellissimi denti candidi affondare nella sua carotide.

Quando riaprì gli occhi, girò la testa verso il comodino e controllò la sveglia: le 8.12, una decina di minuti prima il sole era sorto, anche se dalla finestra s'intravedeva solo una lastra di nuvole grigie che occupava tutto l'orizzonte.

Era sudato come non avrebbe dovuto essere, visto che era gennaio, fuori soffiava un gelido mistral e la giovane donna sconosciuta non c'era più.

Al suo posto, con lo sguardo preoccupato che solo i cani possono avere quando vedono il loro padrone soffrire, c'era Winston, sdraiato sull'altra metà del letto, dove aveva imparato a non salire da quando era diventato grande.

Ma il cervello del suo pastore tedesco, molto più intelligente e acuto di tanti bipedi di sua conoscenza, doveva aver interpretato l'inquieto sogno di Montecchi come un'emergenza che necessitava, inderogabilmente, la sua presenza rassicurante.

«Winston» perché sì, lui parlava col cane – e chi non lo fa, diamine? «lei era bellissima, non puoi capire. Ma sono tanto felice che qui, ora, ci sia tu.»

E gli fece una carezza sulla testa.

Il cane, giudicando che il suo umano stesse bene e che la sua eccezionale presenza, lì sul letto, non fosse più necessaria, rispose a modo suo, ossia liberando la metà del piumone e andando verso la cucina con un pacato «*Woof*».

Peraltro, che lui ricordasse, Winston non aveva mai abbaiato davvero, facendogli dubitare un po' su che tipo di cane gli avesse lasciato Cinzia.

Cinzia.

Il ricordo di lei era la compagnia costante dei suoi giorni.

Una ferita aperta.

E il dolore non passava mai.

Il cancro se l'era portata via e la Scienza, stella polare della sua esistenza e pietra angolare di ogni sua molecola, non aveva potuto fare niente per salvarla.

Così, dal 13 febbraio del 2016 Cinzia dormiva nel piccolo cimitero a pochi passi dall'abitazione dove si trovava ora, a Saint Paul de Vence, un magnifico borgo antico su un colle nei pressi di Nizza, che lei aveva chiesto come luogo dove attendere la fine dei suoi giorni.

Per Montecchi, nato a Verona ma di madre francese, non era stato un problema: aveva preso un anno sabbatico all'Ateneo dove aveva la cattedra per prendersi cura di Cinzia. Poi, dopo averle promesso che non avrebbe mai venduto quella casa, continuava a vivere lì tre giorni la settimana e gli altri a Verona, dove insegnava Neuroscienze forensi all'Università e aveva ancora un appartamento. Sempre a Verona poteva beneficiare della presenza impagabile di sua sorella Caterina, che era stata promossa anche al rango di dogsitter di Winston in caso di bisogno.

E quel bisogno c'era spesso, eccome se c'era.

Dopo essersi fatto la doccia, sbarbato e aver indossato la tuta del Reggimento Paracadutisti Tuscania per andare a correre, regalò a Winston, che lo stava guardando con aria angelica in attesa del premio per la sua assistenza nel sonno, un'altra manciata di crocchette.

Poi si mise al tavolo di legno massiccio della cucina, equipaggiato di un *pain aux chocolat* di Anne, la fornaia che lo riforniva di qualsiasi cosa che Dio avesse potuto far nascere dal burro, e di un caffè lunghissimo nella tazza che tanto faceva ridere Cinzia.

Perché sulla porcellana bianca spiccava, in rosso, una scritta in stampatello: BUONGIORNO UN CAZZO.

Cosa che spiegava perfettamente il suo stato d'animo di prima mattina. Soprattutto da quel maledetto 13 febbraio.

Mentre la caffeina faceva il suo dovere, stimolando il sistema nervoso centrale e favorendo il rilascio di noradrenalina, dopamina e serotonina, la Santissima Trinità dei neurotrasmettitori felici, Montecchi puntò con lo sguardo il corposo fascicolo di documenti che aveva letto la sera prima.

E che probabilmente l'aveva portato a cena, nel suo sogno, con quell'affascinante giovane donna che lo aveva azzannato alla carotide.

Si ricordò del soprannome che in ambito forense gli era stato affibbiato da alcuni avvocati: il Professor Ultima Spiaggia, il consulente cui ci si rivolgeva per trovare nella Scienza una risposta diversa a ciò che la Giustizia definiva semplicemente "reato".

Montecchi ingoiò la prima compressa di Efferalgan 1000 della giornata per contenere il mal di testa cronico che lo affliggeva dall'incidente in Somalia.

Poi sorrise fra sé.

C'era qualcosa di meglio di una storia di vampiri per il Professor Ultima Spiaggia?

Quel processo era finito su tutti i giornali: ad Ancona, un ragazzo di venticinque anni aveva assalito una prostituta moldava, l'aveva accoltellata e poi bevuto il suo sangue.

Era un senzatetto, senza famiglia, senza niente di niente, e con un vecchio avvocato d'ufficio dedito più al distillato di malto che alla conoscenza del Codice di procedura penale.

Gli avevano dato trent'anni di carcere, così, senza colpo ferire, senza neanche considerare la possibilità dell'incapacità di intendere o di volere.

Finché un legale di Roma, molto più vispo, anche per motivi legati alla macabra pubblicità del caso, non aveva deciso di occuparsi del Vampiro assassino – questo il nome che gli avevano regalato i giornali – in vista del processo di secondo grado, che si sarebbe aperto di lì a poche settimane davanti alla Corte d'assise d'appello di Ancona.

In seguito l'avvocato aveva chiamato il celebre neuroscienziato forense Piero Montecchi.

E lui aveva accettato di studiare il caso, perché una vaga

sensazione lo spingeva a credere che non fosse un semplice omicidio.

Era andato a Roma, si era fatto dare tutti i documenti e si era recato nel carcere a trovare il ragazzo. Più volte.

Infine aveva contattato anche i genitori, che lo avevano abbandonato in un orfanotrofio di Pescara poco dopo una nascita indesiderata.

O meglio, era riuscito a contattare la madre. Perché il padre, secondo quanto confessato dalla donna tra le lacrime, era scomparso da tempo dopo un lungo ricovero in un ospedale psichiatrico.

Schizofrenia.

Un "malaccio", per usare le parole della madre, che aveva colpito anche lei, ma che le medicine ora permettevano di tenere sotto controllo, così da condurre una vita quasi normale.

Montecchi aveva passato giorni interi, fra Saint Paul e la sua mansarda in via Cappello a Verona, a studiare il caso.

Perché è noto che la schizofrenia non è strettamente ereditaria, ma è comunque caratterizzata da una notevole familiarità.

Significa che, se hai un genitore che ne soffre, il rischio di sviluppare una qualche forma di questa patologia è solo del dieci per cento. Ma sale di quattro volte, al quaranta per cento, se li coinvolge entrambi.

«La schizofrenia» aveva detto Montecchi al legale sempre più incuriosito «non è ereditaria, ma potremmo dire genetica: questo significa che un'intera combinazione di geni, piuttosto che uno solo, rappresenta un fattore determinante per lo sviluppo di quella condizione.»

«Okay, professore,» aveva replicato il difensore «faccio il

mio mestiere: l'avvocato del diavolo. La schizofrenia non è ereditaria e solo al quaranta per cento può essere trasmessa se ne sono affetti entrambi i genitori. Secondo lei, ci può bastare in appello?»

«Aspetti. Non c'è un test per rilevare la schizofrenia, che viene di solito diagnosticata a seguito della valutazione di uno specialista in salute mentale. E il nostro cliente...»

«... non ha avuto alcun tipo di valutazione clinica in tal senso. La procura ha chiesto il processo col rito immediato e in quattro e quattr'otto si è arrivati alla condanna a trent'anni per omicidio volontario pluriaggravato» aveva finito la frase l'avvocato.

«Non solo» era nuovamente intervenuto Montecchi, con una certa dose di enfasi nella frase.

«Non solo?»

«Di ciascun genitore abbiamo la certificazione clinica di schizofrenia. Eccole.»

E aveva allungato sul tavolo di cristallo dello studio legale una cartellina celeste che conteneva carte per un paio di centimetri di spessore.

L'avvocato era sinceramente stupito.

Un'altra pausa scenica, gli occhiali tolti in modo teatrale e il sopracciglio alzato: il Professor Ultima Spiaggia sentiva di aver conquistato la Normandia.

Avrebbe voluto esultare per il successo clinico e legale. Ma aveva contato fino a cinque, come Cinzia gli aveva insegnato, per nascondere il deficit cerebrale causato dall'incidente in Somalia, che gli aveva provocato l'abbattimento dei freni inibitori e scatenato, di conseguenza, l'impulso di dire sempre e subito quel che pensava senza alcun filtro.

Uno, due, tre, quattro, cinque.

E pure sei.

«Allora, avvocato, non vuole sapere di cosa è malato il nostro cliente?»

Si chiamava "sindrome di Renfield", aveva spiegato Montecchi, una patologia appartenente alle categorie diagnostiche della schizofrenia e del disturbo antisociale di personalità.

«È un grave disturbo mentale caratterizzato dalla convinzione delirante di essere un vampiro. La persona che ne soffre ritiene che il sangue umano possieda una notevole energia rivitalizzante. Perciò, chi lo beve si approprierà dell'energia vitale della persona a cui è stato succhiato il sangue.»

«Chi sarebbe questo Renfield?» era intervenuto il legale, che aveva mille domande e aveva scelto, oggettivamente, la più stupida.

«È uno dei protagonisti di *Dracula* di Stoker.»

«Il libro?»

«Sì, nel romanzo Renfield diventa pazzo a causa del conte Dracula e viene rinchiuso in manicomio. Lì comincia a mangiare mosche per assorbire la loro energia vitale, quindi inizia a offrire le mosche ai ragni e agli uccelli affinché le mangino, nella convinzione che lui, divorando poi quegli stessi animali, sarebbe riuscito a ottenere un'energia inimmaginabile.»

L'avvocato era rimasto senza parole.

Montecchi, invece, aveva malauguratamente scoperto di essere rimasto senza sigarette.

Quindi, si era detto, doveva sbrigarsi.

«I deliri delle persone affette dalla sindrome di Renfield presentano comportamenti come quelli del personaggio del romanzo, che pensa di assimilare energia vitale nutrendosi di sangue. Questa patologia si manifesta più negli uomini che nelle donne e, guarda caso, direbbe il buon Freud, tutto avrebbe origine da un'esperienza particolare e traumatica avvenuta in età infantile, legata al gusto o alla vista del sangue che, subito dopo aver destato uno stato di eccitazione mentale, provoca un eccitamento sessuale pieno. Cosicché, in età adulta, l'assunzione e la vista del sangue assumono di per sé una connotazione sessuale che, seppur in forma delirante, conduce a un totale appagamento.»

Silenzio totale.

La mente dell'avvocato stava già pensando quale fosse il modo migliore per usare tutta quella mole di novità davanti alla Corte d'assise d'appello.

Ed era stato facile per lui trovarlo, il modo migliore.

«Lei verrà in aula a testimoniare, vero?»

Montecchi si era alzato: il suo corpo reclamava a gran voce una dose di nicotina.

«Certo, ma sappia che le servirà più uno psichiatra ben preparato che un semplice neuroscienziato come me.»

Si era avviato verso la porta, ma senza rinunciare all'ultimo colpo di teatro.

Con la mano già sulla maniglia si era voltato: «Ah, dimenticavo. La sindrome di Renfield, dal 1992, viene chiamata vampirismo clinico».

Montecchi archiviò il ricordo e si accese la prima Gauloise di quella domenica di gennaio, ideale prima di andare a correre.

Guardò Winston: «Credimi, era una vampira bellissima».

Andò a correre, col cane al fianco, lungo le mura di Saint

Paul, poi si fermò al chiosco dei fiori, davanti al cimitero, per metterne di nuovi e freschi a Cinzia.

Non recitò preghiere, non ci credeva, ma le parlò direttamente, a voce, come faceva sempre, per diversi minuti.

Una parte di lui era convinta che, ovunque fosse, Cinzia lo stesse ascoltando. Come quella volta che, ne era inspiegabilmente convinto, lo aveva salvato da "qualcosa" al Passo della Mendola.

Nonostante fossero passati quasi otto anni dalla sua morte, non aveva mai interrotto quel legame. Né, pensò, lo avrebbe mai fatto.

Si commosse, ancora una volta, al ricordo di quello che avrebbe potuto essere e non sarebbe mai stato.

Winston guaì accanto a lui, come a dire: "Dài, ora andiamo via".

Montecchi accarezzò la lapide, dove era incastonato lo splendido sorriso della donna che aveva amato come nessun'altra, e si avviò verso casa sotto un cielo che minacciava burrasca dal mare.

Anche il sole, quella domenica, aveva deciso di prendersi una giornata di riposo.

Fece una velocissima doccia, indossò dei pantaloni di velluto marrone e un dolcevita grigio chiaro sotto una giacca di cachemire dello stesso colore dei pantaloni.

Poi scese di corsa le scale, seguito da Winston, per arrivare alla macchina, aprire il portellone della Mercedes e far salire il pastore tedesco.

Doveva affrettarsi – seppur con cautela data la proverbiale antipatia della Gendarmerie locale – per arrivare a Nizza entro l'una, l'ora di chiusura del mercato del pesce di place Saint-Francois, un meraviglioso angolo della città vecchia alle pendici della Collina del Castello, da cui si godeva una vista spettacolare della Costa Azzurra.

Sua madre, normanna, avrebbe detto che era roba da turisti, e che non aveva nulla a che vedere con la bellezza della Normandia e della Bretagna. Per le ostriche, i formaggi e il Calvados le aveva sempre dato ragione, ma per il sole e il clima, tranne quella maledetta domenica grigia come una striscia d'asfalto, quella zona non la batteva nessuno.

Pardonne-moi, maman, pensò con nostalgia a un tempo lontano e irrecuperabile.

Poi trovò un parcheggio miracoloso sul boulevard Jean Jaurès, fece scendere Winston, gli mise il guinzaglio scoprendo che anche i cani, almeno lui di sicuro, possono mostrare uno sguardo di disapprovazione, e corse verso il mercato del pesce.

Seduto al tavolino esterno del Trimaran, un locale che faceva delle crêpes bretoni da urlo e un ottimo sidro artigianale, Montecchi aspettava che Giove Pluvio chiudesse i rubinetti, mentre Winston dormiva placidamente al suo fianco.

Claude, il suo personalissimo spacciatore di pesce, proprietario di varie barche con cui riusciva a estrarre meraviglie dal Mediterraneo, lo aveva aspettato con due sacchetti di ogni bendidio.

Poi gliene aveva allungato un terzo, strizzandogli l'occhio. Sbirciando all'interno, Montecchi aveva visto solo un pacco rotondo che non lasciava intravedere il contenuto.

Al suo sguardo interrogativo, Claude aveva risposto con

una sola parola, a bassa voce e con tono cospiratorio: «*Poutina*».

Montecchi avrebbe voluto saltare al di là del banco per abbracciarlo e baciarlo, prima ancora di capire quale dei due reni avrebbe potuto e dovuto vendere per pagare quella meraviglia.

Poutina, o *poutine*, è il nome dato agli avannotti di acciughe e sardine, i neonati del pesce azzurro, la cui cattura è ovviamente limitata e preziosissima.

È considerato il caviale della Costa Azzurra: minuscoli pesci che da quelle parti vengono mangiati anche crudi, con solo olio e limone. Una goduria. Normalmente ci si fanno frittate o zuppe, ma Montecchi pensava già al colpo più audace: i *beignets de poutine*, una sorta di polpette morbide all'interno e croccanti in superficie. Un'apoteosi.

Le avrebbe accompagnate con quel Picpoul gelido che aveva in frigo e...

Il cellulare suonò, anzi letteralmente rimbombò in tutta la piazzetta interrompendo le sue fantasie enogastronomiche e il giusto sonno di Winston. Il quale però, vista la totale assenza di pericolo, a parte la pioggia che gli schizzava il pelo, si accoccolò più vicino al suo padrone, ben coperto.

Guardò lo schermo prima di rispondere.

Non è possibile, pensò, *ma lo fa apposta?*

14.41, ora palindroma: cioè il senso della sua vita, che lui percorreva da tempo in entrambe le direzioni.

Quella della Scienza, pura, nuda e tetragona.

E quella dell'irrazionale, del paranormale, della pseudoscienza, dell'inspiegabile.

Ognuno ha un destino e una strada da percorrere.

Quello era il suo.

Accese la Gauloise con lo Zippo su cui era inciso il simbolo del suo reggimento di carabinieri paracadutisti e inspirò il fumo, prima di accettare la chiamata.

«Buongiorno, professore.»

«Ciao, Piero, hai un attimo per me, vero?» rispose col suo solito tono squillante il professor Giancarlo Grassi, l'uomo che aveva letteralmente inventato la cattedra di Neuroscienze forensi all'Università di Verona – di cui Montecchi era titolare –, nonché attuale rettore dell'Ateneo.

Era il suo mentore, amico dei suoi genitori e una delle stelle del mondo accademico nazionale e internazionale.

Mi sa, si disse Montecchi, *che non mi sta chiamando per l'università*, dato che Grassi era anche molto altro.

«Ehi, Piero, mi senti? Ti disturbo? Sei in Francia?» continuò Grassi, riempiendo il vuoto dopo qualche secondo di silenzio.

«Sì, sono a casa, in Francia. E se mi avesse disturbato, professore, non le avrei risposto, lo sa.»

«No, non lo so, ragazzo mio, perché tu mi rispondi sempre.»

Montecchi sorrise: quell'uomo era da invidiare per la sua apparente immutabilità davanti a ogni evento della vita.

Grassi era un uomo di enorme potere, lo aveva capito da tempo, ma come tutti gli uomini che gestiscono veramente il potere guardava il mondo senza minimamente dare l'impressione che lui se lo sarebbe potuto mangiare tutti i giorni a colazione.

«Cosa posso fare per lei, professore?»

«Intanto vorrei che tu rispondessi a una domanda.»

«Mi dica.»

Grassi lasciò passare due secondi: Montecchi immaginò un tiratore scelto che, armato il suo fucile di precisione, stava prendendo la mira.

«Secondo te...» Pausa.

Sì, stava prendendo la mira.

«Secondo te, è possibile che due omicidi possano accadere nello stesso momento, stessa ora e stesso giorno, con identiche modalità, cioè la stessa mano, ma a migliaia di chilometri di distanza?»

«Migliaia di...»

«1443 chilometri, per la precisione.»

«Nello stesso momento.»

«Già.»

«Con uguali modalità.»

«Identiche, pare.»

Montecchi aggrottò la fronte: «Immagino che mi stia chiamando come presidente del CICAP».

Il Comitato italiano per il controllo delle affermazioni sul paranormale e sulle pseudoscienze era operativo dal 1989 ed era guidato da Grassi, che aveva voluto in veste di consulente – o cacciatore di ciarlatani, come teneva a precisare l'uomo di Scienza – Piero Montecchi, il suo studente più brillante.

«Certamente» rispose Grassi «ma intanto tu dimmi cosa ne pensi.»

«Be', dovrei saperne di più, ma detta così mi pare una cosa impossibile.»

Veloce come era arrivata, la pioggia se ne andò.

Veloce come era sparito, il mal di testa tornò.

«Piero?»

«Dica, professore.»

«Tu la sai la storia del calabrone?»

Montecchi alzò un sopracciglio: «La storiella per cui, in rapporto alla forma e al peso del corpo, la sua superficie alare non gli consentirebbe di volare?».

«Quella, sì.»

«E che volerebbe solo perché non ne è cosciente e quindi se ne frega delle leggi della fisica?» aggiunse Montecchi.

«Esatto.»

«Lo sa, professore, che è una bufala, vero?»

«Certo.»

«E quindi?»

«Quindi possiamo fare finta che sia vero?»

Grassi vuol giocare? E allora giochiamo, pensò Montecchi.

«Okay, supponiamo che sia impossibile che il calabrone possa volare. E quindi?»

Montecchi percepì la preoccupazione di Grassi a centinaia di chilometri di distanza.

Strano, pensò, *lui non si preoccupa mai: se casca il mondo, si sposta un passo più in là.*

«Ora ti convinco che il calabrone vola sopra di noi, proprio in questo momento. Contro ogni regola fisica conosciuta. E facendo una cosa pericolosissima.»

«E sarebbe?»

«Sta uccidendo la Scienza.»

«Ci sarà di certo una spieg...»

«Piero?»

«Dica, professore.»

«Uccide la Scienza non solo in senso teorico, ma fisico. Letteralmente. Quel calabrone uccide gli scienziati.»

4

Montecchi, seguendo il suo personale metodo di lavoro, preferiva non sapere mai troppo sui casi che avrebbe dovuto trattare, soprattutto quando collaborava con il CICAP.

Voleva farsi una propria idea, senza alcun condizionamento, foss'anche il racconto di Grassi.

Ma quella volta andò diversamente.

E la telefonata – mentre correva con Winston verso la macchina, approfittando della pausa del temporale che si era abbattuto su Nizza – proseguì.

«Professore, sappiamo tutti che il calabrone può volare senza infrangere alcuna legge della fisica, e quella osservazione è stata generata dall'errore di un entomologo degli anni Trenta. Oggi ha solo un valore motivazionale. In questo caso…»

«Allora ti faccio un altro esempio» insistette Grassi, che amava il confronto logico, ma le cui idee erano difficili da spostare come un monumento equestre da una piazza. «È come se la CNN interrompesse tutti i programmi per una *breaking news* da Israele con le immagini in diretta di un tizio che cammina sulle acque del Lago di Tiberiade.»

«Mi ricorda qualcosa.»

«Sì, ma ora, nel 2024 e in diretta TV. Un corpo solido, un uomo, il signor X…»

«Che magari viene da un paesino che si chiama Nazareth» intervenne Montecchi, senza riuscire a interrompere il ragionamento del suo mentore.

«... che passeggia placidamente sopra l'acqua in barba a ogni regola scientifica conosciuta.»

«Potrebbe esserci una spiegazione scientifica anche a questo, lo sa vero, professore?»

«Sì, Piero, lo so. Ma stiamo parlando di acqua, acqua pura e semplice, non di quello a cui ti stai riferendo tu.»

Quello a cui si stava riferendo la mente razionale di Montecchi erano i cosiddetti "fluidi non newtoniani", sostanze particolari che si comportano da solidi o da liquidi a seconda del modo in cui sono colpiti. L'esempio più noto è l'acqua miscelata con l'amido di mais: se si riempisse una vasca con questa miscela, ci si potrebbe camminare sopra.

«Gesù, quindi, non ha camminato sulla maizena» ironizzò Montecchi.

«Non so se allora fosse semplice acqua, ma oggi il signor X cammina sulle acque in diretta TV. Tu che faresti?»

«Andrei al Lago di Tiberiade per scoprire il trucco. Perché è impossibile che sia così.»

«Sai cosa diceva Walt Disney? "L'impossibile è divertente."» Tipico di Grassi, passava da Newton a Topolino in un battito di palpebre.

«Vero, ma solo perché in fondo si tratta di un'illusione, di un gioco, di una burla collettiva. È come stare al circo: il clown alla fine crolla a terra e tutti ridono lo stesso.»

«Qui però c'è una differenza.»

«Quale?»

«La gente muore davvero.»

«Professore, mi faccia capire» continuò Montecchi mentre cercava di guidare verso casa per cucinare le delizie di Claude. «Ammessa e non concessa l'assoluta contemporaneità e il medesimo metodo di questi due omicidi, che a mio giudizio potrebbero essere spiegabili in mille modi, mi può dire perché... Anzi no, iniziamo da qui: di quali luoghi stiamo parlando?»

«Roma e Parigi.»

«Quando?»

«La notte fra il 18 e il 19 aprile dell'anno scorso.»

«Come sono stati uccisi?»

«A queste domande specifiche risponderà un'altra persona di cui ti darò il nome e che dovrai incontrare.»

«Dove dovrò andare?»

«A Roma.»

Montecchi fece una smorfia: aveva un rapporto ambivalente con quella città. A Roma gli avevano salvato la vita dopo l'incidente in Somalia e sempre lì aveva conosciuto Cinzia, cioè l'Amore con la A maiuscola.

Ma aveva conosciuto anche il Dolore, con la D maiuscola.

Roma era il vaso di Pandora dei suoi ricordi, ben sigillato e nascosto dentro di sé.

Però alla fine disse solo: «Okay».

Poi riprese il concetto precedente: «Professore, prima ha detto che il nostro calabrone uccide la gente».

«Uccide gli scienziati, per la precisione.»

«Chi è stato ucciso?»

Il sospiro di Grassi riempì l'abitacolo della Mercedes attraverso il vivavoce.

«Due amici.»

Montecchi tacque, avendo capito quanto quella storia fosse dolorosa per il suo mentore.

«Ti piace la fisica, Piero?»

Non era quello il momento di scherzare, ma ricordava benissimo la scritta che aveva letto, da studente, su un muro dei bagni della biblioteca dell'Università di Verona: "Se è verde o si muove, è biologia. Se puzza, è chimica. Se non si capisce, è matematica. Se non ha senso, è economia o psicologia. Ma se non funziona, è fisica".

Così, avendo passato la vita a cercare di dimostrare che c'è un perché dietro a tutte le cose, disse semplicemente: «No».

«Piace poco anche a me» ammise Grassi «ma avevo e ho tanti amici in quel mondo. E ho sempre invidiato loro quella tenacia, quella testardaggine fanciullesca che li spinge sempre a chiedersi "E ora che succede?" davanti a ogni evento naturale del mondo.»

Che spesso e volentieri le loro elucubrazioni finissero nel cestino della carta straccia fu, per Montecchi, un altro pensiero da tenere in quel momento per sé.

Grassi riprese il filo del suo discorso, dopo quella parentesi sul passato: «Non ricorderai certo l'elenco dei vincitori dei Nobel, vero?».

«No, professore.»

«Però magari ti ricordi quelli più importanti oppure i nostri colleghi italiani premiati. O, per così dire, quelli più affini alla nostra materia.»

«Alcuni, sì.»

«Nobel per la Fisica del 2002. Ti dice qualcosa?»

Montecchi fermò l'auto nel consueto parcheggio di Saint Paul e si appoggiò allo schienale del sedile: aveva ricominciato a piovere e il parabrezza bersagliato da infinite gocce, liberato a tratti dal passaggio ritmato del tergicristalli, rendeva la visione del mondo esterno fluttuante e distorta.

Che era proprio come, talvolta, si sentiva anche lui: fluttuante e distorto.

«Ci sei, Piero? Ti ricordi il Nobel del 2002?» La voce di Grassi lo incalzò.

"I tre moschettieri della fisica", così li avevano chiamati i giornali: e chi se li poteva dimenticare?

«Giovanni Venturi, Guido Gambassi e Vivienne Colmart: due italiani e una francese. Tra i pochi scienziati che possono dire a ragion veduta di aver iniziato una rivoluzione» fu l'omaggio di Montecchi.

«Venturi è morto qualche anno fa, era gravemente malato: però ha fatto in tempo a creare un'azienda importante e a lasciarla al figlio.»

Pare che abbia fatto in tempo a fare anche ben altro, pensò Montecchi, ma a quanto pare Grassi ne era amico ed evitò ulteriori commenti.

«Guido e Vivienne hanno invece continuato a lavorare nelle rispettive università e...»

«Professore,» lo interruppe Montecchi «la posso richiamare fra cinque minuti che qui diluvia e devo portare di corsa me stesso e Winston in casa, cercando di non bagnarci troppo?»

«Vai, ti aspetto.»

Clic.

Quei cinque minuti furono l'occasione perfetta per riordinare le idee.

Venturi, Gambassi e Colmart erano considerati i genitori, i pionieri, della fisica quantistica. Con i loro esperimenti erano riusciti a seguire e studiare le particelle che si trovano in uno stato intrecciato, uno dei più particolari e anti-intuitivi della fisica, ed erano arrivati a dimostrare che ciò che accade a una particella determina quello che accade all'altra, anche se sono molto distanti fra loro.

Questa sorta di "abbraccio a distanza" delle particelle, che in gergo tecnico si chiama *entanglement*, poteva dar vita a un nuovo, avanzatissimo ramo della fisica, e portare alla realizzazione dei cosiddetti computer quantistici, la cui attuazione, secondo la scienza, non sarebbe stata possibile prima del 2045.

E loro, invece, avevano trovato la strada con più di quarant'anni d'anticipo.

Era una scoperta veramente rivoluzionaria, che poteva cambiare e accelerare, con andamento esponenziale, lo sviluppo scientifico del mondo intero.

Perché i computer quantistici potevano essere (*anzi, saranno*, si corresse Montecchi) enormemente più veloci di quelli attuali, anche dei più potenti: se oggi un bit – cioè la più piccola unità di informazione binaria, la base di ogni sequenza digitale – può assumere solo un valore alla volta, o zero o uno, un bit quantistico, o qubit, può essere zero e uno contemporaneamente.

Era quello che, a Montecchi, aveva provato a spiegare un giorno a pranzo l'amica e collega Roberta Farulli, direttrice del Laboratorio di genetica umana, diagnostica molecolare e bioinformatica dell'Università, che amava disperatamente la fisica.

Ma lui, essendo molto pragmatico, con la bocca piena dell'ultimo morso di un tramezzino al tonno, le aveva fatto la domanda dell'uomo della strada: «E tutta questa roba che vuol dire, in pratica?».

Lei gli aveva sorriso, con un evidente moto di compassione, ma aveva risposto con l'esempio pratico che lui stava cercando per far digerire la cosa al suo cervello iper-razionale: «Vedi, Piero, se chiedo a un computer di trovare la via più rapida per uscire da un labirinto, una macchina di oggi proverà tutte le strade, una dopo l'altra, in sequenza. Un computer quantistico le proverà invece tutte insieme, impiegandoci infinitamente meno tempo a trovare la soluzione, che sarebbe di fatto quasi immediata».

E i tre moschettieri erano andati oltre, in particolare Venturi, che era riuscito anche a dimostrare la possibilità del teletrasporto quantistico, che avviene quando una particella trasferisce il suo stato a un'altra particella lontana, diventando di fatto identica alla prima.

Non era il teletrasporto di *Star Trek*, perché si intendeva di singole particelle e non di intere persone – a quel pensiero Montecchi sorrise – ma forse era più giusto e sensato dire che non era *ancora* il teletrasporto di *Star Trek*.

Sarà stato per quello che l'azienda creata da Venturi prima di morire si chiamava proprio Beyond Technology.

Che era semplicemente il luogo dove quei tre grandi scienziati cercavano di andare.

Beyond, appunto.

Oltre.

Rimesse a posto tutte le idee – perché con Grassi aveva spesso la sensazione di essere lo studente poco preparato davanti al Sommo Maestro – Montecchi richiamò il professore.

«Hai fatto un ripasso veloce di fisica quantistica, ragazzo mio?»

Montecchi si accese una sigaretta e soffiò via il fumo: «Non ci provo neanche, professore. Troppo teorica e irrazionale per me, io sono più pratico. Ero solo a parcheggiare la macchina».

«Uh, ma lo sai che una volta un collega usò proprio quell'esempio per spiegarmi la fisica e la meccanica quantistica?»

«Quale esempio?»

«L'auto parcheggiata.»

«Che c'entra la mia Mercedes con la fisica quantistica?»

Grassi sorrise: in fondo, il professore che era in lui non aveva mai abbandonato l'aula. «Per la fisica tradizionale, se parcheggio la macchina in un determinato posto, questa occuperà una precisa posizione nello spazio, tant'è che, quando vado a riprenderla, la troverò esattamente dove l'ho lasciata. Chiaro?»

«Chiaro.»

«Ma per la meccanica quantistica, l'auto si trova contemporaneamente in tutti i parcheggi della città e quello "giusto" diventa visibile solo quando scendo in strada e vedo la macchina lì dove l'ho lasciata, in quel posto preciso. Ma fino a quel momento, fino a che non la vedo fisicamente, c'è e non c'è, esiste e non esiste. È in una sorta di sovrapposizione di stati: essere o non essere. Ed è la nostra osservazione che determina il risultato dell'osservazione stessa.»

Montecchi soffiò di nuovo il fumo e capì una volta di più perché non sopportava la fisica: teoria, teoria e ancora teoria.

Quanto di più lontano da lui.

Poi, Grassi uscì metaforicamente, e dolorosamente, dall'aula.

«I tre moschettieri della fisica non esistono più. Gli ultimi due, Guido Gambassi e Vivienne Colmart, sono stati uccisi, in modo direi orribile, a Roma e a Parigi nella notte fra il 18 e il 19 aprile dell'anno scorso. Contemporaneamente.»

«Chi ce lo...»

Grassi lo interruppe, avendo capito dove volesse andare a parare: «Ci sono delle registrazioni, dei video di alcune telecamere, che dimostrerebbero l'assoluta contemporaneità dei due eventi. A Roma ti diranno di più».

«Perché dice che li hanno uccisi in modo orribile?» lo incalzò Montecchi.

Grassi tacque per cinque secondi, poi parlò: «Seviziati, torturati. Può bastare?».

No, pensò Montecchi, *ho bisogno di sapere di più, molto di più, se voglio capirci qualcosa.*

Ma quando provò a interloquire di nuovo col suo mentore, Grassi lo fermò: «Oggi è domenica, domani verrai sicuramente qui a Verona per sistemare le tue cose all'Università e lasciare il cane a tua sorella. Mi sono permesso di fissare un appuntamento per te martedì alle undici a Roma nella sede dello SCO, il Servizio centrale operativo della Polizia di Stato, sulla Tuscolana.»

Montecchi era sinceramente stupito. «Adesso il CICAP collabora con la polizia?»

«Se ce lo chiedono loro, sì.»

«E ce l'hanno chiesto?»

«Ce lo chiede la seconda sezione dello SCO, dove lavora come investigatrice la dottoressa Anna Bianca Orsini, figlia di un mio carissimo amico, che ho visto nascere.»

«E perché...»

«Perché ce lo chiedono?» anticipò la domanda Grassi.

«Sì.»

«Perché nella seconda sezione dello SCO è inquadrata l'UDI, una micro-squadra composta da quattro investigatori, il cui capo è la cara Anna, e dalla polizia scientifica.»

«UDI? Ho già sentito questa sigla» si sforzò di ricordare Montecchi.

«UDI sta per Unità delitti insoluti.»

Lo stupore corse vibrante sulla linea satellitare fra Saint Paul de Vence e Verona: «Quelli dei *cold case*? Ma che c'entrano loro? Questi delitti sono di aprile, non sono "casi freddi". Ma che...».

«A suo tempo, ragazzo mio, a suo tempo. Fra due giorni Anna ti dirà tutto quello che c'è da sapere.»

«Speriamo...» si lasciò scappare Montecchi, ex carabiniere che con la polizia non aveva mai stretto grande collaborazione.

«Ah, Piero, piuttosto: sappi che Anna, oltre ad avere una mente di inestimabile valore, è giovane e bellissima. E tu, anche se ne avresti bisogno, cerca di non innamorarti.»

«È l'ultima delle mie preoccupazioni, professore» replicò Montecchi, quasi offeso, già inquieto all'idea di dover lavorare al fianco di una poliziotta, per di più amica di famiglia di Grassi.

E a Roma.

Ma lui, ora, voleva sapere un'altra cosa.

«Professore?»

«Devo andare, Piero.»

«Cosa hanno fatto a quelle persone? Ha parlato di sevizie, di torture.»

Grassi tacque, facendo credere a Montecchi che fosse caduta la linea.

«Pro...»

«A entrambi hanno asportato chirurgicamente i bulbi oculari e le mani.»

«Oh.»

«E questa è stata la cosa più gentile.»

5

Frecciarossa 8505, fra Verona e Roma
23 gennaio 2024

«Biglietto!»

Il controllore doveva averglielo chiesto almeno tre volte, e quella era l'ultima, la terza appunto, dato il tono perentorio, accompagnato anche da una vigorosa scrollata di spalla con la mano.

La sua assenza di freni inibitori verbali stava per provocare un danno, ossia l'invito al controllore di fare un uso non molto consono del suddetto biglietto, o del relativo cellulare in caso di ticket digitale, ma il garbato intervento del passeggero, suo dirimpettaio, gli dette il tempo di applicare il "Metodo Cinzia".

Uno, due, tre…

«Abbia pazienza, il signore si era addormentato, non ha l'aria di essere un viaggiatore senza biglietto.»

… quattro e cinque.

Ora era sveglio.

Prese il cellulare e dettò le ultime due cifre del codice relativo al suo posto.

Il controllore annuì e se ne andò, senza dire una parola.

Avrà avuto sonno anche lui, pensò Montecchi dopo aver ringraziato quel signore che, intervenendo, senza saperlo lo aveva salvato da una possibile denuncia per oltraggio a pubblico ufficiale.

Aveva preso al volo il Frecciarossa 8505 che partiva da Porta Nuova alle 6.52.

La sveglia era stata alquanto traumatica, cioè l'aveva proprio bucata, forse si era dimenticato di impostarla, fatto sta che non sapeva per quale miracolo il suo cervello si era accorto del disastro imminente e gli aveva fatto aprire gli occhi solo dieci minuti dopo l'orario previsto per alzarsi.

Aveva dovuto fare tutto di corsa, anche perché via Cappello, casa sua, era dalla parte opposta della stazione di Porta Nuova.

Verona non era Manhattan, ovvio, ma erano pur sempre dieci minuti di bicicletta, a gennaio, all'alba.

Insomma, aveva preso il Frecciarossa letteralmente al volo, mentre le porte stavano per chiudersi, e si era addormentato come un sasso dieci minuti dopo la partenza.

Sarebbe arrivato a Roma Termini, dopo tre sole fermate: Bologna, Firenze e Roma Tiburtina, alle 10.10.

Poi un'altra mezz'ora di taxi per presentarsi fresco come una rosa essiccata all'appuntamento con la poliziotta amica del professor Grassi.

Su quell'incarico – pensò guardando fuori dal finestrino per capire dove fosse – la reazione migliore era stata quella di sua sorella Caterina, a cena la sera precedente, quando le aveva portato un offesissimo Winston, consapevole di finire in parcheggio per l'ennesima volta.

«Tu? Devi collaborare con la polizia? Tu?» e aveva fatto una risata che forse avevano sentito fino a Treviso.

Montecchi aveva nascosto una smorfia nel bicchiere di Riesling altoatesino che suo cognato gli aveva appena riempito.

Forse per evitare la risposta istintiva che aveva sulla punta della lingua.

Sì, mi tocca, aveva pensato, *proprio io. Carabiniere paracadutista del Tuscania, ferito nella missione* ONU *in Somalia e decorato per il coraggio... Mi tocca lavorare con gli sbirri. A me. Che nelle aule di giustizia ne inventano di ogni tipo per farmi passare da... mona. Io devo collaborare con loro, al diavolo!*

Ma aveva imparato da tempo a non dire sempre tutto quello che gli passava per il suo brillante cervello, e anche davanti a sua sorella e a suo cognato si era limitato a una risposta neutra: «Me l'ha chiesto Grassi, devo farlo».

«La tua Arma si sganascerebbe dalle risate» aveva insistito Caterina, punzecchiandolo con un sorriso.

«Come te, mi sa.»

«Certo è che sono ridotti male se chiedono l'aiuto di voi capoccioni del CICAP.»

«Punto uno: non siamo capoccioni.»

«Tu, un po'.»

«Punto due: io non sono capoccione. Punto tre: questa poliziotta è un'amica di famiglia di Grassi, vorrà solo un consiglio. Oppure sembrare estremamente efficiente davanti ai suoi capi per fare bella figura. Fine. Saluto, dico due cose, sorrido e vengo via. A riprendermi il mio cane.»

Winston, sdraiato al suo fianco e all'apparenza addormentato, aveva alzato improvvisamente la testa per farsi fare una carezza e come a dire: "Eh, sì, io".

Quel cane era unico.

«Torna presto» si era fatta seria Caterina. «So bene che Roma per te non è...»

Montecchi aveva interrotto la sorella: «No, infatti, non è.»

E poi, oltre a Winston, lo reclamavano i suoi studenti. Fortunatamente, grazie al determinante appoggio di Grassi e alla ricca donazione di un munifico sponsor di cui ignorava l'esistenza, l'Università gli aveva assegnato un assistente, Gabriele, che aveva studiato con lui, lo adorava e aveva come sogno unico e immenso poter collaborare con il professor Montecchi, "Quel cazzo de' *ggenio* delle neuroscienze forensi", come lo aveva definito una volta un avvocato, entusiasta per una riduzione di pena "impossibile" per un suo cliente.

Gabriele, poveretto, aveva assunto le sembianze del tappabuchi di professione, ma non ne era assolutamente dispiaciuto o per questo si sentiva sminuito, anzi. Era felice di poter sostituire Montecchi ogniqualvolta il professore avesse da svolgere le sue altre "questioni", come le chiamava lui.

E poi aveva due enormi pregi, ai suoi occhi: non gli chiedeva niente se non il minimo indispensabile e capiva in fretta le esigenze degli studenti, che erano comunque la sua priorità.

Si ricompose sul sedile, protetto dai suoi Ray-Ban scuri, e quando si accorse che aveva appena superato Bologna, valutò che aveva il tempo di farsi un'altra dormita.

Andare a parlare con una poliziotta, perdipiù a Roma, era l'ultimo dei suoi desideri.

Montecchi si addormentò col sorriso di Cinzia stampato nella mente.

«Ar Tuscolano deve anna'? Ah, bella, signore mio, se metta comodo ché qua 'a famo lunga.»

Eccoci qua pensò, *bentornato nella Città Eterna.*

Con la Fila Eterna per prendere il taxi, i Mendicanti Eterni spalmati ovunque fuori da Termini, i Borseggiatori Eterni a caccia di turisti inconsapevoli.

E i Cantieri Eterni, il Traffico Eterno.

Insomma, il Caos Eterno che a Roma tutto fagocitava e che la città stessa digeriva, indifferente, con un'alzata di spalle.

Però a Montecchi i romani stavano simpatici, proprio per quell'atteggiamento disincantato di fronte a qualunque evento della vita, che permetteva loro di superare ostacoli, anzi, meglio, di aggirare ostacoli che, altrove, sarebbero apparsi insormontabili.

Mentre guardava fuori dal finestrino opaco della vecchia, anzi millenaria, Alfa Romeo guidata dall'altrettanto millenario *tassinaro*, Montecchi si accorse che l'autista di Napoli 25 si era clamorosamente fermato a un semaforo giallo e lo stava osservando.

Nel frattempo lui pensava alla sua destinazione.

Fece un ripasso mentale di quello che aveva studiato la sera prima, a letto: il motivo per cui, in fondo, si era dimenticato di mettere la sveglia.

Stava andando al cosiddetto Compendio Tuscolano, nell'omonima e storica via romana, all'altezza degli studi cinematografici di Cinecittà: una struttura di otto piani e settantacinquemila metri quadrati in acciaio, travertino e vetrate a specchio. Qui il ministero dell'Interno aveva creato il nuovo polo anticrimine della Polizia di Stato, dove erano state concentrate quattro Direzioni centrali del Dipartimento della pubblica sicurezza: la Direzione centrale anticrimine, la Direzione centrale della polizia di prevenzione, la Direzione centrale dell'immigrazione e della polizia delle frontiere e, infine, la Direzione centrale per la polizia stradale, ferroviaria, delle comunicazioni e per i reparti speciali.

Era letteralmente immenso: 1.700 postazioni di lavoro, 42 laboratori di polizia scientifica e 4 archivi elettromeccanici su una superficie complessiva di 2.700 metri quadri.

All'interno della Direzione centrale dell'anticrimine era inserito lo SCO, il Servizio centrale operativo, che coordinava le squadre mobili delle questure italiane e l'attività investigativa sulla criminalità organizzata.

Uno dei reparti d'élite della polizia.

E nella seconda sezione dello SCO era inquadrata l'UDI, Unità delitti insoluti, composta da personale dello SCO e della polizia scientifica, creata nel 2009 dall'allora capo della polizia Antonio Manganelli per rendere sistematico il riesame di casi vecchi alla luce delle nuove tecnologie.

Se noi del CICAP siamo X-Files, *loro sono* Cold Case*: un po' per uno in braccio a mamma,* sogghignò Montecchi ricordando il vecchio detto romano che Cinzia gli aveva insegnato per spiegare sostanzialmente il concetto dell'oggi a me, domani a te.

L'UDI, fra i suoi compiti, aveva la competenza di decidere quali attività investigative fosse opportuno intraprendere o riavviare, quali fascicoli potessero essere "scongelati" grazie all'individuazione di nuovi elementi utili alle indagini, da sottoporre poi all'autorità giudiziaria che, in via preliminare, decideva se era il caso di riportare il caso alla luce.

Per questo, gli investigatori dell'UDI lavoravano a stretto contatto con gli specialisti della polizia scientifica: perché era fondamentale l'utilizzo delle banche dati, che permettevano di trovare legami fra diversi reati, anche lontani nel tempo, aprendo così nuove piste investigative.

E le banche dati erano oro puro per l'UDI: c'era quella del DNA (un campione biologico trovato sul luogo di un vecchio omicidio, per esempio, può oggi trovare riscontro in una traccia di DNA rilevata magari sulla scena di un delitto più recente, permettendo così un collegamento decisivo); quella delle impronte digitali e palmari chiamata APFIS e quella balistica, l'IBIS, che permette di trovare eventuali corrispondenze tra bossoli sparati anche a distanza di anni.

«Poliziotto?» chiese il tassista guardando Montecchi dallo specchietto retrovisore e interrompendo il suo riassunto mentale.

Anche lui, ovviamente, sapeva dove stavano andando.

«No.»

«Avvocato?»

«No.»

«Giudice?»

«No.»

«E mo' allora che ce va a fa'?» disse esasperato Napoli 25.

Montecchi sorrise e pensò che la verità fosse sempre la soluzione preferibile.

«Vado a trovare la figlia di un amico.»

Il tassista fu definitivo: «Bell'amico, sì, fra gli sbirri ar Tuscolano».

Si presentò all'ingresso con dieci minuti di ritardo per colpa del traffico impossibile di Roma. *Maman*, che gli aveva insegnato a essere sempre puntuale agli appuntamenti, in segno di rispetto per l'interlocutore, gli avrebbe riservato un severo rimprovero.

Tanto più poi se, come in questo caso, l'interlocutore era una donna.

Al piantone disse che aveva appuntamento con la dottoressa Orsini dell'UDI e l'uomo in divisa gli chiese un documento, poi lo invitò a sedersi dall'altra parte della sala prima di alzare la cornetta.

Lo vide annuire oltre il vetro di protezione e poi riattaccare.

«Ora arriva» gli disse attraverso il microfono.

Si sedette, e si guardò attorno senza trovare niente che attirasse davvero la sua attenzione.

Così si perse nei ricordi della Roma che aveva conosciuto alcuni decenni prima, della rinascita in un letto dell'Ospedale militare del Celio, degli occhi terrorizzati di sua madre, della giovane psicologa dai capelli rossi che gli aveva curato le ferite del corpo e dell'anima.

La memoria partì, impetuosa, come se una diga avesse aperto le cateratte: le risate, gli scherzi, le cene, i tramonti, le passeggiate, le carezze, gli abbracci, l'Amore, il senso definitivo di una completezza unica. E che, ne era certo, mai si sarebbe ripetuta.

Rivide tutto, e non seppe dire quanto tempo fosse passato, perché a un tratto, da un punto lontano lontano, sentì pronunciare il suo nome.

«Professore? Professor Montecchi?»

Alzò lo sguardo e la poliziotta che lo chiamava era davvero una giovane donna di circa trentacinque anni in tailleur pantalone blu notte, scarpe basse, camicia bianca e una lunga coda di cavallo che raccoglieva parecchi capelli biondi.

Montecchi si tolse i Ray-Ban e si alzò in piedi per stringerle la mano.

«Dottoressa Orsini, piacere. Piero Montecchi.»

Lei sorrise.

E anche con gli occhi (Montecchi era entrato subito in modalità CICAP e quindi attento a ogni micromovimento della muscolatura facciale dell'interlocutore).

«Niente dottoressa, la prego. Io sono Anna. Il professor Grassi le avrà sicuramente detto che mi ha visto bambina, eccetera eccetera.»

«Sì, vero. Mi ha raccontato che è un vecchio amico della sua famiglia» rispose Montecchi, il quale avrebbe voluto aggiungere che Grassi non gli aveva detto che era *così* alta, praticamente come lui e senza tacchi.

Però gli aveva anticipato che era molto bella, e su questo non c'era niente da dire.

Se era vero che fosse dotata anche di una mente più che brillante, be', lo avrebbe scoperto nel giro di mezz'ora.

Anna si sentì osservata e, voltandosi, vide lo sguardo del giovane piantone in divisa che le stava letteralmente facendo la radiografia del fondoschiena.

«Andiamo nel mio ufficio, mi segua, professore» disse semplicemente, avviandosi verso una porta a vetri laterale, che aprì utilizzando un badge che teneva appeso al collo.

Presero un ascensore, attraversarono lunghi corridoi deserti fino ad arrivare a una porta in vetro smerigliato su cui c'era una targa: UDI-Unità delitti insoluti.

Seguì Anna all'interno di un open space occupato da sei scrivanie vuote, altrettanti computer spenti e schedari color grigio topo, che probabilmente erano gli unici che avevano, e che occupavano tre pareti su quattro.

La quarta parete si apriva su una piccola stanza: scrivania, computer, un paio di sedie, diversi scatoloni sparsi qua e là sul pavimento, alcuni aperti e altri no, qualche schedario dello stesso grigio e dei quadretti alle pareti.

Un'enorme kenzia sopravviveva accanto alla finestra dietro la scrivania, oltre la quale scorreva il traffico infinito della Tuscolana.

Montecchi si tolse il cappotto e rimase col suo abito di Caraceni che, curiosamente, aveva quasi lo stesso tono di blu di quello della dirigente dell'UDI; la sua camicia era però una Brooks Brothers azzurra, non bianca.

I due sedettero uno davanti all'altra.

La scrivania era ingombra di fascicoli e di centinaia di post-it multicolori.

«Vorr...» iniziò lei.

«Dev...» intervenne contemporaneamente lui.

Un imbarazzato, silente sorriso li colse.

Montecchi alzò le mani in segno di resa: «Mi scusi, la stanchezza mi rende maleducato. Prima le signore, ovviamente».

«È arrivato stamattina?»

«Le mie occhiaie parlano?»

Anna sorrise: «Non volevo dire questo».

«E comunque, sì, ieri dovevo sbrigare delle faccende a Verona e lasciare il cane a mia sorella.»

«Adoro i cani, più conosco gli uomini e più amo i cani. Che razza è?»

«Un pastore tedesco.»

«Bello. Nome?»

«Winston.»

Anna sorrise, coinvolgendo ancora una volta i muscoli degli occhi: «Winston? Ma è un nome inglese, non è un setter».

Montecchi allargò le braccia: «È una lunga storia».

La dottoressa Orsini – vicequestore Orsini, per l'esattezza, come c'era scritto su una targhetta di bronzo al lato della scrivania – decise che il tempo dei convenevoli era finito: «Professore, grazie per essere qui. So quanto le costa venire in questa città».

Montecchi alzò un sopracciglio.

Lei abbassò lo sguardo: «Be', anche se il professor Grassi ha detto meraviglie di lei, prima di coinvolgerla ho cercato informazioni. Onestamente non sapevo cosa le era successo in Somalia. Né sapevo di sua moglie. Mi dispiace».

«Grazie, non si preoccupi. Sono solo un professore universitario.»

«Il Professor Ultima Spiaggia, la chiamano.»

«Le voci corrono.»

«Già.»

«Di solito lavoro per gli avvocati della difesa, per casi quasi disperati. O per il CICAP, a caccia di ciarlatani. Infatti, me lo stavo chiedendo: perché avete bisogno di uno come me? Non credo che la polizia sia in queste condizioni, anche se da ex carabiniere non mi stupirei più di tanto» sorrise Montecchi, rendendosi subito conto che l'ultima frase gli era uscita dalla bocca senza riuscire a fermarla.

E infatti: «Mi scusi, non volevo offenderla».

La dirigente dell'UDI alzò una mano per fargli capire che non c'erano problemi: «Vede, professore, ciò che è rimasto per tanti anni impenetrabile, grazie alle nuove tecniche di indagine, può trovare finalmente la sua chiave di lettura. E, forse, una soluzione. L'Unità non nasce per creare false speranze, ma per non ripetere gli errori del passato».

«Posso farle due domande preliminari?» chiese Montecchi.

«Certo.»

«Perché sono qui?»

«Perché l'esperienza del CICAP, e la sua in particolare, può dare, in forma riservata, una spinta fondamentale alle nostre indagini.»

«E il motivo per cui indagate su quei due omicidi di Roma e Parigi? Risalgono ad aprile, non sono così "freddi".»

«Per una pista che attiene a un nostro fascicolo» ribatté Anna.

Montecchi alzò di nuovo il sopracciglio: «Avete fascicoli di delitti irrisolti avvenuti in contemporanea, come questi due?».

«No, questi restano dei misteri su cui stanno indagando la squadra mobile di Roma e la polizia francese.»

«Ma come fate a essere certi della contemporaneità degli omicidi?»

«Le uccisioni sono state riprese con una telecamera che mostrava data e ora, e i filmati sono stati riversati su due chiavette USB, attaccate con del nastro adesivo sulle braccia di entrambi i cadaveri abbandonati per strada.»

Montecchi era senza parole, troppe efferatezze tutte insieme, ma cercò di mantenere uno sguardo analitico ed esclusivo sui fatti. Da scienziato qual era.

«Allora parliamo di delitti con identiche modalità di esecuzione: avete altri casi di escissione di bulbi oculari e mani?»

La dirigente dell'UDI si concentrò sul fascicolo più grande che occupava la sua scrivania.

«Non solo gli occhi e le mani» intervenne Anna.

«In che senso?»

«Anche la lingua.»

«Oh, Cristo santo.»

«Già, alcune cose non sono state riferite alla stampa.»

«Avete un delitto insoluto in cui sono stati escissi occhi, lingua e mani?» chiese Montecchi, nella cui mente ora lampeggiava un sospetto: omicidio rituale.

Anna Orsini sospirò e intrecciò le mani sulla scrivania: «Ne abbiamo tre, avvenuti tutti nello stesso momento e in un unico luogo. E nessun colpevole. Delitto insoluto».

Montecchi la fissò, poi con lo sguardo cercò un posacenere sulla scrivania. Che trovò.

«Posso accendermi una sigaretta?»

«Solo se me ne offre una» rispose la donna, poi si alzò per aprire la finestra in modo che non scattasse l'allarme antincendio per il fumo.

Rimasero in silenzio per una manciata di secondi, in modo che Montecchi potesse metabolizzare le nuove informazioni.

«Quindi, mi faccia capire» disse lui alla fine. «Non solo abbiamo due omicidi avvenuti a migliaia di chilometri di distanza nello stesso momento, ma le modalità di questi omicidi sarebbero simili…»

«Identiche.»

«Okay, identiche a quelle di un altro triplice delitto senza colpevoli avvenuto… quando?»

«Nel 2003.»

«E dove?»

«In Liguria, vicino al confine con la Francia.»

Montecchi guardò al di là della finestra, espirò il fumo e lesse la frase incisa su una targa d'argento appesa dietro la scrivania della Orsini. Che seguì il suo sguardo e lesse ad alta voce: "Ai vivi si deve rispetto, ai morti non si deve altro che la verità".

Lui annuì: «È Voltaire, se non sbaglio».

«Esatto. Me la regalai quando riuscii a entrare in questa Unità.»

«Direi che non potrebbe avere una motivazione più nobile» disse Montecchi, pensando che Grassi avesse totalmente ragione sul valore di quella donna.

Era più intelligente che bella. Ed era molto bella.

«Allora, professore,» riprese Anna rimettendosi a sedere dopo aver chiuso la finestra «vuole sapere come comincia tutta questa storia?»

6

Mortola Superiore, Ventimiglia
19 aprile 2003

«No, è un errore, stai facendo un fottuto errore. La Scienza non si ferma, la Scienza deve andare avanti. Ha il dovere morale di andare avanti.»

Non aveva mai visto il padre così infuriato.

Seduto alla sua scrivania, stringeva la cornetta del telefono fisso – perché «le cose importanti o si dicono di persona o su una linea fissa, mai al cellulare, ricordatelo» – con una forza rabbiosa tale da evidenziare le nocche della mano, diventate bianchissime.

Ed era la seconda telefonata che, quella sera, davanti a lui, si concludeva nello stesso, identico modo.

«Fai come ti pare» aveva aggiunto, dopo un breve spazio lasciato alle parole dell'interlocutore. «L'ignavia è un problema fra te e la tua coscienza. Io andrò avanti fin dove la strada mi porterà. Ti saluto.»

E aveva riattaccato furibondo la cornetta sulla base, quasi spaccandola.

Il padre poi si era perduto nel paesaggio mozzafiato oltre la grande vetrata che occupava un'intera parete del suo studio: l'aria tersa di primavera permetteva di dominare da lassù tutta la costa fra l'Italia e la Francia, fino a intravedere le isole di Hyères.

Era la casa di famiglia, nel territorio di famiglia, pensò il giovane uomo mentre il padre sembrava immerso in chissà quali cupi pensieri: la mamma, ormai scomparsa da tempo, di cognome faceva Grimaldi, che era il nome della frazione di Ventimiglia accanto a Mortola Superiore, in cui abitavano. I due paesini condividevano l'ampio territorio boscoso della parte più occidentale del comune di Ventimiglia.

Insomma, per dirla come sua madre, "se facevi un salto eri in Francia", cosa che rendeva quel territorio innanzitutto una zona di contrasto fra le polizie di frontiera dei due Paesi, e in più anche per i clandestini che dall'Italia volevano passare il confine. Però la Francia non li voleva.

E quindi ogni notte, lungo sentieri pericolosi che attraversavano in gran parte i loro terreni, decine di persone fra uomini, donne e bambini sfidavano la sorte pagando i cosiddetti *passeurs* che li guidavano, nel bosco e al buio, verso ovest.

Ma otto su dieci venivano rimandati indietro e la notte successiva si ricominciava, in una partita a scacchi che non sarebbe mai finita.

Accanto all'abitazione, un enorme casale rimesso a nuovo dai suoi genitori, c'era un'altra struttura, ancora più grande, destinata dal padre a ben altri usi, anche se la mamma, pensò il giovane uomo, non lo avrebbe mai saputo. Né, forse, sarebbe stata d'accordo.

Ma con i se e i ma non si fa la storia, no?

E suo padre, la storia, voleva farla.

A qualunque costo.

«Farò da solo» aveva detto alla fine puntandogli un indice contro. «Non ho bisogno di nessuno, tranne te. Che per fortuna hai seguito i miei consigli e hai studiato quello che ti ho detto di studiare.»

Con un centesimo dei tuoi risultati, papà, aveva pensato senza però battere ciglio.

Era interessato più alle auto veloci e alle donne che allo studio, ma non era stupido.

Sapeva che la raffica di diciotto all'università e la sua fortuna erano esclusivamente frutto dell'essere "figlio di". E voleva continuare a divertirsi, senza problemi o antipatici "incidenti" di percorso: per quello si era ripromesso ancora una volta di andare da quel medico che gli era stato consigliato. Lo avrebbe fatto nelle settimane a venire, aveva deciso.

«Resti con noi a cena, stasera?» gli aveva chiesto all'improvviso il padre in uno strano riflusso di attenzione: forse stava invecchiando pure lui.

Aveva guardato l'orologio: erano le sette di sera. Alle nove doveva essere a cena nella villa di un amico a Cap Martin, dopo Mentone: non che fosse chissà quale "amicizia", ma aveva visto le foto delle due escort slovene invitate da lui per quella sera e, be', la cena con papà, con la sua odiosa nuova consorte e le due piccole sorellastre non avrebbe mai retto il confronto.

Così aveva detto solo: «Ho un impegno».

Lo sguardo del padre si indurì: «Mi dispiace, loro non sono più la mia compagnia ideale. Tu sì, loro no».

«Loro?»

«Sì, quella donna e le mocciose.»

Non era la prima volta che si arrabbiava con Paola, la seconda moglie che aveva preso (anzi, aveva provato a prendere, si corresse) il posto di sua madre, e pure con Rossella e Lavinia, che però erano solo bambine, un po' viziate ma pur sempre bambine di dodici e dieci anni.

Ma era la prima volta che lo sentiva parlare in quel modo, e con quei toni.

Il padre lo aveva fissato di nuovo: «Io non so più chi mi sono messo accanto».

Avrebbe capito il senso più profondo di quella frase troppo tardi, quando ormai tutto era compiuto.

Nessuno seppe mai cosa accadde davvero quella notte.

Verso le tre del mattino un corto circuito aveva mandato in tilt l'impianto di videosorveglianza, che controllava ogni angolo esterno della villa e parte del suo interno.

E l'allarme non aveva suonato quando una porta finestra era stata rotta dall'esterno, dato che i vetri furono ritrovati sulla moquette del salotto.

Però al 113, che ancora esisteva nel 2003, era arrivata la chiamata di un uomo verso le cinque del mattino: «Correte, aiutatemi, qui sono morti tutti». E poi silenzio.

Il centralino del commissariato di Ventimiglia era riuscito a rintracciare la chiamata e aveva inviato la posizione alla pattuglia che era di turno quella notte sull'Aurelia, fra Ventimiglia e il confine di Stato a Ponte San Luigi.

L'indicazione era di andare in via delle Ginestre, a Mortola Superiore, arrampicata su un costone di roccia che era quasi Francia, e raggiungibile da una piccola strada che risaliva la montagna partendo dall'Aurelia, passava sotto l'autostrada dei Fiori e poi saliva ancora, fino a un pugno di ville da cui si godeva di una vista spettacolare.

La vecchia Fiat della polizia aveva preso la stretta e tortuosa via delle Ginestre: il cartello indicava MORTOLA SUPERIORE 2,5 CHILOMETRI.

Di curve.

La sirena aveva svegliato i pochi abitanti delle case sulla collina.

Quando la macchina si era fermata davanti alla villa, i poliziotti avevano trovato un uomo seduto sotto il patio, in vestaglia, scalzo, con mani e piedi sporchi di sangue.

Guardava fisso nel vuoto: «Ho provato a svegliarle, ho provato…».

Uno degli agenti si era fermato accanto all'uomo, l'altro, il più giovane, era entrato in casa.

Ne era uscito dieci minuti dopo, vomitando.

«Chiama tutti, ci sono una donna e due bambine morte.»

Giovanni Venturi, premio Nobel per la Fisica l'anno precedente, una delle menti più geniali del panorama scientifico internazionale, aveva continuato a guardare nel vuoto.

Impassibile. Senza alcuna emozione apparente.

"*Lo scienziato assassino*", avevano titolato subito i giornali.

Ma le cose non sono mai così semplici, così lineari.

Venturi aveva detto di essere andato a dormire nella sua stanza, che era dalla parte opposta della casa rispetto a quella della moglie e delle figlie.

Gli esami ematici avevano rilevato la presenza di alcol, ma in quantità lieve, l'assenza di qualsivoglia sostanza stupefacente e tracce di un farmaco antipsicotico che Venturi aveva detto di usare come sonnifero nei momenti più stressanti della sua vita.

Aveva raccontato di essersi svegliato presto per andare in

bagno e di essersi recato in cucina per bere un bicchiere d'acqua. Da lì aveva notato una luce accesa che filtrava dalla camera di sua moglie.

Si era avvicinato, aveva aperto la porta socchiusa e aveva visto... be', quello.

Poi aveva notato la stessa luce arrivare dalla camera delle bambine, aveva aperto la porta socchiusa e anche lì aveva visto... be', quello.

Non aveva mai confessato di essere stato lui: aveva le mani e i piedi insanguinati perché nelle due stanze il sangue era letteralmente ovunque, schizzato fino al soffitto.

Non fu mai trovata l'arma del delitto, un coltello, usato per fare scempio dei corpi della madre e delle due figlie.

Le autopsie non avevano rilevato tracce di sonniferi o narcolettici nei corpi delle tre vittime.

E il corto circuito aveva impedito di "vedere" cosa fosse successo attraverso le telecamere di sorveglianza.

Il vetro rotto sulla porta finestra? La procura lo aveva valutato fin da subito come un depistaggio di bassa lega.

Per la Procura della Repubblica di Imperia, il colpevole non poteva che essere uno: lo scienziato assassino Giovanni Venturi.

Che non aveva pianto mai, mai una volta, neanche davanti alla disperazione dell'unico figlio che gli era rimasto.

«Tranquillo, Riccardo, tranquillo. Vedrai che si aggiusterà tutto.»

Però non era andata così.

Venturi era stato arrestato con l'accusa di omicidio plurimo, pluriaggravato e la procura di Imperia era talmente certa della sua colpevolezza – in casa non erano state trovate tracce biologiche che segnalassero la presenza di altre persone – da chiedere il rito immediato, saltando l'udienza preliminare per accelerare i tempi e finire davanti alla giuria popolare della Corte d'assise.

Il premio Nobel si era invece affidato a un avvocato famoso per la sua capacità di spostare la narrativa dei processi dalle aule di giustizia agli studi dei programmi televisivi.

E il processo, appunto, si fece mediatico, in due sedi diverse e opposte fra loro.

La difesa aveva puntato tutto sull'assoluzione completa, per non aver commesso il fatto, ma si sarebbe "accontentata" dell'applicazione del famigerato secondo comma dell'articolo 530 del Codice di procedura penale, quello che prevede l'emissione di una sentenza di assoluzione per insufficienza della prova "solo se la prova non assume quella consistenza ed efficacia tale da poter fondare un'affermazione di responsabilità".

Il Can can su TV e giornali non era però bastato: la Corte d'assise di Imperia aveva condannato Giovanni Venturi all'ergastolo.

Ma era solo il primo round e il putiferio era andato avanti, nell'imperturbabilità assoluta di Venturi, che aveva rafforzato nei suoi supporter la certezza della sua innocenza.

«Gli scienziati sono razionali, gli scienziati non piangono. Io sono razionale e non piango perché sono innocente» aveva detto in un'intervista a un giornale straniero.

La Corte d'assise d'appello di Genova, in seguito, aveva abbassato la pena dall'ergastolo a ventotto anni di reclusione, riducendo il peso delle aggravanti.

Venturi, intanto, era fuori, libero, perché in Italia si va in carcere solo dopo una sentenza definitiva.

Il grande scienziato, condannato in primo e secondo grado per la strage della sua famiglia, era nel frattempo diventato un grande imprenditore della *high technology*, assieme al figlio Riccardo. Vicino alla casa dove erano state uccise la seconda moglie e le figlie – di cui era l'omicida, come dichiarato in due sentenze "in nome del popolo italiano" – un immobile enorme era stato ristrutturato e adattato per la Beyond Technology.

Una nuova azienda chiamata Oltre.

Un nome che indicava speranza, secondo i suoi incrollabili difensori.

Ma Oltre era molto di più.

Oltre, *c'era* molto di più.

Poi era arrivato il 2009. E la decisione finale.

La Cassazione avrebbe messo la parola fine alla strage della villa sulle colline di Ventimiglia.

E per Giovanni Venturi si sarebbero aperte le porte del carcere di Sanremo.

«Per poi buttare via la chiave della cella.» Così aveva detto il procuratore della Repubblica di Imperia, in una chiacchierata informale ripresa con un telefonino.

E che poi era finita dritta dritta in TV.

Senza che nessuno si chiedesse come quella ripresa fosse potuta arrivare ai media. E da chi.

Il magistrato aveva negato con veemenza di aver mai pronunciato quella frase ed era intervenuta in sua difesa anche l'ANM, l'Associazione nazionale magistrati, ma il video era inequivocabile.

Quando i tre giudici della terza sezione penale della Cassazione erano usciti dall'aula per riunirsi in camera di consiglio ed emettere la sentenza definitiva, Giovanni Venturi si era alzato e, dopo tanto tempo, aveva sorriso.

Il giorno successivo, incredibilmente, la Corte aveva depositato in cancelleria non solo il dispositivo della sentenza, ma anche, a tempo di record, le motivazioni.

Che poi erano finite sui giornali di tutto il mondo.

Dopo due condanne per triplice omicidio, Venturi veniva assolto senza rinvio. Di solito, quando la Cassazione nota qualcosa di irregolare o di poco chiaro nella sentenza di secondo grado, la annulla e dispone il rinvio a una nuova corte d'appello per celebrare un altro processo.

Solo in rarissimi casi, la Cassazione annulla senza rinvio, rendendo l'assoluzione, come si dice in gergo, "tombale".

Le motivazioni erano state, se possibile, ancora più scioccanti. Il processo per l'omicidio di Paola Rossi Venturi, Rossella e Lavinia Venturi aveva avuto "un iter obiettivamente ondivago, le cui oscillazioni sono, però, la risultante anche di clamorose *defaillances* o 'amnesie' investigative e di colpevoli omissioni di attività di indagine". Per la Suprema Corte, se non ci fossero state tali *defaillances*, e se le indagini non avessero risentito di tali colpevoli omissioni, sarebbe "con ogni probabilità stato possibile, sin da subito, delineare un quadro, se non di certezza, quanto meno di tranquillante affidabilità, nella prospettiva vuoi della colpevolezza vuoi dell'estraneità" di Giovanni Venturi rispetto all'accusa di avere assassinato in un modo così brutale la moglie e le figlie, la notte del 19 aprile 2003.

Non solo.

I giudici avevano deciso di escludere "la sua partecipazione materiale all'omicidio, pur nell'ipotesi della sua presenza nella casa di via delle Ginestre" e avevano sottolineato la "mancanza assoluta di tracce biologiche a lui riferibili" sui corpi delle vittime.

Secondo i giudici, poi, ed erano queste le frasi più dure per l'accusa, non avevano "certamente giovato alla ricerca della verità il clamore mediatico del brutale omicidio e i riflessi internazionali" che la vicenda aveva avuto e che aveva provocato una "improvvisa accelerazione delle indagini nella spasmodica ricerca di colpevoli da consegnare all'opinione pubblica internazionale".

Venturi aveva sceso le scale della Cassazione abbracciato al figlio Riccardo, cui poco prima aveva sussurrato nell'orecchio: «Te l'avevo detto di stare tranquillo».

Quel video era stata la chiave: la demolizione della "purezza" dell'accusa, insieme a una campagna mediatica durissima, aveva portato a quel risultato.

Ma nessuno seppe mai da dove era venuto fuori quel video.

Anzi no. Uno sì, lo sapeva benissimo da dove veniva.

Ed era la stessa persona che non disse mai cosa lo aveva portato, in una notte di primavera, a uccidere la moglie e le figlie.

Perché Giovanni Venturi, che due mesi più tardi avrebbe ceduto l'azienda al figlio Riccardo e sarebbe morto l'anno successivo, era un uomo molto malato.

7

Roma, oggi

Malato? si chiese Montecchi mentre cercava di immagazzinare quella mole enorme di informazioni, in ogni scomparto di quell'archivio analitico che era il suo cervello.

Cervello che, in quel momento, reclamava una seconda dose di Efferalgan 1000, a causa di un aumento vertiginoso del pulsare nella sua testa.

Una vocina ancora un po' flebile, inoltre, probabilmente il suo personalissimo Grillo Parlante, lo pungolava per farsi dare una risposta a una banale domanda: *Ma questi, che vogliono da me?*

Decise di zittire temporaneamente il grillo, pescò dalla tasca interna della giacca il portapillole d'argento che conteneva le sue magiche pasticche e ne ingoiò una, senz'acqua, come era ormai abituato a fare.

La dirigente dell'UDI lo fissò.

«Mal di testa cronico, souvenir da Mogadiscio» scrollò le spalle Montecchi.

Calcolò anche di avere un sacco di domande da fare a quella donna, ma decise di ripartire dalle ultime informazioni e dare voce alla questione istintiva che l'annullamento dei suoi freni inibitori aveva subito formulato nella sua testa.

«Il professor Venturi era malato?» chiese.

«Sì, e molto.»

«Mi sembra, però, di aver capito che niente di tutto questo sia emerso durante i vari gradi di processo.»

«No, infatti. Ricorda le tracce di quella sostanza trovata nel sangue di Venturi nelle analisi fatte dopo il massacro in casa?»

«Sì» ammise Montecchi, dopo un attimo. «Niente droghe, un po' di alcol e tracce di un antipsicotico che lui diceva di usare quando aveva difficoltà a dormire.»

«Giusto. I miei colleghi di Ventimiglia vollero capire di più anche su quello; furono scrupolosi, e nello studio di Venturi trovarono le ricette di quel farmaco scritte dal suo medico di fiducia.»

«Che...?»

«Confermò la versione di Venturi. Anzi, fu lui stesso ad autorizzare il medico a parlare, non avvalendosi dell'obbligo al silenzio che poteva essere opposto dal dottore in base al segreto professionale.»

«Un antipsicotico per dormire? Roba forte» pensò ad alta voce Montecchi.

«Perché non gli serviva per quello.»

Anna Orsini si appoggiò allo schienale della sua sedia ergonomica e fissò la parete, avvinta al ricordo.

Il suo linguaggio del corpo, notò Montecchi, non mostrava alcunché di oppositivo, di falso o di artefatto: un altro punto a favore delle parole di Grassi sull'intelligenza di quella donna.

«Quando abbiamo scelto di rimettere le mani su quel fascicolo, era perché lo stavano per buttare via» spiegò la dirigente dell'UDI. «Le parrà strano, professore, ma il più feroce avversario contro il quale la mia Unità deve combattere è lo spazio.»

«Lo spazio?» chiese Montecchi, sinceramente stupito.

«Sì, lo spazio. Gli scatoloni dei casi più vecchi occupano spazio in tanti tribunali che non ne hanno a sufficienza. I magazzini che contengono le scatole che vede sparse per la stanza devono fare i conti non solo con la conservazione adeguata delle prove, ma proprio con la conservazione in senso assoluto dopo dieci anni.»

«E il tribunale di Imperia…»

«… è un buco e stava per buttare via ogni cosa, quando una vocina ci ha chiamato e siamo intervenuti noi, portando via tutto.»

«Così avete riaperto il caso.»

«No, perché non c'era niente per cui riaprirlo. Ancora. Ma io sono testarda e un po' secchiona, si vede immagino…»

Montecchi tacque perché comunque per lui era un pregio, ma in effetti…

«Insomma, mi prendo 'ste carte e un sabato sera in cui non avevo voglia di uscire mi metto a leggere.»

«E…?»

«La faccio breve. Trovo un numero di telefono scritto a lapis, piccolissimo, in verticale, su una delle ricette del farmaco per Venturi. Scopro che è un numero francese che corrisponde a una clinica privata di Antibes.»

«Un po' fuori dalla sua giurisdizione, mi pare» intervenne Montecchi.

«Parecchio. Ma oltre confine, a Parigi, ho un amico nella Direzione centrale della polizia giudiziaria che mi doveva un favore.»

«E ci sono andati loro, ad Antibes.»

«Esatto, e lì hanno trovato un vecchio medico che ha una

buona memoria, che non voleva problemi e ha raccontato che un altro dottore suo caro amico, oggi deceduto, aveva in cura, cito testualmente, *le brillant scientifique italien.*»

«Il grande scienziato italiano» tradusse automaticamente Montecchi.

Anna sorrise: «Dimenticavo che lei abita in Francia».

«E ho, anzi purtroppo *avevo* una mamma francese.»

Anna si scusò, poi gli fece una domanda un po' strana: «Professore, lei sa cos'è la sindrome di Capgras?».

Capgras?, pensò Montecchi. *Qui la cosa si fa interessante.*

«Be', è una malattia psichiatrica caratterizzata dalla ferma convinzione che una o più persone di famiglia siano state sostituite da estranei a loro identici» spiegò lui, come se stesse facendo lezione ai suoi studenti. «Chi ne è colpito sostiene che il coniuge, i figli o i genitori siano stati rimpiazzati da sosia o, addirittura, da alieni. E nessuno, ancora, ne conosce bene le cause.»

«Tuttavia,» Anna si alzò, riaprendo la finestra per accendersi un'altra sigaretta «è stato dimostrato che la sindrome di Capgras sia correlata a lesioni cerebrali, demenza o altri disordini organici dell'encefalo. Non è così, professore?»

«Sì» ammise Montecchi, alzandosi a sua volta per fumare. «Dal punto di vista clinico, questa sindrome si presenta con i tratti del delirio, perché la convinzione del paziente è irremovibile, nonostante l'evidenza provata che la moglie non sia un marziano.»

La dirigente dell'UDI gli allungò un foglio tra i mille che erano sulla sua scrivania: «È la relazione di un medico che ho trovato su Internet. Legga».

Montecchi inarcò un sopracciglio: diffidava per natura delle notizie pescate dalla rete, dove spesso si procedeva tra le bufale, ma Anna sembrava non avere dubbi e perciò lesse.

"Il sintomo caratteristico della sindrome di Capgras è il delirio che altre persone, affettivamente significative per il paziente, non siano più i reali familiari: le presunte 'copie' si sarebbero appropriate dell'identità delle persone vicine a sé, rimpiazzandole. Questa convinzione delirante è costante e viene mantenuta nonostante vengano date prove del contrario; chi ne soffre mostra una sensazione di estraneità nei confronti degli altri individui. L'atteggiamento verso i presunti impostori è negativo, e può andare da un semplice sospetto a un vero e proprio comportamento paranoide, che in alcuni casi può sfociare in minacce, ostilità, deliri persecutori o aggressioni fisiche. Nei pazienti affetti da questa sindrome è elevato il rischio di violenza nei confronti di chi è oggetto dell'identificazione errata, fino a sfociare in episodi di omicidio."

Montecchi, alla parola "omicidio", smise di leggere e restituì il foglio ad Anna.

«Che ne pensa, professore?» chiese lei.

«Che ne pensa lei, piuttosto? Anche se Venturi fosse ancora vivo, come dicono i giuristi *ne bis in idem*» disse lui, facendo riferimento alla locuzione latina per cui nessuno può essere processato due volte per lo stesso reato.

«E poi,» continuò Montecchi prima che lei rispondesse «sarebbe venuta fuori la malattia, ci sarebbe stata una battaglia di perizie in aula e Venturi sarebbe stato comunque assolto, glielo assicuro.»

«Lo dice per esperienza?»

«Lo dico perché so come vanno le cose in un'aula di giustizia.

Venturi non voleva far sapere che era malato perché altrimenti lo avrebbero fatto fuori dalla comunità scientifica, che probabilmente equivaleva a ucciderlo.»

«Ma secondo lei quella malattia può giustificare quei fatti orribili?» domandò la donna, con una nota di speranza nel timbro della voce.

«Anna, non lo sapremo mai. Quell'uomo, si ricordi, è morto innocente; per la legge non ha commesso il terribile reato che gli veniva contestato.»

«Quindi, la madre e le due bambine non avranno mai giustizia. Voltaire dunque,» disse indicando la targa con la scritta sulla verità che si deve ai morti «lo buttiamo nel cesso?»

Montecchi osservò quella giovane donna che credeva davvero nel valore salvifico della Giustizia, con la G maiuscola: era una convinzione più che degna.

Ma poi c'era la realtà.

E lui si prese l'ingrato compito di rimetterla al centro: «Anna...».

«Lo sa che il magistrato del famoso video sulla chiave della cella da buttare via si è suicidato?»

No, Montecchi non lo sapeva. E ne rimase colpito.

«Si è sparato in testa nel suo ufficio l'ultimo giorno di lavoro, prima di andare in pensione. Ha lasciato un biglietto sulla scrivania con una sola frase sopra la sua firma: "Io non ho detto niente".»

Era arrivato il momento di dare voce al Grillo Parlante.

«Allora, che volete da me?» chiese Montecchi.

Anna chiuse la finestra e i due si rimisero seduti, uno davanti all'altra.

«Voglio... Anzi, mi scusi, *vorrei* che mi aiutasse a capire.»

«I due delitti in contemporanea a mille chilometri di distanza? Guardi, Anna, può essere più semplice di quanto creda. Due imitatori, due malati di mente che si mettono d'accordo per fare le stesse cose nello stesso identico modo, due...»

«Perché filmarli? Perché farci ritrovare i video addosso ai cadaveri su una chiavetta USB?»

«Gli assassini sono, di solito, anche dei narcisisti patologici: avranno voluto farvi vedere quanto sono stati bravi. Stanno giocando con voi, con la polizia, e non è detto che non lo rifacciano, se non li fermate prima. Qualche indizio dai video?»

«Nessuno. Sono coperti da capo a piedi da tute chirurgiche e mascherine. E fanno le stesse cose, alla stessa ora mostrata dalle telecamere, a entrambe le vittime: prima gli occhi, poi le mani, poi le risvegliano e, da coscienti, tagliano loro la lingua con un altro bisturi e...»

«Sembra quasi un omicidio...»

«Un duplice omicidio» lo corresse la dirigente dell'UDI.

«Vero. Sembra quasi un duplice omicidio a sfondo rituale» argomentò Montecchi.

«Analogo a quelli accaduti in una villa di Ventimiglia ventuno anni fa.»

«Sì» sbuffò lui «e per i quali lei ritiene colpevole un uomo morto, quando? Nel 2010 o nel 2011?»

«2010.»

«Okay, 2010. Quattordici anni fa. Allora, mettiamoci d'accordo: se è vero, lei mi dice, che i delitti di Roma e Parigi dello scorso aprile sono simili...»

«Uguali.»

«Va bene, uguali per modalità a quelli avvenuti nel 2003 a

Mortola Superiore, Venturi non può aver ucciso nessuno nell'aprile del 2023 perché morto e sepolto. Anzi no, se ricordo bene ho letto da qualche parte, che non è neppure sepolto perché hanno cremato il corpo e il figlio tiene le ceneri in azienda. Ergo, non le pare più logico pensare che, forse, è la stessa persona ad aver ucciso sia nel 2003 a Ventimiglia sia nel 2023 a Roma e Parigi?»

«La stessa persona che peraltro, guarda caso, uccide proprio i due colleghi scienziati con i quali Venturi aveva vinto il Premio Nobel nel 2002.»

Montecchi iniziò a innervosirsi e dimenticò di controllare la sua reazione, come gli aveva insegnato Cinzia: «Dottoressa Orsini, ha chiamato il CICAP perché pensa che un uomo morto nel 2010, dopo aver sterminato la sua famiglia nel 2003, senza farsi beccare, sia risorto nel 2023 per uccidere i suoi colleghi? Guardi che a questo punto mi arrendo.»

La dirigente dell'UDI scosse la testa e gli allungò un altro foglio stampato in formato A4. «Mi scusi, professore, non volevo farla arrabbiare, io non credo questo. Guardi, ecco il certificato di morte di Giovanni Venturi: la data è 29 dicembre 2010 e sul suo decesso non ci sono dubbi perché il corpo, in seguito, è stato cremato a Savona e ne abbiamo testimonianza diretta da chi preparò il cadavere.»

Montecchi si placò e prese il certificato dalle mani di Anna.

«Io voglio solo sapere chi ha ucciso una madre e le sue due figlie, nel loro letto, in maniera bestiale. Se non è stato il marito, il padre, chi è stato? E perché uccide ancora oggi, nello stesso modo? E perché ora gli assassini sembrano due?»

La donna era esasperata e sembrava un criceto che corre disperatamente nella ruota, ma resta sempre nel medesimo punto.

«Anna, lei dovrebbe sapere, dato il lavoro che fa, che non a tutto è possibile dare risposte, specialmente in queste cose» avanzò Montecchi, con cautela.

«Lei ha ragione, professore, ma questa storia è nata vent'anni fa e rimane un buco nero dentro al quale sono caduti in tanti. Di quella povera donna e delle sue bambine, chi si occupa oggi? Chi ci pensa?»

Tu, rispose Montecchi nella sua mente, guardandola.

Anna scosse la testa e la sua lunga coda di cavallo ondeggiò dietro le spalle.

«Proviamo a fare in modo palindromo» disse all'improvviso Montecchi, inseguendo un pensiero ad alta voce.

«Cioè?» sgranò gli occhi Anna.

«Rileggiamo tutto, ma al contrario. Partiamo dal 2023 e torniamo indietro al 2003. Poi vediamo se la lettura resta la stessa o cambia qualcosa. E se cambia qualcosa, è *quel* qualcosa su cui dobbiamo focalizzarci.»

«Allora ce l'abbiamo già» replicò Anna.

«In che senso?»

«Nel 2023, ad aprile, è successo qualcosa di molto più terribile. E inspiegabile. Il nostro assassino ha fatto un salto di qualità. Un salto, se possibile, in un luogo ancora più orrendo.»

8

La dirigente dell'Unità delitti insoluti della polizia si tolse gli occhiali senza montatura e si alzò in piedi.

«Vuole un caffè? Abbiamo una macchinetta nel corridoio accanto al nostro ufficio» disse.

Montecchi, ancora seduto, non poté fare a meno di notare quanto fosse davvero alta e quanto azzurri fossero i suoi occhi.

Resettò immediatamente le due informazioni trasmesse dai suoi neuroni e si alzò in piedi, imbarazzato come se fosse stato sorpreso a tradire Cinzia.

Come se lei fosse lì, in quel momento, e avesse letto nei suoi pensieri.

«Tutto a posto, professore?» gli chiese Anna, vedendo un'ombra sul volto di lui.

Montecchi però riprese subito il controllo di sé e delle sue emozioni, mascherandole, come aveva imparato a fare da tempo, dietro a un sorriso. Che fosse un sorriso falso, perché non coinvolgeva la muscolatura degli occhi, be', era un problema che quasi sempre riguardava il rapporto fra lui e il suo specchio.

E quindi.

«A posto, solo poche ore di sonno agitato. Un caffè mi farà bene» confermò.

«Mi segua» disse Anna, avviandosi verso l'open space, sempre deserto, e un corridoio alla fine del quale si apriva una porticina con dietro la macchinetta del caffè.

Avrebbe voluto offrirlo lui, in un antiquato seppur genetico gesto di cavalleria, ma Anna, alla cordicella che teneva al collo, aveva legata una chiavetta di plastica oltre al badge. E la inserì nella macchina.

«Come lo vuole?» chiese.

«Lungo. Senza zucchero. Quello con più caffeina e che fa più male di tutti, ovviamente.»

Anna sorrise e digitò la richiesta su un tastierino numerico.

«E comunque io lo prendo uguale» disse la donna, porgendogli il bicchierino di plastica.

Montecchi affondò lo sguardo in quel liquido scuro che pareva caffè e non poté fare a meno di pensare che anche Cinzia odiava lo zucchero.

Poco dopo, i due tornarono davanti alla finestra spalancata dell'ufficio di Anna, fumando con gusto.

Poi Montecchi non resistette: «Ma lavora sempre da sola?» chiese indicando l'open space deserto oltre la porta della stanza.

Anna sospirò: «Siamo solo in quattro, me compresa, più tre specialisti della Scientifica in appoggio. E dobbiamo fare tutto noi: accertamenti, rilettura dei fascicoli, tenere i rapporti con le varie questure e con l'autorità giudiziaria, seguire i casi che alla fine meritano di essere ritirati fuori. Siamo pochi. Ma meglio pochi che nessuno».

«Non deve essere facile» ammise Montecchi.

«No, per niente. All'inizio siamo partiti dall'analisi tecnicoscientifica, soprattutto il DNA, ma col tempo e l'esperienza abbiamo visto che è utile anche rileggere il fascicolo dal punto di vista delle indagini, e poi parlare direttamente con chi ha lavorato a quei casi. Dà i suoi frutti, insomma. Non è vero che se non c'è la scienza non se ne viene a capo.»

Montecchi si ricordò di un caso in cui era stato coinvolto l'UDI.

«Voi avete risolto un delitto nella mia città, a Verona» disse.

Anna sorrise: «Certo, c'ero io. Non come capo di questa Unità ma ero qui».

«Davvero?»

«Antonio Schiesaro, trovato morto nel suo appartamento di via Nicola Mazza, nel quartiere di Veronetta, la notte tra il 28 e il 29 maggio del 2001.»

Montecchi annuì: «Lui, esatto. Avete trovato l'assassino dopo quanto?».

«Diciannove anni dopo l'omicidio, quattro anni fa.»

«Mi ricordo di averlo letto da qualche parte. DNA, vero?»

«C'era del liquido seminale su un asciugamano e anche dentro al suo corpo. Mettemmo i risultati nella nostra banca dati e fummo molto fortunati: trovammo la corrispondenza con il DNA di tale Ion Iacanu, inserito solo l'anno prima, quando era stato arrestato per aver dato fuoco alla compagna per gelosia. Un vero bastardo.»

Montecchi soffiò via il fumo, guardando le auto in transito sulla Tuscolana, e tornò al qui e ora: «Stavolta invece il DNA non vi aiuta, eh?».

«Zero, non è stata trovata alcuna traccia di terze persone nel caso di Ventimiglia. E neanche in quelli di Roma e Parigi, se è per questo.»

Montecchi decise di arrivare al punto, la pausa caffè era

finita: «Abbiamo deciso di ripartire dal 2023, vero? Mi spieghi del salto di qualità di cui parlava prima».

La dirigente dell'UDI rispose al saluto di un collega appena entrato nell'open space, avvennero i consueti scambi di convenevoli e le veloci presentazioni, poi Anna chiuse la porta del suo ufficio e si rimise seduta alla scrivania.

«Allora...» sembrava incerta da dove cominciare, poi iniziò.

«I corpi di Guido Gambassi e Vivienne Colmart vengono ritrovati a Roma e a Parigi, in due sacchi dell'immondizia abbandonati lungo il Tevere e la Senna.»

«Altra similitudine» intervenne Montecchi.

«Già. E prima che me lo chieda: no, non abbiamo telecamere che ci mostrino l'abbandono dei cadaveri, perché entrambi avvengono di notte, ventiquattro ore dopo il delitto, in zone periferiche, sotto a un ponte.»

«Capito.»

«Sappiamo che Gambassi è sparito mentre stava tornando a casa da un ristorante poco lontano dalla sua abitazione, dopo un viaggio lampo a Parigi, durato meno di un giorno.»

«Per fare cosa?»

«Non lo sappiamo, forse per lavoro, forse per incontrare un amico.»

«O un'amica» suggerì Montecchi.

«Sarebbe stato lavoro anche quello, professore. Gambassi era dichiaratamente gay e viveva da solo con i suoi gatti.»

«E la donna? Che, casualmente, muore a Parigi dove era stato Gambassi, suo amico e collega, fino a poche ore prima?»

«Premessa. Non c'è una prova che i due scienziati si siano visti, quel giorno. Erano molto più amici che semplici colleghi:

avevano vinto il Nobel per la Fisica assieme a Venturi e non si erano mai allontanati. Però...»

«... nessuna prova, ho capito. Vada avanti.» Montecchi proseguì in modalità CICAP, ma Anna non sembrava mai dargli la sensazione di mentire, o di non voler essere aperta o collaborativa.

«La Colmart sparisce appena uscita dall'Ecole Polytechnique alla periferia di Parigi, uno dei luoghi più importanti del mondo per la scienza, dove lei dirigeva il CPHT, il Centro di fisica teorica.»

«So chi è Vivienne Colmart» disse Montecchi, anche se fisica e neuroscienze non sono così assimilabili «e so che l'Ecole Polytechnique, che fa parte dell'Università della Sorbona ed è molto legata anche al governo francese, è un luogo di scienza teorica talmente avanzata che studenti e docenti, credo per gioco, la chiamano X, la terz'ultima lettera dell'alfabeto romano, quella che definisce un'incognita.»

«Comunque sia, esce da lì, intorno alle ventidue, le telecamere dell'istituto ce la mostrano; va nel parcheggio per prendere la sua macchina e, *puff*, sparisce anche lei. È la sera del 18 aprile 2023. Lei e Gambassi verranno ritrovati, morti, nella notte fra il 19 e il 20.»

«Mi parli dei video.»

«Prima che i corpi finiscano nei rispettivi istituti di medicina legale, si scoprono le chiavette USB, attaccate alla pelle dei due scienziati col nastro adesivo. Si vede tutto, sono immagini pesanti, anche per me che ne ho viste tante. E poi, in base a quanto ripreso dalle due telecamere, le cose avvengono praticamente nello stesso modo e nello stesso momento. Sembra incredibile, mi creda.»

«Ci credo. E poi?»

«Poi, il mio amico di Parigi mi chiama, i miei colleghi della Mobile di Roma mi chiamano, e in quest'ufficio si accendono tutte le spie.»

«E perché chiamano lei?»

«Perché i due delitti, come le dicevo, sono uguali a quello del 2003 e non è difficile oggi, con i computer, nostri e degli altri Paesi europei, scoprire che c'è un precedente omicidio con escissione di bulbi oculari, mani e lingua. E dal computer risulta che il fascicolo del caso irrisolto di Ventimiglia 2003 è qui, nelle mani dell'Unità delitti insoluti.»

«Peccato che, come si diceva, l'unico sospettato per quel triplice assassinio sia morto più di dieci anni fa» chiosò Montecchi,

«Vero. Ma in così tanto tempo cambiano un sacco di cose e qui l'assassino, anzi, *gli* assassini hanno fatto molto di più.»

«Sarebbe a dire?» alzò il sopracciglio Montecchi.

«Sarebbe a dire che, a quanto pare, quei mostri hanno scoperto che c'era qualcos'altro da prendere.»

Anna accese il computer: «Guardi qui».

Il video era in bianco e nero, senza audio, e mostrava un uomo immobile nudo, a pancia in giù, legato con dei lacci di plastica su una sorta di tavolo operatorio, al centro di una stanza.

Una flebo era inserita in una gamba.

Le escissioni erano avvenute in due momenti temporali diversi.

Prima gli occhi e le mani, poi il risveglio e...

No, prima accadeva un'altra cosa.

L'assassino, completamente coperto dalla tuta chirurgica e

da una mascherina, eseguiva una sorta di incisione a V sulla schiena di quel pover'uomo e ne apriva i lembi della pelle verso l'esterno, lasciando le vertebre e il retro della cassa toracica in bella vista.

Ma l'uomo, al risveglio, non sembrava nemmeno essersene accorto.

E forse non si era accorto neanche di essere senza gli occhi e senza le mani, dato che aveva la testa coperta da un cappuccio.

E, senza forse, era meglio così.

Anna Orsini bloccò il video.

«Da qui in poi glielo racconto: è meglio anche per me, perché non mi va di rivederlo.»

«Okay, allora fumo» replicò Montecchi, alzandosi per riaprire la finestra.

«Poi, a Gambassi, ma anche alla Colmart, quell'... essere taglia la lingua da sveglio.»

«Da sveglio?»

«Sì, perché nel video lo si vede dimenarsi e poi tornare immobile, forse svenuto.»

«Cristo santo.»

«Dopo si vede il maniaco armeggiare per un po' attorno al corpo con i suoi attrezzi, e quando esce dall'inquadratura, la schiena dell'uomo è ricucita.»

Montecchi aspirò dalla Gauloise in silenzio.

«All'inizio non riuscivamo a capire, ma ce l'hanno spiegato i patologi, i nostri e quelli francesi.»

«Cosa?»

«Ai due scienziati sono state asportate le ghiandole surrenali.»

«Che diavolo sta dicendo?» replicò Montecchi, iniziando a tossire a causa del fumo. E dello stupore.

«Quello che le ho detto. I corpi delle due persone sono stati ritrovati senza le ghiandole surrenali, oltre al resto ovviamente.»

«Le surrenali?» pensò ad alta voce Montecchi. «E che se ne fanno di due piccole ghiandole produttrici di ormoni?»

«Ha qualche idea al riguardo, professore?» chiese Anna.

«Nella storia degli omicidi rituali» rifletté il neuroscienziato «gli assassini si sono sempre accaniti su altri organi più simbolici, tipo il cuore o il fegato. Ma di qualcuno che si sia preso le surrenali di un altro non ho mai, ma proprio mai sentito parlare.»

«Ha una sua ipotesi? Perché da Roma a Parigi, le assicuro, non si sa né che pensare né soprattutto cosa fare.»

Montecchi provò a dare un ordine ai suoi pensieri, ma senza un risultato apprezzabile. «Davvero non saprei, Anna. Le surrenali servono essenzialmente a una cosa: produrre l'adrenalina, che viene liberata a seguito della percezione di stimoli come minacce fisiche, paura, eccitazione, rumori, luce intensa o temperatura elevata. L'adrenalina accelera la frequenza cardiaca, restringe il calibro dei vasi sanguigni, dilata le vie aeree bronchiali: sostanzialmente migliora la reattività dell'organismo.»

Anna lo guardava allo stesso modo dei suoi studenti in aula: «Una sorta di acceleratore delle nostre emozioni, insomma?».

«L'adrenalina ha effetto su quasi tutti i recettori del nostro organismo. E nel senso buono. In medicina viene anche usata, per esempio, per contrastare shock anafilattici e violenti attacchi asmatici. Ma…»

«Ma?»

Montecchi la guardò cercando di trasformare i suoi pensieri, al momento molto confusi, in frasi di senso compiuto: «Ma che se ne fanno di un paio di ghiandole surrenali?».

«Ce lo stiamo chiedendo anche noi e...» Anna allargò le braccia «non ne abbiamo la minima idea.»

Montecchi si ricollegò a un pensiero precedente: «Perché questa cosa non la sa nessuno? Non ricordo di aver letto niente di simile, né il professor Grassi me l'ha accennata prima di venire qui».

«Perché è stato dato l'ordine tassativo di mantenere il massimo riserbo su questa pratica così... cruenta e strana.»

«Ma a Ventimiglia l'asportazione delle surrenali non avvenne, vero?»

«No, a Ventimiglia no» rispose Anna.

Montecchi allontanò lo sguardo dalla finestra, il cielo di Roma era sempre di un grigio cupo: sembrava il posacenere del sole.

«Senta, professore, sui casi di Roma e Parigi lavorano decine di persone. Ma a quello di Ventimiglia solo io. E ora anche lei, se pensa di potermi dare una mano. Perché io sono convinta che, comunque, un collegamento ci sia, ci deve per forza essere. È impossibile che non ci sia.»

Alla parola "impossibile", a Montecchi scappò un mezzo sorriso; si era ricordato della frase di Disney citata da Grassi su quanto fosse divertente l'impossibile.

Anche se lì, di divertente, non c'era proprio nulla.

Così proseguì.

«Cosa vorrebbe che facessi?» le chiese invece.

«Vorrei che andasse a Ventimiglia a parlare con una persona.»

«Un poliziotto?»

«No, un anziano giornalista che seguì il caso e che adesso è in pensione. È un vecchio amico di mio padre ed è convinto di poterci dare una mano.»

Montecchi alzò il sopracciglio e fece due più due: «Mi faccia indovinare. È la persona che vi ha detto che al tribunale di Imperia avevano iniziato a fare le pulizie di primavera e che stavano per buttare via gli scatoloni del caso».

E non lo disse come domanda, ma come affermazione.

Anna, se non fosse stata una brava poliziotta, probabilmente sarebbe arrossita, ma si limitò a due parole: «Sì, lui».

«Okay, ci sto. Torno a Verona, prendo la macchina e vado a Ventimiglia.»

Anna si alzò dalla sedia, entusiasta: «Grazie, e magari dia anche un'occhiata per me a Venturi figlio e alla sua azienda, la Beyond».

Montecchi si alzò a sua volta e allungò la mano: «Gli amici del professor Grassi sono miei amici. Ora però, prima di andare via, mi tolga una curiosità».

Quando, dieci minuti più tardi, all'ingresso del Compendio Tuscolano della polizia aspettava il taxi che l'avrebbe riportato alla stazione Termini, Montecchi non poté impedire al suo cervello di ricordare l'ultimo scambio di battute con Anna.

«Perché dovrei parlare con un giornalista e non con un suo collega?»

La donna si era fatta molto seria: «Perché ho dei buoni motivi per non fidarmi di nessuno».

«Quali buoni motivi?»

Anna aveva sospirato: «Il poliziotto che entrò per primo nella villa, quella notte del 2003, scrisse nel suo verbale di aver visto uno strofinaccio sporco di sangue sul pavimento della cucina, dove Venturi aveva detto di non essere mai entrato dopo la scoperta dei delitti. Ma quello strofinaccio non è mai stato ritrovato e, anzi, l'agente sotto interrogatorio, a domanda specifica, disse che si era sbagliato e aveva visto male».

«Ci sta, nella concitazione del momento» aveva minimizzato Montecchi.

«Vero. Però ci sta meno che il giorno dopo la sentenza con cui la Cassazione assolse Venturi, quel giovane agente sia stato trovato morto suicida, impiccato a un albero.»

«Dunque, i suicidi sono due.»

Anna lo aveva fissato: «E i morti cinque. Ventimiglia è un posto di confine, in tutti i sensi. È un luogo strano, e pericoloso. Lo vedrà da sé. Stia attento, professore».

9

Frontiera Italia-Francia, fra Ventimiglia e Mentone
25 gennaio 2024

Piero Montecchi si avvicinò cautamente ai gendarmi francesi, che facevano finta di non controllare a vista tutte le auto che transitavano alla frontiera, per poi scegliere chi fermare per un controllo, dicevano loro, "casuale".

Ma di casuale, in quei giorni, alla frontiera italo-francese tra Ventimiglia e Mentone c'era proprio poco.

Come al solito, ma più del solito, centinaia e centinaia di migranti clandestini si ammassavano a Ventimiglia, sbarcati nell'isola di Lampedusa o dopo aver passato di nascosto il confine sul fronte orientale – quella lunga linea nel Friuli-Venezia Giulia che una volta segnava il punto di contatto con la cosiddetta "cortina di ferro" durante la Guerra fredda. Chissà come erano arrivati. Di solito trovavano un improbabile rifugio sotto il grande viadotto che portava dall'autostrada al centro città, lungo il fiume Roja.

Che una volta, d'inverno, era esondato portandosi via tanti senza nome, senza mai sapere quanti.

Ma quella era un'altra storia.

Da lì, nottetempo, cercavano di sconfinare per andare in

Francia, e in alcuni casi restarci, ma soprattutto cercavano di andare verso nord, Germania o Paesi scandinavi, sperando di recuperare famiglia, amici e, specialmente, assicurarsi un futuro.

Perché una cosa era chiara, visibile: l'Italia non li voleva e loro neanche ci volevano stare.

Però il problema vero era un altro: la Francia, che già aveva i suoi guai con l'immigrazione, li voleva ancora meno dell'Italia. E quindi, questi poveracci si trovavano schiacciati in una sorta di morsa da cui tentavano di liberarsi nell'unico modo possibile: affidandosi ai *passeurs,* delinquenti che conoscevano i piccoli sentieri nei boschi e facevano attraversare, per qualche centinaio di euro racimolati chissà dove e chissà come, la linea di demarcazione fra i due Paesi.

Tuttavia la Francia si era scocciata e al confine aveva schierato non solo i reparti speciali della Gendarmerie e della Police Nationale, ma anche i droni dell'esercito che, con gli infrarossi, vedevano al buio.

È vero che non si poteva sospendere a causa del transito degli immigrati il fondamentale Trattato di Schengen, che consente la libera circolazione di persone e merci all'interno dei Paesi dell'Unione Europea, ma la Francia di fatto aveva ricreato qualcosa che nell'Unione stessa non era più prevista: una frontiera fatta di gendarmi molto attenti e di potenti occhi elettronici, pronti a fermare chiunque volesse entrare irregolarmente nel Paese. Che fosse in un bosco di notte o in un furgone di giorno. Per essere fermati bastava avere un'aria sospetta.

Per passare dall'Italia alla Francia, comunque, oltre ai sentieri nei boschi c'erano diversi accessi: l'autostrada dei Fiori, che veniva da Genova; la linea ferroviaria; l'Aurelia che finiva al posto di confine di Ponte San Luigi, e la strada del lungomare che diventava territorio francese a Mentone, davanti alle casette e ai furgoni della polizia, all'uscita della lunga galleria a Ponte San Ludovico.

E poi c'era il mare, ma non si era a conoscenza di migranti che, dopo aver sfidato il Mediterraneo per arrivare in Italia dall'Africa, passassero il confine in quel modo: era plausibile che di acqua, e di acqua anche cattiva, ne avessero vista abbastanza.

Montecchi rallentò per superare i tre gendarmi che lo stavano osservando mentre oltrepassava un confine che non doveva esserci più.

Ma c'era, pensò lui, c'era eccome e lo percepiva negli occhi dei poliziotti francesi che però lo valutarono per quel che era, un signore ben vestito al volante di una bella Mercedes, e lo lasciarono passare senza muovere un muscolo.

Aveva preso una camera a Villa Ada, un piccolo albergo nella frazione di Latte, a ovest di Ventimiglia, proprio dove l'Aurelia si divideva con la strada del lungomare per finire entrambe in Francia.

Dall'Aurelia si arrivava anche alla frazione sulle colline dove c'erano la casa e l'azienda di Venturi figlio, Riccardo; ma aveva deciso di non passare da lì.

Non ancora.

Aveva fatto una toccata e fuga a Verona: il tempo di cenare con sua sorella, che in fondo altro non era che una scusa per stare un po' con Winston, peraltro delusissimo appena aveva capito che il parcheggio da Caterina si sarebbe prolungato.

Poi, la mattina dopo era andato all'Università, dove aveva convocato Gabriele, il suo assistente, per passargli le consegne sulle lezioni da tenere in sua assenza.

Montecchi si sentiva in colpa da morire con i suoi studenti, gli sembrava di trascurarli anche se non era del tutto vero, ed era dispiaciuto anche per Gabriele stesso, che comunque accettava con apparente gioia qualunque richiesta del professore.

Però una cosa aveva voluto farla personalmente: prima di partire per Ventimiglia, aveva incontrato i cinque ragazzi che a giugno avrebbero discusso la tesi con lui, una forma di dovuto rispetto verso chi era così entusiasta nei confronti della sua difficile materia.

Per questo era uscito pedalando di gran fretta dall'Università di pomeriggio inoltrato, aveva raggiunto il garage dove aveva lasciato l'auto con la valigia già pronta (rivolgendo un sentitissimo grazie a *maman* che lo aveva reso così previdente) e si era preparato a cinque ore di viaggio da solo, senza Winston, in compagnia delle sue Gauloises.

Ma no, non proprio da solo.

Ne aveva approfittato per raccontare a Cinzia, nella sua mente, tutta la storia. E quello che sarebbe andato a fare.

Peccato che, in cambio, non aveva ricevuto nessun consiglio.

Trovò parcheggio in una strada parallela al lungomare di Mentone.

Il tempo da quelle parti era incredibile: a Ventimiglia, quando era arrivato la sera prima e si era buttato sul letto quasi vestito, diluviava, e anche quella mattina un cumulo di nuvole scure nascondeva il sole; a Mentone invece splendeva un sole quasi primaverile, tanto che non sembrava di essere a gennaio.

Non era un caso, infatti, che molti italiani scegliessero proprio Mentone e i suoi dintorni come luogo dove ritirarsi dopo aver smesso di lavorare.

Smettere di lavorare?, pensò Montecchi con una smorfia, avendo calcolato quanti anni gli mancavano alla pensione da professore universitario. La scoperta del Santo Graal e la sua conversione religiosa, valutò, sarebbero stati eventi più probabili del suo pensionamento.

Imboccò il lungomare, che qui chiamavano con la consueta sobrietà nazionalistica Porte de France, fino a incrociare il luogo dell'appuntamento fissato da Anna Orsini per quella mattina alle dieci in un piccolo bar chiamato L'envol, il volo.

Un signore corpulento, con un paio di occhialini rotondi che incorniciavano un viso tondo che appariva gioviale, lo notò e interruppe la lettura di *Nice-Matin*, il popolare quotidiano locale, per alzarsi in piedi.

«Professor Piero Montecchi, *I presume*» esordì sorridendo l'uomo, più alto di lui, porgendogli la mano per salutarlo.

Sorrise e ricambiò la stretta di mano: «E lei dovrebbe essere Ottavio Fiorilli, il giornalista amico di Anna».

I due uomini si misero a sedere, e Fiorilli si tolse il cappello di tela blu da marinaio, con la visiera piccola, tipico di quelle parti. «Prenderei un Pastis, ma è presto» disse il giornalista «e il mio fegato malandato protesterebbe. Qui però fanno il miglior caffè di Mentone, sembra quasi di stare in Italia. Va bene?»

«Okay, mi fido.»

«Marie, *deux cafés, très sérré, s'il vous plaît.*»

La donna annuì e sparì all'interno del locale praticamente vuoto.

«Ai francesi, il caffè va sempre chiesto *très serré*, sennò ti portano una roba imbevibile che pare e sa di acqua sporca. Ma nove volte su dieci non funziona lo stesso. È *serré*, sì, ma imbevibile uguale» ammiccò Fiorilli abbassando la voce.

Montecchi annuì e sorrise, cercando di non farsi condizionare dalla scarsa stima che lui aveva per la categoria dei giornalisti.

«Lo so, mia madre era francese e vivo da queste parti.»

«Ah.» Fiorilli rimase colpito. «Non lo sapevo. Dove?»

«Mamma della Normandia e casa a Saint Paul de Vence.»

«Saint Paul de Vence? *Magnifique*» disse l'uomo con sincero entusiasmo, proprio mentre arrivava il caffè.

«Lei invece da dove viene?» chiese Montecchi.

«Io? Oh, da un sacco di posti. Ma sono originario di Torino. Le piace il caffè?»

«Aveva ragione, è buono» apprezzò Montecchi posando la tazzina. «Sa perché sono qui, ha parlato con Anna.»

«Una cara ragazza, conoscevo bene suo padre.»

«Chi era suo padre?»

«Non gliel'ha detto?»

«No.»

«Be'...» sorrise Fiorilli. «Anna è un raro caso di figlia di papà che è assai migliore del padre, un nostro ex ministro degli Interni, ricorda?»

Montecchi aggrottò la fronte, non ci aveva proprio pensato: Anna era la figlia di Emanuele Orsini, potente personaggio politico della Democrazia Cristiana nella Prima Repubblica, sopravvissuto allo tsunami di Tangentopoli e tornato in vita, politica, con Forza Italia.

«Prima che me lo chieda,» disse Fiorilli «la risposta è no. Anna non è lì perché spinta da suo padre, è lì perché è brava e all'UDI, ai *cold case* come li chiamano oggi, non ci voleva andare nessuno. Lei invece sì.»

«Conosceva bene suo padre?»

Fiorilli fece una smorfia: «Per fortuna mi sono sempre occupato poco di politica, e forse proprio per quello Emanuele Orsini, pur essendo democristiano, mi stava simpatico. Essendo ministro dell'Interno, e occupandomi io di cronaca nera in giro per l'Italia, e di base a Roma, ci ho avuto a che fare diverse volte. Era meglio di tanti altri».

«Lei è stato la prima firma del *Corriere della Sera*» disse Montecchi, che aveva fatto qualche ricerca su Internet.

Fiorilli sorrise e si accomodò sulla sedia: «Prima firma… parola grossa. Diciamo che ho avuto la fortuna di fare il lavoro che ho sempre sognato, cioè l'inviato, in un bel giornale, e l'ho fatto al meglio che potevo per tanti anni. Poi, raggiunta l'età prepensionabile, mi hanno dato un bel calcio nel culo e ciao. Così, con mia moglie, ho deciso di venire qui. E sto bene, grazie a Dio».

«Non le manca il suo lavoro?»

«Oh, no, grazie. Ho fatto il giornalista per quarant'anni, credo sia giunto il tempo di diventare una persona rispettabile. Tipo un professore universitario, come il Professor Ultima Spiaggia» sorrise Fiorilli, dimostrandogli che anche lui aveva fatto i compiti a casa e studiato chi fosse il suo interlocutore prima di incontrarlo.

«Okay» sorrise Montecchi «sappiamo chi siamo. Passiamo alla fase due: cosa mi può dire di quanto accadde nella villa di Giovanni Venturi la fatidica notte del 2003?»

Fiorilli fissò la punta delle sue scarpe: «Nessuno sa cosa avvenne davvero quella sera, ma posso raccontarle cosa successe dopo».

«Dopo?»

«Già, un sacco di cose strane.»

Dopo essersi fatti portare altri due caffè *très serré* da Marie, Fiorilli cominciò con calma a raccontare.

«Ne ho viste tante nella mia carriera. Omicidi, mafia, disastri, terremoti, alluvioni, tragedie: dove accadevano le cose più terribili, il giornale mandava me. E anche a Ventimiglia, appena venne fuori che il celebre scienziato Giovanni Venturi, premio Nobel per la Fisica l'anno precedente, aveva trovato moglie e figlie brutalmente uccise in casa durante la notte.»

«E che idea si fece?»

«L'idea che si fecero in molti, e cioè che poteva essere stato solo lui. Che materialmente nessun altro avrebbe potuto commettere simili atrocità.»

«Eppure, quella zona di notte era *ed è* frequentata da un sacco di persone, lo sanno tutti, no?»

«Vero, ma anche adesso è gente che ha, come unico interesse, scomparire e non entrare in una villa e fare una strage. Magari, se affamati, possono rubare qualcosa, ma non... quello.»

«Quindi, per lei fu Venturi.»

«Assolutamente sì.»

«Una sola domanda: perché?»

«Perché lo fece o perché lo assolsero?» domandò Fiorilli.

Montecchi rifletté un secondo: «Allora le domande sono due».

«Perché lo fece?» chiese il giornalista guardando le auto in transito sul lungomare. «Non lo sappiamo, in fondo forse è proprio quello che lo salvò: l'assoluta mancanza di un movente. Oggi, immagino che Anna gliel'abbia detto, siamo a conoscenza che Venturi era affetto dalla sindrome di Capgras, quella per cui il cervello scambia moglie e i figli per perfetti sosia, ma entrambi siamo consapevoli che non sarebbe successo niente di buono, anche se la notizia fosse venuta fuori durante i tre processi. Sarebbe finita con una raffica di perizie incrociate, e le Corti d'assise non ci avrebbero capito più niente; Venturi comunque sarebbe stato assolto.»

«Ma bandito dalla comunità scientifica. Nessuno vorrebbe nella sua azienda un superscienziato che all'improvviso sospetta di essere circondato da marziani che vogliono ucciderlo» lo interruppe Montecchi.

«Ed è per questo, o per la cialtroneria degli investigatori di allora, che non trovarono il collegamento, che la malattia non fu acclarata e la Cassazione fece quel che fece.»

«Appunto. Perché, secondo lei, la Cassazione *fece quel che fece*?»

«Sarà una singolare coincidenza, ma alcuni anni dopo quella sentenza che grida vendetta, venne fuori che il presidente di quella sezione prendeva soldi per aggiustare dei processi.»

«Anche quello di Venturi?»

Fiorilli si aggiustò sulla sedia: «Lui ufficialmente parlò di altri due casi. Ma sappia che una volta il papà di Anna, cui chiedevo informazioni, mi disse testualmente: "Lascia stare Venturi". Ed era molto ma molto serio. E questo rimane fra noi, perché Anna non lo sa».

Montecchi si chiuse nel silenzio dei suoi pensieri.

«E poi Anna, forse, non sa un'altra cosa.»

«Quale?»

«Si ricorda del poliziotto che entrò per primo nella villa e scrisse nel verbale di aver visto uno strofinaccio sporco di sangue sul pavimento della cucina, ma poi lo strofinaccio sparì e lui disse di essersi sbagliato?»

«Quello che si sarebbe suicidato, impiccandosi a un albero dopo la sentenza della Cassazione su Venturi?»

«Ha mai saputo di gente che viene ritrovata impiccata a un albero con i piedi che toccano terra?»

«Questo Anna non me l'ha detto.»

«Probabilmente non lo sa, perché nessuno lo sa.»

«Lei sì, però. Perché non lo scrisse sul suo giornale?» chiese Montecchi.

«Perché sono all'antica: mantengo la parola data. E perché speravo di fare un colpo più grosso: scoprire la verità sul massacro di Ventimiglia.»

«Ma non c'è riuscito.»

«Per ora no. Ma lei prima ha detto una cosa importante, senza saperlo» lo scosse Fiorilli.

«Cosa?»

«Ha detto che nessuna azienda, specialmente ben quotata, prenderebbe a lavorare uno scienziato, seppur premio Nobel, che all'improvviso si convince di essere circondato dagli alieni. Corretto?»

«Sì, corretto.»

«E allora cosa può fare un uomo così, secondo lei?»

Montecchi rifletté cercando la risposta più logica: «Fare da sé. Creare un'azienda propria».

Fiorilli annuì, sornione: «Che è quello che fece Venturi assieme al figlio sopravvissuto».

«La Beyond Technology.»

«Nata nel 2003, qualche mese dopo il massacro nella villa,

e che oggi è forse la più importante azienda hi-tech d'Europa, fra le prime del mondo.»

«In effetti ha un fatturato di non so quanti miliardi di euro, ben sopra il PIL di molti Stati» ricordò Montecchi.

«Un fatturato che è anche frutto di vari accordi di natura sia civile sia militare. E c'è un dettaglio molto importante: stiamo parlando di una società non quotata in Borsa, di proprietà esclusiva di Riccardo Venturi e dei suoi due figli, quindi non sottoposta a tutte le regole di trasparenza che la presenza in Borsa imporrebbe.»

«Mi perdoni, ma tutto questo cosa c'entra con l'omicidio?»

«Non lo so, professore. Io sto solo ordinando tutti i pezzi sulla scacchiera, ma è come se stessimo giocando bendati, non sappiamo quali mosse abbia fatto o farà il nostro avversario. Ma posso continuare a raccontarle della Beyond?»

«Prego.»

«L'azienda è nata alla fine del 2003, come le dicevo, e se ne sa pochissimo. Si dice che ci siano tre dipartimenti principali: uno prettamente medico-farmaceutico, uno che lavora sui computer di nuova generazione e sull'intelligenza artificiale e uno di pura sperimentazione di cui non si conosce assolutamente niente.»

Montecchi fissò il suo interlocutore con lo sguardo di un membro del CICAP: il giornalista era estremamente convinto delle sue conoscenze e aperto al confronto, almeno questo esprimeva il suo linguaggio del corpo.

Tradotto: appariva del tutto sincero.

«M'incuriosiscono soprattutto il secondo e il terzo dipartimento» affermò Montecchi. «Ma se del terzo non si sa niente, del secondo, quello in cui si lavorerebbe sui computer di nuova generazione…»

«Non si sa niente lo stesso» lo interruppe Fiorilli.

«Capisco, ma nel 2002 Venturi e i suoi colleghi…»

«Quelli morti a Roma e a Parigi…»

«Quelli, sì. Vinsero tutti insieme il Nobel con uno studio sulla fisica quantistica che potrebbe, un giorno, portare alla nascita di computer rivoluzionari, con una velocità di calcolo che oggi sarebbe inimmaginabile. Ma si dice che non sarà possibile prima del 2045.»

«E se io le dicessi che potrebbe essere quella la risposta a tutte le nostre domande?» suggerì Fiorilli, improvvisamente cospiratorio, cosa che d'incanto ridusse quasi a zero la simpatia che Montecchi iniziava ad avere per quell'uomo.

E, infatti, iniziò a mostrare esplicitamente i segni della sua impazienza: con il linguaggio, diretto.

«Senta, Fiorilli, non sono venuto qui per ascoltare queste fandonie complottiste e irreali. Io, di solito, faccio a fette le pseudoscienze, il paranormale e i ciarlatani che vi girano intorno.»

«Senta lei, invece.» Fiorilli si sporse sul tavolino. «Quando il vecchio Venturi morì, il figlio disse che il padre gli aveva lasciato non solo una montagna di denaro, ma molto di più: un'idea, una visione, un futuro. E tutto questo era la Beyond.»

«Ripeto: cosa c'entra con gli omicidi della moglie e delle figlie?» sbottò esasperato Montecchi.

«La verità è là dentro, è in quell'azienda, professore. Si ricorda il video del procuratore di Imperia che si uccise per la vergogna e il senso di colpa dopo l'assoluzione di Venturi in Cassazione? Gliel'ha detto Anna?»

«Sì, e allora?»

«Io lo conoscevo personalmente: era una brava persona e un valente magistrato. Non avrebbe mai fatto un errore simile: non disse mai quella frase. Era disperato. Quel video non esisteva, non poteva esistere.»

«Invece sì, tanto che finì ovunque, in TV e in rete.»

Fiorilli sorrise: «Terzo dipartimento, Beyond Technology».

Montecchi alzò il sopracciglio.

«Il video venne creato dal laboratorio sperimentale della Beyond, che si stava occupando di questo.» Tirò fuori il cellulare, cercò qualcosa e lo passò a Montecchi.

Lo schermo mostrava un articolo del *New York Times* datato 2015. *The New Frontier* diceva il titolo del pezzo sull'azienda italiana Beyond, che stava mettendo a punto un programma sperimentale di intelligenza artificiale chiamato Mirror.

Mirror – specchio, in italiano – poteva, fra le mille cose, ricreare dal niente cose e persone esistenti, attraverso un'immagine e un file audio, collocandole in realtà diverse e del tutto sconosciute nella vita reale.

«Questa è la Scienza della Beyond, professore, non pseudoscienza» disse Fiorilli dopo avergli dato tempo per leggere.

«Lei non ha nessuna prova per sostenerlo» replicò Montecchi restituendogli il telefono. «E stiamo parlando di fatti avvenuti cinque anni prima di quell'articolo. Nel mondo della Scienza, sei anni sono secoli. Nel 2010, Beyond non aveva ancora quella tecnologia.»

«E se non fosse così? Lei non sa cos'è Beyond, professore. Mirror non è mai stato commercializzato, perché considerato troppo pericoloso per l'utilizzo che se ne poteva fare. Ma lo avevano eccome. E lo hanno usato. Qualcuno lo sta usando ancora oggi.»

A Montecchi si accesero diverse spie nella testa: «Sta parlando dei delitti in contemporanea di Roma e Parigi. Pensa che…».

«Penso che sia possibile? Sì. Ne ho le prove? No. Ma sono sicuro che dentro quell'azienda ci sia qualcosa di tremendamente pericoloso e che tutto abbia avuto inizio con l'omicidio di una donna e delle sue due bambine.»

Montecchi lo fissò e disse solo: «Perché?».

«Perché ora le racconto che qui accade qualcosa di peggio.»

10

«Lei mi sembra un po'... ossessionato da Venturi e dalla Beyond» commentò Piero Montecchi, sempre più disincantato.

Fiorilli si accorse che stava perdendo punti nella scala di gradimento del suo interlocutore e cercò di spiegarsi meglio: «Professore, mi creda, non sono un complottista, non credo che la Terra sia piatta o che gli aerei rilascino scie chimiche, o che nei vaccini per il Covid vengano iniettati microscopici chip in grado di controllarci...».

«E ci mancherebbe altro» allargò le braccia Montecchi.

«... ma ho fatto il giornalista a un certo livello per tanti anni, e il caso di Ventimiglia mi è rimasto qui» e si toccò la gola.

«Però lei pensa che il colpevole sia Venturi padre. Che è stato cremato più di dieci anni fa. Quindi, come dice il Codice penale, reato estinto per morte del reo. E dunque: di cosa stiamo parlando?»

«Parliamo di un altro tipo di reati, che comunque dovrebbero interessarle.»

«In che senso?» chiese sospettoso Montecchi, a cui stava già finendo l'effetto del primo Efferalgan preso a colazione.

«Reati contro la Scienza, professore. Beyond non è solo il nome di un'azienda, ma è il senso stesso del programma di quell'azienda: Beyond uguale Oltre. E loro sono andati *oltre*.»

«Oltre dove?»

«Oltre le norme attuali che regolano, a grandi linee perché siamo in territori inesplorati, intelligenza artificiale e genetica.»

«Non si tratta di "grandi linee", come dice lei. Le regole sono chiare. Si sa quello che si può fare e quello che non si può fare.»

«Appunto, professore. Parliamo di alcune cose che non si possono fare: che mi dice della clonazione?»

Montecchi cercò il pacchetto di Gauloises nella tasca della giacca: «Non si può clonare l'essere umano, se è quello che vuole sentirsi dire...».

«Ma con gli animali qualcuno l'ha già fatto.» obiettò Fiorilli.

«Sì, ma...»

«E non è la stessa cosa usare la cellula di una pecora o quella di un uomo?»

«Direi di no» replicò Montecchi.

«Ma ci si avvicina molto, vero?»

«Andarci vicino, a qualcosa, vale come essere a mille chilometri. È zero. E zero resta. Tanto più nella Scienza come la intendo io.»

Fiorilli sorrise: «Nella Scienza come la intende lei, allora, mi spiega com'è possibile che una piccola azienda italiana, sulle colline della Liguria, riesca a diventare in pochi anni la più importante d'Europa nell'hi-tech? Cosa spinge in alto il fatturato della Beyond?».

«Internet avanzato, ricerca medica, hardware, software, app, contratti con enti pubblici civili e militari di vari Paesi: una quantità di cose che portano un sacco di soldi» argomentò Montecchi.

«Vogliamo tornare a parlare di Mirror?»

«Fiorilli, senta, perché perdiamo tempo a parlare di cose

che non esistono? Mirror non è mai stato diffuso sul mercato e la sua teoria sul video artefatto del procuratore di Imperia è suggestiva, sì, ma pur sempre teoria, senza mezza prova.»

Fiorilli incrociò le braccia sul petto e lo fissò. Un apparente atteggiamento di chiusura, giudicò erroneamente Montecchi, quando in realtà era una valutazione dell'uomo che aveva davanti. Per valutare se dire o no alcune cose.

E decise dopo cinque secondi di silenzio.

«So che quel video viene da dentro la Beyond. Lo so, ma non posso dimostrarlo.»

Montecchi aggrottò la fronte e Fiorilli rispose prima della sua domanda.

«Il ministro Orsini, il padre di Anna. Quando mi avvertì di lasciar perdere Venturi, mi disse che probabilmente quel video era falso, che Beyond possedeva la tecnologia per farlo e che era stata la scintilla per l'incendio scoppiato poi in Cassazione.»

«L'assoluzione tombale?»

Fiorilli annuì: «Orsini mi disse anche che, in un interrogatorio secretato di quel giudice corrotto, si era parlato del processo Venturi, ma venne tutto messo a tacere, anche perché nel frattempo lui era morto e quindi era del tutto inutile procedere.»

«La verità non è mai inutile» obiettò Montecchi.

«È quello che credo anch'io, ma Orsini fu molto chiaro: la Beyond era intoccabile.»

Montecchi accese una seconda sigaretta con il mozzicone dell'altra.

«È questo che la spinge ancora a indagare? A chiamare Anna Orsini per dirle che stanno buttando via gli scatoloni del caso? La mancanza di una verità?» chiese.

Fiorilli sorrise: «*Touché.* Anche. Ho continuato negli anni a cercare di capire, a casa ho ancora diversi fascicoli sul caso Venturi e su Ventimiglia. Carte che, peraltro, in alcuni casi non dovrei neanche avere. E mi sono accorto che tutto porta a un solo interrogativo».

«Quale?»

«Cosa ha lasciato di così grande, di così prezioso, Giovanni Venturi al figlio Riccardo per far sì che la Beyond diventasse quello che è oggi?»

«Domanda senza risposta, però.»

Fiorilli inclinò la testa di lato: «Questo non è del tutto esatto».

«Professore, io non ho certezze, però ho imparato nella mia carriera a mettere in fila un sassolino dopo l'altro, un pezzo per volta, come un piccolo puzzle: la singola tessera non vuol dire niente, ha anche una forma un po' strana, ma incastrata a un'altra, e poi a un'altra e a un'altra ancora, si arriva a creare un'immagine. Un quadro che, dal singolo pezzo, è impossibile immaginare» sentenziò Fiorilli.

«Ha solo risposte ipotetiche, quindi, nessuna certezza.»

«Aspetti. Provi a fare il mio ragionamento. Siamo nel campo delle ipotesi, ovviamente.»

Montecchi sorrise: «La fantascienza. Il mio campo da gioco. Prego» e fece un cenno con la mano come a invitarlo a parlare.

Fiorilli abbassò la testa sul petto per un attimo, come a riordinare le idee, e iniziò a parlare.

Con una domanda.

«Perché Venturi e i suoi colleghi hanno vinto il Nobel per la Fisica nel 2002?»

Montecchi lo squadrò, accavallando le gambe: «Per le loro ricerche sulla fisica quantistica».

«I pionieri del computer quantistico, il più veloce immaginabile: i tre moschettieri della fisica, li chiamavano così, no?»

«Teoria. I computer quantistici su vasta scala non si vedranno almeno per altri venti, trent'anni: non abbiamo né le conoscenze né la tecnologia. Ancora siamo all'ABC.»

«Okay, lo sappiamo, ho letto diversi articoli. Si pensa al 2045, anche se qualcosa si sta muovendo già ora.»

«Qualcosa di importante a livello teorico» ribadì Montecchi «ma niente di così rivoluzionario a livello pratico. Siamo al massimo in seconda elementare, forse in terza, non di più.»

«Okay. Ma ipotizziamo che fosse quello il grande dono lasciato da Venturi padre al figlio. Quello che ha permesso alla Beyond di nascere, esplodere e di essere sempre molto più avanti rispetto ai concorrenti, fino a divorarli uno a uno.»

Montecchi represse l'istinto di accendersi l'ennesima Gauloise: «Lei mi suggerisce che alla Beyond hanno creato i computer quantistici? Già vent'anni fa? Che è come dire "il Giurassico"?» replicò, sinceramente basito.

«Ci rifletta un attimo. Beyond ha cancellato il mercato dell'hi-tech, distruggendo la concorrenza un pezzo per volta e dimostrando di essere in possesso di tecnologie sempre più avanzate. Tanto che quando hanno esagerato, vedi Mirror, qualcuno è intervenuto bloccandone la commercializzazione, perché l'intelligenza artificiale spaventa.»

Montecchi ammise: «Spaventa adesso per quello che fa con i computer, diciamo, normali, figuriamoci con un computer quantistico. La CGI, la computer graphic, di fatto potrebbe diventare indistinguibile dalla realtà».

Fiorilli sorrise e mostrò i palmi delle mani, intendendo proprio "mettere le mani avanti": «E qui la volevo. Guardi le date.

Nel 2002 il Nobel, nel 2003 il massacro in casa e la nascita di Beyond...».

«Lei crede che le due cose siano collegate?»

«Non lo so, ma so che Venturi, nel pomeriggio prima della strage, ebbe due telefonate molto animate con i suoi colleghi Gambassi e Colmart.»

«Chi lo dice?»

«I tabulati del suo telefono, lui stesso e il figlio che assistette ai colloqui telefonici.»

«E cosa si dissero?»

«Padre e figlio minimizzarono, parlando di normali diversità di vedute fra scienziati. Gambassi e Colmart, ascoltati come persone informate sui fatti, riferirono invece che Venturi aveva un progetto ambizioso cui avevano preferito non partecipare, scegliendo di restare nelle rispettive università a studiare e insegnare.»

«La creazione di Beyond, litigarono su quello» rispose assorto Montecchi.

Fiorilli sorrise: «E così abbiamo trovato due tesserine del puzzle che s'incastrano».

«Ci serve a poco, il quadro non si vede.»

«Allora andiamo avanti?»

«Andiamo avanti, mi piace la fantascienza» sorrise sarcastico Montecchi, che stavolta non resistette e si accese la sigaretta.

«Nasce la Beyond e in soli due anni passa da 0 a 6 milioni di euro di fatturato. Poi i milioni diventano miliardi: e a oggi si parla di un fatturato di 180 miliardi di euro e un utile netto di 42. Quell'azienda si sta mangiando anche Google.»

Montecchi annuì: il motore di ricerca della Beyond riusciva a battere anche l'algoritmo di Google per velocità e attendibilità delle risposte. Anni prima, la cosa sarebbe stata impensabile.

«Come se…»

Fiorilli sorrise, avendo capito dove andava a parare il ragionamento: «Sì, professore. Come se avessero un computer quantistico già operativo e in grado di effettuare calcoli e dare soluzioni a velocità inimmaginabile».

Il cervello di Montecchi elaborò questa informazione: «Non è possibile, Fiorilli, scientificamente a oggi non è possibile».

«Ma noi siamo nel campo dei "se", professore, ricorda? Mettiamo solo in fila dei sassolini per cercare di arrivare al forziere che contiene il tesoro di Giovanni Venturi.»

«Ora stiamo facendo una caccia al tesoro?» ironizzò Montecchi.

«Su un sentiero pieno di sangue, perché mica è finita.»

«Ho parlato con tante persone in questi anni,» proseguì Fiorilli «gente di gran cuore che si occupa delle centinaia di disperati che arrivano qui, cercando di attraversare il confine e sperando in una vita migliore da qualche altra parte.»

«Ha continuato a seguire questa storia per il suo giornale?» chiese Montecchi.

«Ho scritto di tutti i processi fino alla Cassazione, ma dopo il caos dell'assoluzione il rumore si spense. Fu fatto un articolo sulla morte di Venturi, ma non da me; in seguito la Beyond è sempre stata trattata nelle nostre pagine di economia, come eccellenza italiana e mondiale dell'hi-tech. Ma io sono andato avanti per conto mio, anche perché nel frattempo avevo scoperto questo posto e ci venivo in ferie d'estate. E ciò mi permetteva di continuare a fare la cosa che mi riesce meglio, insieme allo scrivere: raccogliere informazioni.»

«E che ha scoperto?»

«Le dicevo che tanta gente cerca di prendersi cura dei clandestini che arrivano fin qui, dopo un viaggio impossibile. Alla Caritas di Ventimiglia c'è un giovane prete straordinario che aiuta tutti quelli che si presentano alla sua porta; cuochi in pensione, tanti volontari giovani, tutti aiutano. Ma, mi creda, io li ho visti, è come cercare di svuotare il mare con uno di quei secchielli con cui giocano i bambini sulla spiaggia.»

«Ci credo.»

«Ho frequentato spesso quel posto, la sede della Caritas intendo, e sono diventato amico di quel prete coraggioso, padre Mauro. Abbiamo passato tante serate insieme a parlare: se tutti i sacerdoti fossero come lui, forse frequenterei di più le chiese.»

«Questo padre Mauro le ha detto qualcosa di interessante?» chiese Montecchi, che stava iniziando a spazientirsi.

«L'ha presa larga, come si dice. Mi disse che da qualche ragazzo aveva sentito dire che dei *passeurs*, su fra le colline, facevano sparire la gente.»

«Cioè?»

Fiorilli scrollò le spalle: «Quello che le ho detto. Facevano sparire la gente: qualcuno non arrivava in Francia, non tornava in Italia. Spariva, letteralmente».

«E *chi* gliel'aveva detto?»

«Uno che, pochi mesi fa, era tornato indietro e poi è sparito di nuovo. Un ragazzo che veniva dal Sudan.»

Montecchi sbuffò, aveva letto di recente un articolo proprio su questo: «Di solito, tutti i clandestini dicono di venire dal Sudan perché lì c'è la guerra civile. Così possono ottenere lo status di rifugiati politici. O almeno ci provano».

«Comunque sia,» Fiorilli scosse una mano come a scacciare una mosca «il ragazzo gli disse che un *passeur* aveva dato appuntamento a lui e ad alcuni suoi amici da qualche parte sull'Aurelia, di notte, per passare il confine. Quando arrivarono, riferì poi, c'era un furgone ad attenderli e due *passeurs* che li invitarono a salire sul retro. Lui si spaventò e decise di non salire. Fece in tempo a raccontarlo a padre Mauro, però, perché la notte successiva la paura, evidentemente, gli era passata. Non lo videro più, né lui né i suoi amici.»

«E tutto questo cosa ci dice?» chiese Montecchi, sempre più perplesso.

«Lei si è mai chiesto perché un'azienda del genere decide di stare proprio lì, in mezzo ai monti? Seminascosta e difficilmente raggiungibile?» e indicò un punto indefinito a oriente.

«I Venturi sono nati qui» rispose nel modo più ovvio Montecchi.

«Lei resterebbe nella casa dove c'è stato un triplice omicidio?»

Montecchi alzò un sopracciglio.

«Riccardo Venturi vive proprio lì. Con i suoi due figli. Accanto alla sede della Beyond» proseguì Fiorilli.

«Lei, dunque, ha una teoria anche sul perché la Beyond è rimasta qui e non si è trasferita, che ne so... a Roma o Milano? Me la illustri.»

«Si ricorda dei dipartimenti della Beyond di cui le ho parlato prima?»

«Sì, uno medico, uno sull'AI e uno che sperimenta non si sa cosa.»

«Per quello volevo parlare proprio con lei, professore.»

Montecchi s'irrigidì sulla sedia: «Cioè?».

«Stanno studiando la mappatura del cervello, quella formidabile macchina che è al centro del suo lavoro da più o meno venticinque anni.»

Il neuroscienziato raccolse i suoi pensieri: «Niente di strano. È già stata fatta la prima mappatura neuronale in alta risoluzione di una porzione del cervello umano, quella preposta al linguaggio».

Fiorilli sorrise: «Sì, appunto. Una porzione. E utilizzando normali computer».

Montecchi pensò per un attimo alla possibilità di utilizzo di un computer quantistico in quel campo: *sarebbe... inimmaginabile.*

Il giornalista colse la sua espressione: «Ma sa di cosa c'è bisogno per arrivare a qualche risultato reale?».

Lo scienziato rispose immediatamente: «Di tanti test di laboratorio su cervelli umani, cioè di...».

«Cavie, professore, servono cavie. Da prendere così» Fiorilli schioccò le dita «e che possono sparire senza che nessuno se ne accorga. Senza che a nessuno interessi. Come i topolini di laboratorio. Solo che qui le cavie sono esseri umani.»

Fiorilli indicò il confine blindato dai poliziotti francesi: «E non è questo il posto migliore per trovarle?».

Montecchi rimase senza parole: era fantascienza sì, ma un senso c'era e soprattutto aveva imparato da tempo che la Scienza sembrava avvicinarsi sempre di più alla fantascienza, in un continuo rincorrersi.

E prima o poi, l'una avrebbe raggiunto l'altra.

O era già accaduto.

L'etica della Scienza poteva essere stravolta e poi sconfitta dal peso dell'economia, del denaro.

Il solo pensiero lo urtava.

Montecchi osservò Fiorilli che, sornione, lasciava che tutto quel che gli aveva detto si sedimentasse nella sua mente.

Lui, però, aveva la sensazione che il giornalista non avesse finito di sorprenderlo.

E infatti.

Fiorilli si alzò: «Ora la porto a mangiare qualcosa qui vicino e poi andiamo a trovare un amico che voglio farle conoscere».

Montecchi lo guardò, interrogativo.

L'uomo gli fece l'occhiolino: «Ah già, non gliel'avevo detto. Abbiamo fatto amicizia negli anni passati, durante i vari processi, e ci vediamo regolarmente da quando abito qui a Mentone. Alle 15.30 spaccate ci aspetta il mio amico Riccardo Venturi, ansioso di conoscere il famoso neuroscienziato Piero Montecchi. Dovrà solo dire che è un mio vecchio amico un po' curioso. Contento? La porto a vedere la Beyond».

Montecchi valutò di aver bisogno di un altro Efferalgan.

11

La Mercedes di Montecchi lasciò l'Aurelia, sul versante italiano, alle 15.20 per imboccare via delle Ginestre e salire verso la frazione di Mortola Superiore, fra i colli a ovest di Ventimiglia.

A Mentone, Fiorilli lo aveva portato a mangiare al Mirazur, un celebre ristorante che aveva una galassia di stelle Michelin e di cui conosceva lo chef e proprietario, un simpatico italo-argentino-francese che, a fatica, era riuscito a contenere.

Montecchi, con estremo sforzo, si era limitato a un solo bicchiere di vino e a tre delle sette portate previste, suscitando l'aperta disapprovazione di Fiorilli che, a quanto pareva, non era minimamente preoccupato per l'incontro col suo amico Riccardo Venturi.

Non che Montecchi lo fosse, sia chiaro, non ne aveva motivo, ma tutti i discorsi della mattina gli avevano provocato una certa inquietudine, anche sul senso profondo del suo lavoro.

Aveva scelto di essere un neuroscienziato per capire quella meravigliosa macchina che è il cervello, di cui si sapeva ancora pochissimo ed era usato solo in piccola parte.

Alcuni, chiosò tra sé, non usavano neanche quella, ma era tutta un'altra storia.

Insomma, comunque fosse, era letteralmente innamorato della sua materia, studiare quel misterioso percorso, lungo mille sentieri elettrici e chimici del nostro corpo, che rendeva possibile fare quello che volevamo fare.

Le emozioni, i sentimenti: non c'era niente di soprannaturale, di divino. Soggiaceva tutto a precise leggi della natura, fisiche e chimiche.

Quindi, lui pensava che nella mente di ogni scienziato ci dovesse essere un cartellino, tipo quelli incollati sui pacchi fragili nelle spedizioni: MANEGGIARE CON CURA.

L'idea che ci fosse qualcuno talmente spregiudicato da forzare le leggi della natura per favorire le entrate del proprio conto corrente lo irritava e, allo stesso tempo, lo spaventava a morte.

Con questi pensieri in testa, la voce di Fiorilli, seduto e satollo accanto a lui, gli arrivò lontanissima: «Alla rotonda giri a sinistra e segua la strada».

Montecchi, che con la coda dell'occhio notò di essere osservato, si staccò dai suoi cupi pensieri ed eseguì.

«Preoccupato, professore?» proseguì il giornalista.

«No, non direi. Più che altro curioso. E poi mi verrebbe da farle una domanda.»

«Dica pure, tanto abbiamo altri dieci minuti di viaggio prima di arrivare.»

«Come ha fatto a diventare amico del figlio dell'uomo che ritiene un assassino? Oltre al fatto che giudica la sua azienda una sorta di anticamera dell'inferno?»

Fiorilli osservò la strada davanti a sé: «Be', durante i processi quel giovane uomo mi faceva quasi pena. Ci siamo conosciuti al bar del tribunale di Imperia, durante il processo di primo grado. Certo, all'inizio speravo che mi concedesse una dichiarazione, che mi desse un titolo per il mio giornale. Poi, non so perché, l'ho lasciato stare. E lui l'ha apprezzato. Quando sono venuto a vivere da queste parti, gli ho mandato un messaggio e abbiamo riallacciato i rapporti».

«E come la mettiamo con le sue idee sulla Beyond?»

Fiorilli rifletté, cercando le parole migliori per esprimere il suo pensiero: «Riccardo non è un uomo cattivo. Diciamo che recita a soggetto. Ha una parte importante, anzi fondamentale in tutto questo, ma la sceneggiatura non l'ha scritta lui: l'anima nera è stata, e lo è tuttora, suo padre».

«Giovanni Venturi è morto quattordici anni fa, glielo ricordo» disse Montecchi.

«Vero, ma non saprei come spiegarglielo... È come se Riccardo eseguisse un mandato, senza esserne del tutto convinto. Una volta, proprio al Mirazur, al terzo Martini mi confessò che, in fondo, lui avrebbe voluto avere a che fare solo con, ripeto testualmente, "puttane e auto da corsa". E che di tutto il resto non gliene fregava niente. "Sono solo un esecutore", fu la frase che concluse il suo ragionamento.»

Il silenzio meditativo dei due uomini riempì l'abitacolo della Mercedes.

«Giri in quella strada a sinistra, cento metri e ci siamo» lo avvisò Fiorilli.

Nessun cartello indicava la presenza della Beyond.

Tranne un enorme cancello davanti al quale l'auto si fermò.

Due guardie di sicurezza uscirono da una sorta di portineria laterale.

Sulla divisa grigia indossavano un cartellino con una scritta a caratteri bianchi e rossi: BEYOND-SECURITY SERVICE.

Beyond-SS, pensò Montecchi prima di abbassare il finestrino e sorridere. *Si comincia bene.*

«E dunque lei è il celebre professor Piero Montecchi, il più grande neuroscienziato italiano. Non sa che onore sia per me conoscerla: il nostro comune amico Ottavio mi ha fatto un grande regalo, dicendomi che passava da queste parti. Prego, si sieda.»

Riccardo Venturi non fece una cattiva impressione a Montecchi.

Lui personalmente, no: sembrava un normale uomo d'affari di sessant'anni, rilassato e del tutto compreso nel suo ruolo, in quel bellissimo ufficio iper-moderno.

Il resto, tuttavia, lo inquietava un po'.

La Beyond, aveva letto anche su Internet, era una sorta di costruzione a forma di EMME rovesciata che si allungava lungo i fianchi della collina.

Ma la cosa più incredibile era che, vista dal basso, i colori e i materiali con cui era stata realizzata la rendevano quasi indistinguibile dalla cornice naturale.

La costa, da lassù, era una visione straordinaria, ma due cose aveva immediatamente notato appena entrato nell'ingresso dell'azienda: il silenzio assoluto e la mancanza, almeno visibile, di personale.

Gli unici volti della Beyond erano stati, per lui e Fiorilli, le guardie al cancello e il giovane uomo alla reception che li aveva indirizzati verso un ascensore laterale.

Aveva spiegato che sarebbero arrivati direttamente nell'ufficio del dottor Venturi, al terzo piano.

E infatti era stato proprio il titolare a comparire non appena le porte dell'ascensore si erano aperte.

Quell'azienda gli sembrava una prigione, e come una prigione era blindata: adesso il direttore del carcere lo fissava, apparentemente amabile, con un grande sorriso.

Montecchi si affidò alla solita tecnica: partire dalla lusinga per far credere all'interlocutore di essere in posizione di vantaggio, così da farlo rilassare e renderlo meno guardingo, più spontaneo.

E più incline all'errore.

«Il piacere è mio, dottor Venturi. La sua azienda è uno straordinario esempio di imprenditoria illuminata al servizio della Scienza» disse pertanto.

L'uomo mostrò un sorriso perfetto, *troppo perfetto per essere vero*, pensò Montecchi. Allargò un braccio, orgoglioso, mentre si mettevano a sedere, il proprietario dell'azienda davanti ai suoi due ospiti, divisi dalla grande scrivania: «Le piace qui?».

«È incredibile che tutto questo sia stato realizzato in un posto così...»

«Sperduto?»

«Lontano da grandi vie di comunicazione, in effetti. Uno non se lo aspetta, come non si aspetta di trovare la Beyond fino a che non sbatte contro il cancello. Non c'è alcuna indicazione che porti fino a qui.»

Venturi continuò a sorridere: «Chi viene qui, sa già dove siamo. E sul perché siamo rimasti in questa zona, be', non so se Ottavio gliel'ha detto, ma tutti questi terreni erano di proprietà della famiglia di mia madre. Quindi, in fondo, perché no? Per l'Italia e la Liguria è un vanto, credo, che la Beyond sia qui e non, che ne so?, in Olanda o in Lussemburgo, come fanno tante altre aziende italiane».

«Lo fanno per pagare meno tasse, Riccardo, lo sai. Ma a te piace pagarle» intervenne per la prima volta Fiorilli. Che osservò Montecchi, come a dire: "Ehi, la lusinga è anche la mia tecnica".

«No no...» rise Venturi «non direi che mi piace, anzi. Scusate un attimo...» e fissò il computer che aveva sulla scrivania.

«Scusatemi ancora, il direttore del nostro controllo qualità è un po' ansioso. Dobbiamo lanciare l'aggiornamento di un nostro prodotto e ha costante bisogno di conforto. Gli rispondo subito.» Digitò velocemente sulla tastiera. «Ecco... Allora, professore, che ne pensa della mia azienda?»

Montecchi sorrise, cercando di non mostrare il minimo segnale di negatività tramite il suo atteggiamento corporeo: mani e braccia ferme e rilassate sui braccioli della poltrona, gambe non accavallate, estrema apertura all'interlocutore.

«Fate tante cose. Di estrema importanza per le persone.» Dire tutto per non dire niente.

«Dato il suo lavoro, dovrebbe apprezzare. Cerchiamo di migliorare il mondo, nel nostro piccolo.»

Nel nostro piccolo deposito di miliardi, pensò Montecchi, ricordando il fatturato di quell'azienda e sforzandosi di non ridere.

E invece colse la palla al balzo.

«Perché dovrei apprezzare? I neuroscienziati lavorano sul cervello umano, sulla sua attività in relazione agli stimoli del mondo che lo circonda. Beyond ora lavora anche su quello? Sarebbe straordinario.»

Lusinga, pensò Montecchi, *lusinga*.

«Facciamo di tutto e di più» rispose Venturi. «Quella è una piccola parte.»

«La Scienza è come un prisma: s'illumina e riflette solo se la luce lo colpisce dalla parte giusta.»

«La scienza è tanto altro ancora, professore: medicina, tecnologia...»

«È anche economia, secondo lei?» azzardò Montecchi.

Venturi soppesò la risposta da dare: «Beyond è un'azienda privata. Non potrebbe fare quello che fa se non ci guadagnasse. Come dicevano i latini: *do ut des*».

«E dove si potrebbe porre, a suo giudizio, il limite fra un guadagno legittimo e l'etica della Scienza?»

«Cosa intende per etica della Scienza, professore?»

«Parlo delle implicazioni morali delle evoluzioni scientifiche. A mio giudizio, la Scienza come istituzione implica un tacito contratto sociale tra gli studiosi, così che ciascuno dipenda dall'affidabilità degli altri. E questo sistema risiede nell'integrità morale dei singoli scienziati.»

«Scienza e morale? La Scienza scopre, la morale giudica. Ma chi siamo noi per giudicare cosa è buono e legittimo per la collettività, e cosa non lo è?»

Montecchi si accorse che si stava avvicinando a un terreno scivoloso, ma ormai si stava quasi divertendo.

Fiorilli invece no, anzi, si accorse con la coda dell'occhio che il giornalista stava sudando.

«Un classico esempio è la clonazione umana, davanti alla quale il senso etico degli scienziati ha imposto uno stop.»

Venturi puntò lo sguardo sulla scrivania: «Professore, siamo partiti dalle pecore e, ufficialmente, siamo arrivati alle scimmie, che condividono con noi poveri esseri umani il 98,6 per cento del DNA. Lei pensa che sia molto difficile, oggi, aggiungere quell'1,4 per cento che manca?».

«No, affatto» replicò Montecchi dopo una piccola pausa, in cui cercava di contare fino a cinque prima di proferire parola. «È infatti lì che subentra l'etica: una cosa che, semplicemente, non si può fare perché clonare l'uomo viola le leggi della natura.»

«Le leggi dell'uomo, non della natura» lo corresse Venturi. «E le leggi dell'uomo sono sempre cambiate nel corso della storia.»

«Ma sono comunque leggi. E per cambiarle bisogna essere tutti d'accordo. O essere in maggioranza.»

«O si fa una rivoluzione, professore» sorrise Venturi.

Montecchi decise che era arrivato il momento di allentare la tensione, per cui scoppiò in una risata.

Però non aveva la minima intenzione di mollare l'osso.

«Mi dica la verità» continuò, puntando ancora sulla lusinga. «Come avete fatto a fregare Google?»

Stavolta fu Venturi a ridere.

Poi, improvvisamente, tornò serio e si alzò andando verso una teca di vetro, appoggiata su una specie di piccola colonna intarsiata, accanto a una grande libreria zeppa di volumi.

«Merito suo» e appoggiò una mano sulla parte superiore della teca.

Che conteneva un'urna cilindrica. Funeraria.

Le ceneri di Giovanni Venturi.

«Ho scelto io di tenere mio padre qui, con me, nel mio ufficio. Tutto quello che vedete è merito suo, è frutto della sua visione.»

Montecchi stavolta non riuscì a contare fino a cinque. «Per lei era innocente?» chiese, facendo impallidire Fiorilli. Subito dopo aver parlato si morse letteralmente la lingua, oltre a mandarsi da solo a quel paese.

Venturi spostò lo sguardo dalla teca a lui e poi di nuovo alla teca. Quando si fu rimesso a sedere, disse: «Mio padre era un uomo straordinario, che ha donato la sua vita, il suo corpo, la sua anima alla Scienza. È stato capace di darle un nuovo indirizzo, una nuova direzione... Potrei dire... una variante di quel che conoscevamo fino a quel momento. E sì, professore: non ho mai avuto dubbi sulla sua innocenza, e alla fine ci hanno dato ragione.»

Notò che Venturi non aveva speso mezza parola per le vittime di quel massacro, la sua matrigna e le sue sorellastre, orrendamente trucidate nella casa dove lui ancora viveva.

Montecchi osservò la scrivania ingombra di carte e fascicoli, poi vide una fotografia incorniciata di due ragazzi, sorridenti, in vacanza.

«I suoi figli?» chiese.

Venturi spostò lo sguardo dal computer alla foto: «Sì, Lorenzo e Flavio, hanno vent'anni».

«Gemelli?»

«No, madri diverse. Diciamo...» sorrise guardando Fiorilli «che in gioventù mi sono dato da fare, forse anche troppo. Ma loro sono in gamba, studiano: sono più bravi di come ero io alla loro età.»

«Cosa studiano?»

«Uno medicina e l'altro fisica, un vizio di famiglia.»

Rimasero a chiacchierare per un altro paio d'ore, poi Venturi si scusò, e avvertì i suoi ospiti che il famigerato direttore ansioso del controllo qualità aveva urgentemente bisogno di parlare con lui e quindi doveva congedarli.

La visita allo stabilimento sarebbe avvenuta in un'altra occasione, assicurò Venturi.

I tre uomini si alzarono e, uscendo, Montecchi si accorse che non aveva intenzione di rivedere l'urna con dentro le ceneri nella teca trasparente.

E si sforzò parecchio di guardare altrove.

«Spero di rincontrarla presto, professore» lo salutò Venturi, porgendogli la mano davanti all'ascensore. «Le porte della Beyond sono sempre aperte per lei.»

Quando rimasero soli, nella cabina che scendeva verso il piano terra, Fiorilli tacque notando che Montecchi si era fatto molto pensieroso.

E non parlò fino a quando la Mercedes superò i cancelli per uscire dall'azienda.

«Allora? Che ne pensa?» gli domandò alla fine il giornalista.

Montecchi rifletté per scegliere la parola giusta: «Un affabulatore. Venturi è un ottimo venditore, consapevole di saper fare una sola cosa: vendere il genio di suo padre, un genio che lui non ha. Che non è il suo. È seduto sopra un tesoro che gli è stato lasciato per diritto di nascita».

Poi Fiorilli gli chiese un'altra cosa che però lui non comprese.

Perché era completamente distratto, era altrove.

Anzi, era tornato dentro la Beyond e stava ricostruendo, attimo per attimo, l'incontro con l'imprenditore.

Perché aveva colto qualcosa in quell'ufficio.

Qualcosa che aveva visto o che aveva sentito.

Che il suo cervello aveva collegato e che ora stava cercando di recuperare nelle profondità dei suoi meandri.

Qualcosa che doveva essere importante.

Ma cosa?

12

Autostrada A21, fra Ventimiglia e Verona
ore 18, 26 gennaio 2024

Guidava in modo oggettivamente pericoloso, anche se c'era poco traffico. Però pioveva.

Fumava, teneva il volante con una mano sola e continuava a rivedere nella sua mente tutto quello che aveva fatto a Mentone e soprattutto a Ventimiglia.

Il problema, perciò, è che stava guidando in modalità automatica, guardando davanti a sé senza vedere effettivamente la strada, concentrato com'era nei suoi pensieri.

Aveva cenato con Fiorilli in un ristorante carino che faceva solo pasta e che si affacciava sul nuovo porto di Ventimiglia.

Avevano lasciato l'auto nel parcheggio sotterraneo alla fine del grande tunnel che dal centro della città andava verso il mare. La pioggia li aveva sorpresi mentre, a piedi, raggiungevano il locale.

I due uomini – approfittando del fatto di essere praticamente soli, in un tavolo d'angolo – avevano continuato a parlare a bassa voce dei Venturi, padre e figlio, della Beyond, del massacro familiare di Ventimiglia e dei delitti in contemporanea di Roma e Parigi.

Ma più si andava avanti, più nella mente di Montecchi si faceva spazio un pensiero: *Ma io, qui, che ci faccio?*

Era lì per il CICAP, il mandato arrivava direttamente da Grassi, il suo mentore.

Anzi, no: ora la parola "paranormale" era stata sostituita da "pseudoscienze".

E dunque: c'era della pseudoscienza nella Beyond? Oppure la scienza di cui si occupava l'azienda di Riccardo Venturi stava scivolando lungo un crinale pericoloso, come una piccola palla di neve che piano piano diventa valanga?

Ma davvero il professor Grassi pensava di poter scoprire eventuali magagne all'interno di una macchina complessa e apparentemente perfetta come la Beyond? *E pensava che lo potessi fare io?*, aggiunse fra sé in un soprassalto di sincerità.

Non riusciva a capire dove fosse il punto di caduta degli interessi dei vari attori, che lo avevano buttato sul palcoscenico di questa storia: Anna Orsini voleva risolvere il *cold case* di Ventimiglia, collegato con i delitti di Roma e Parigi, anche questi un altro mistero bello grosso; Grassi voleva aiutare Anna solo in quanto amica di famiglia? Solo per farle fare bella figura con i suoi capi?

O c'era dell'altro che lui non sapeva?

Schiacciato fra mille domande, si accorse di non avere un accenno di risposta.

Aveva una sola sicurezza: stava tornando a Verona a prendere il suo cane e avrebbe atteso gli eventi, consapevole della sensazione di aver fatto un viaggio a vuoto.

O forse no?

L'impressione di essere stato attratto da qualcosa dentro la Beyond gli aveva disturbato finanche il sonno, e si era svegliato con un mal di testa più aggressivo del solito, che aveva cercato di tamponare con il consueto Efferalgan.

E ora ne avrebbe preso un altro.

Il telefono squillò nell'abitacolo, mentre l'ondeggiare ipnotico dei tergicristalli – sempre uguale, sempre con lo stesso ritmo, sempre nella stessa cornice – gli sembrò essere la metafora più adeguata alla sua vita.

«Salve, Anna, sto tornando a Verona» rispose alla dirigente dell'UDI, cercando di non apparire, come in effetti era in quel momento, troppo slegato dalla realtà.

«Com'è andata?»

Montecchi valutò quale risposta dare: era indeciso fra "viaggio inutile" e "non capisco cosa ci sono andato a fare".

Alla fine, il "Metodo Cinzia" impedì il deflagrare della sua sincerità: «Il suo amico Ottavio è simpatico, pur essendo un giornalista».

Anna rise nel telefono: «Glielo dico sempre anch'io, sa? Ed è una persona estremamente corretta».

«Non sapevo che fosse amico di suo padre.» Che era anche un modo per dirle che ora sapeva di chi era figlia.

Due secondi di silenzio e poi: «Pensavo che il professor Grassi gliel'avesse detto».

«Mi ha detto che conosce suo padre, ma io non ho collegato il cognome: non sono molto a mio agio con la politica.»

«Siamo in due, professore. Non a caso ho scelto la polizia. O bianco o nero, per me. Il grigio e la sua scala li lascio a mio padre.»

«Fiorilli ha molta stima di lei» continuò Montecchi, accendendosi l'ennesima sigaretta.

«Mi ha vista piccola. A volte, forse, pensa che lo sia ancora.»

Montecchi decise di giocare a carte scoperte.

«Lei lo sa che il poliziotto che si suicidò dopo l'assoluzione di Venturi, quello che era entrato per primo nella villa...»

«... era appeso a un albero con i piedi che toccavano terra? Sì, certo che lo so.»

«Fiorilli crede che lei non lo sappia. Perché non me l'ha detto?»

«Perché sapevo che ci avrebbe pensato lui. Così come la storia del falso video del procuratore di Imperia, del giudice corrotto in Cassazione e tutto il resto. La sua fonte è mio padre. Vuole che io non abbia avuto da lui, anche di recente, le stesse indicazioni che Ottavio ebbe a suo tempo?» disse Anna.

Montecchi non fece in tempo a rispondere che lei proseguì: «Mio padre è stato molto chiaro: "Lascia stare la Beyond, lascia stare Ventimiglia, non t'immischiare in quella storia". Ma, come le ho detto l'altro giorno, io sono testarda e se mi dicono di non fare una cosa, è proprio in quel momento che decido di volerla fare».

«E perché suo padre vuole che quell'azienda sia lasciata in pace? Immagino che gliel'avrà chiesto» proseguì lui.

«Certo. Sono pur sempre la dirigente dell'UDI che ha in mano il fascicolo di un triplice omicidio irrisolto, che non va mai in prescrizione, e in questo Paese oltretutto, fino a prova contraria, vige l'obbligatorietà dell'azione penale.»

«E cosa le ha risposto?»

«Che era meglio lasciare le cose come stavano, nell'interesse di tutti, anche nell'interesse nazionale.»

Montecchi aspirò il fumo, confidando che la nicotina desse una scossa ai suoi neuroni rallentati.

«E allora, perché Grassi, che è amico di suo padre, che è contrario a indagare su quell'azienda, mi ha mandato da lei?» chiese, e *si chiese*, Montecchi.

«Questa è una bella domanda, professore. Le consiglio di farla a lui quando lo sentirà. Sarei curiosa di sapere cosa le risponde.»

«Comunque, Anna, non credo di essere stato molto utile. E dirò anche questo al professor Grassi.»

«Ottavio le ha fatto conoscere Venturi?» domandò la donna.

«Sì, sono andato alla Beyond.»

«E che impressione le ha fatto?»

«Sa di essere seduto sulla propria fortuna. E sa di dover ringraziare chi lo ha messo al mondo.»

Silenzio.

«Forse, professore, le manca un passaggio.»

«Adottato?»

«Sì, Riccardo Venturi venne adottato dal padre e dalla sua prima moglie, che non poteva avere figli.»

Tu guarda il destino... pensò Montecchi, spostandosi col pensiero a Cinzia e al suo, di destino, che non era stato altrettanto fortunato.

«Ha sempre difeso il padre...» iniziò Anna.

«Ho notato che, almeno con me, non ha detto una parola sulla sua matrigna e sulle due sorellastre uccise in quel modo. Be', uno che dorme ancora in quella casa...»

«Io non potrei, a prescindere.»

«Neanche io.»

Anna rivolse a Montecchi la domanda che aveva timore di fare: «Professore, lei pensa che questo caso rimarrà irrisolto?».

Lui alzò il suo solito sopracciglio e si prese qualche secondo per dare una risposta che avesse un senso.

E in quell'istante, gli venne in mente un altro particolare: «Sa che perfino la sindrome di Capgras poteva essere, se resa nota, un punto a favore di Venturi padre?».

«In che senso?» chiese sorpresa Anna.

«Dal momento che quella sindrome fa disconoscere al cervello le persone a noi più vicine, Venturi non ha ucciso la moglie e le figlie in quel modo così orribile, ma ha mutilato e ucciso tre assolute estranee, tre mostri che per lui avevano rubato il corpo e le anime dei suoi cari. Sarebbe stato disposto un non luogo a procedere per totale infermità mentale.»

La Orsini valutò l'informazione con cui aveva già fatto i conti da sola: «Forse sì, professore. Ma mi creda sulla parola: io non ho mai saputo di un potenziale pluriassassino, condannato in due gradi di giudizio, che non ha mai fatto un giorno di galera».

«Neanche la custodia cautelare in carcere?» domandò Montecchi.

«La procura la chiese, invocando il pericolo di fuga, ma la difesa sostenne che Venturi era totalmente impegnato nel progetto della realizzazione della sua nuova azienda, a Ventimiglia, e non avrebbe mai avuto la minima intenzione di allontanarsi da lì. Gli dettero un periodo di domiciliari e nient'altro.»

«Assurdo.»

«Un'assurdità che deve essergli costata parecchi soldi.»

Continuarono a parlare per un po'; prima di salutarsi, Montecchi le chiese se ci fossero novità sui delitti di Roma e Parigi, ma Anna disse che aveva la sensazione che stesse finendo tutto in un binario morto.

Anche perché le teorie di Fiorilli erano suggestive, sì, ma non dimostrabili, tanto più in un'aula di tribunale.

Venturi, la Beyond e cinque persone trucidate in modo scellerato coagulate in un grumo indefinito.

Un collegamento ci doveva pur essere, la logica lo imponeva.

Ma era davvero logica? O erano tutte suggestioni?

Eppure, si disse, *c'è sempre una via d'uscita dal labirinto.*

Anche senza avere in mano i computer quantistici che, secondo Fiorilli, sarebbero all'origine del successo della Beyond.

Fantascienza, per lui quella era fantascienza. Pura e semplice.

Spense un'altra sigaretta, a cento chilometri da casa, e il telefono suonò di nuovo.

«Ragazzo mio, sei ancora nelle mani di Anna?» chiese il professor Grassi, più ilare del solito.

«No, sto tornando a Verona.»

E gli raccontò tutto quello che era accaduto nelle ultime quarantotto ore, dato che lo aveva informato del viaggio a Ventimiglia solo con un messaggio sulla segreteria telefonica.

Gli disse tutto, non omettendo alcun particolare.

Perché poi avrebbe avuto *lui* delle domande da fare.

Ma fu anticipato: quell'uomo sembrava riuscisse a leggergli nella mente.

«Ti stai chiedendo perché ti ho mandato da Anna a darle una mano se suo padre, che è mio amico, non vuole che lei lavori su questo caso, vero?»

«Esattamente, professore.»

«Tu puoi aiutarla e spostare il riflettore puntato su di lei.

Emanuele Orsini non vuole che sua figlia se ne occupi direttamente perché sa quanto sia fragile, e pericoloso, l'equilibrio che regge tutta questa storia.» Ora Grassi aveva perso totalmente il tono ilare iniziale.

«Pericoloso?» domandò Montecchi.

«La Beyond rischia di superare dei limiti che nessuno di noi vuole che vengano superati. Ancora. E forse l'ha già fatto.»

Montecchi non capiva.

«Noi?»

Grassi sbuffò nel telefono: «Il CICAP, ragazzo, è molto più di un comitato che dà la caccia ai ciarlatani che si fingono maghi o stregoni, è molto più di un gruppo di cacciatori di Madonnine che piangono vernice che pare sangue».

«Ma questo co...»

«La Scienza è alla base del nostro impegno. La Scienza che noi dobbiamo anche controllare, impedendo che qualcuno vada troppo... avanti.»

«Venturi è andato oltre?»

«La Beyond lavora su tanti fronti, sfonda tante linee e ha le capacità per andare oltre.»

«Anche i computer quantistici?»

Grassi tacque per un attimo, poi riprese: «La tecnologia di quell'azienda è talmente avanzata che la Beyond non è al servizio degli Stati, ma sono gli Stati che rischiano di finire al servizio della Beyond. E questo non va bene».

«Come possiamo...» provò a interloquire Montecchi, ma Grassi era un fiume che aveva rotto gli argini.

«Piero: sai chi è il padre di Anna, vero? L'ex ministro!»

«Sì.»

«Ecco, quello che non sai è che Emanuele Orsini, che non

compare in prima persona ma coordina un gruppo di amici, sostiene economicamente l'attività del CICAP.»

Montecchi rivide nella sua mente un vecchio bilancio del Comitato in cui, alla voce "Descrizione della natura delle erogazioni liberali ricevute", c'era, senza cifre, l'elenco dei privati che avevano dato un sostegno economico.

Un mare di fantasmi molto generosi.

«Avevo letto qualcosa in un bilancio del Comitato» disse.

«Hai letto come tutti gli altri, cioè senza capire niente.»

«Si capiva solo che qualcuno ci dà dei soldi.»

«Certo, ma né quanti né da dove arrivano.»

«Non glielo chiedo, professore.»

«Oh, tanto non te lo direi. Forse un giorno, ma ora no. Però adesso devi sapere che noi siamo le guardie di frontiera della Scienza, ne proteggiamo i confini.»

«Quindi, professore, lei mi sta dicendo che Ventimiglia, la nascita della Beyond e i delitti di Roma e Parigi hanno un unico filo che li tiene insieme?»

«Piero, se ne avessi la certezza, non avrei mandato te a cercare di capirci qualcosa. Roma e Parigi sono state, come dire?, due variabili impreviste. Ma tutto porta a quel che è nato nella Beyond e alle sue conseguenze. La Scienza, la *nostra* Scienza, deve essere protetta.»

«Da chi dobbiamo proteggerla?»

«È questo il problema, Piero, non lo sappiamo. Lo possiamo immaginare, ma non lo sappiamo. L'unica cosa certa è che siamo saliti troppo in alto, stiamo camminando su piani pericolosi, raggiunti i quali è difficile tornare indietro.»

«E io cosa posso fare?» Montecchi era sempre più turbato.

«Aiutarci a capire. Anna, me, il CICAP. Tutti noi. C'è una

tempesta in arrivo. Se non sappiamo come proteggerci, ci spazzerà via tutti. La Scienza può cambiare, può crescere, può avere una visione diversa, una nuova dimensione, una variante. Magari una però, non mille, e non senza controllo.»

E fu in quel preciso momento che il suo cervello trovò il collegamento con quello che aveva visto e sentito nell'ufficio di Venturi a Ventimiglia.

Quella macchina perfetta nella sua scatola cranica non aveva dubbi.

Era il cuore che non ci poteva credere, e all'improvviso sembrava volergli scoppiare nel petto.

13

Verona, ore 21, stesso giorno

Entrò nel solito parcheggio dietro l'Arena a velocità folle, recuperò la bicicletta e pedalò forsennatamente sotto la pioggia gelida che si stava abbattendo sulla città.

Rischiò anche di cadere un paio di volte e altrettante sfiorò alcuni passanti che se lo videro sfrecciare accanto, come se stesse partecipando a una corsa.

Ma l'unica corsa che stava facendo era con i suoi pensieri.

Le tessere del puzzle si stavano incredibilmente incastrando una dopo l'altra e alla fine restava solo una domanda: perché?

Arrivò in via Cappello, aprì il cancello del celebre cortile di Giulietta, di cui aveva le chiavi in quanto abitante dell'ultimo piano del residence di famiglia gestito da sua sorella, e salì i gradini a due a due, spalancando infine la porta di quella casa in cui aveva vissuto con Cinzia e che ancora gli procurava dolore.

Dalle grandi finestre sul lato opposto alla porta, le luci di Verona riempirono il buio del grande open space che fungeva da ingresso, salotto e cucina. In fondo a una parete laterale partiva una scala che portava al soppalco, dove c'erano la camera da letto e il bagno.

Un attico perfetto per due, un numero che da anni odiava con tutte le sue forze, sapendo con dolorosa ed estrema certezza che nessuno avrebbe mai più riempito quel vuoto.

Montecchi rimase per un attimo lì, immobile, sull'ingresso a osservare la casa.

Tutto lì dentro gli ricordava Cinzia: quel soprammobile, quel quadro, quel tappeto.

Ovunque si girasse, un ricordo apriva una ferita.

Erano passati anni, ma il dolore era sempre uguale.

Anzi, forse era anche maggiore, dato che aveva ormai raggiunto la consapevolezza che, per lui, c'era e ci sarebbe stato solo il vuoto oltre Cinzia.

Oltre Cinzia.

Oltre.

Quel pensiero fu come una scossa elettrica, che gli anestetizzò il dolore e lo riportò a quello che voleva e doveva fare.

Accese la luce ed ebbe un lampo nella mente che gli fece ricordare come anche la mancanza di Winston fosse diventata pesante, poi con un sospiro posò la valigia per terra.

Adesso sapeva cosa stava cercando.

Montecchi si tolse il soprabito e le scarpe – adorava quella casa anche perché aveva il riscaldamento a pavimento e lui amava stare scalzo, poi aprì una bottiglia di Cabernet friulano, rosso come il sangue, e se ne versò un bicchiere.

Tutta la fretta che lo aveva spinto a chiudere la telefonata col professor Grassi, a schiacciare l'acceleratore della Mercedes fino a Verona e a pedalare come un pazzo per arrivare a casa il prima possibile era svanita. E ora sembrava essersi afflosciato come una torta mal lievitata.

O forse, pensò, era il pensiero di quel che avrebbe potuto trovare.

Era la paura.

Mentre beveva e ammirava il magico profilo notturno della sua città, Montecchi pensò all'ultima volta che aveva avuto paura.

A Mogadiscio no, valutò: era troppo giovane, troppo impetuoso, troppo incosciente. E poi non aveva avuto tempo di averne quando era caduto, quasi morto, dopo l'esplosione.

Si era risvegliato in ospedale e anche lì non aveva avuto paura.

Forse, confessò a se stesso, l'aveva avuta vedendo gli occhi spaventati di sua madre, quando era ancora ricoverato con la fasciatura in testa che sembrava un turbante. Ma aveva avuto paura per lei, non per sé.

Esattamente come per Cinzia: per la sua sofferenza, per il percorso di dolore che avrebbe avuto un'unica, inaggirabile fine.

Ma non aveva mai avuto paura per sé: si era sempre preoccupato per gli altri, convinto di saper gestire bene il proprio dolore.

Chissà se mai, un giorno, sarebbe riuscito a saper gestire di nuovo anche la felicità.

Finì di bere: era tempo di accendere qualche luce su quella storia.

Andò alla ribaltina del Settecento che Cinzia aveva comprato tanti anni prima al mercatino di Porta Portese, nella sua Roma, e la aprì.

In tre dei quattro cassetti teneva bollette, multe e carte varie, ma nel quarto, da tempo, c'era solo una piccola chiave.

La prese e attraversò il salotto dove, dall'altra parte, c'era una libreria che occupava quasi un'intera parete.

Il "quasi" era un armadio a due ante in legno massiccio, alto quanto lui.

Non lo apriva da un sacco di tempo.

Con un sospiro infilò la chiave nella serratura e la girò, aprendo poi entrambe le ante. Lì dentro c'era tutto il lavoro di Cinzia, che lui non aveva mai buttato via.

I suoi approfondimenti di psicologia; i suoi studi sulla cinesica, la scienza che studia il linguaggio del corpo; sulla prossemica, lo studio dell'uso che le persone fanno dello spazio sociale e personale; e tutti gli altri fondamenti della comunicazione non verbale che tanto gli erano serviti nel suo lavoro per il CICAP.

Era la sua vita. E tenere lì tutti quei libri, quei quaderni, quegli appunti, era un altro modo, forse infantile, per non allontanarla da sé ancora di più.

Provò a contenere il carico emotivo e resettò la memoria.

Cercava un grande quaderno nero, dove Cinzia aveva scritto a mano numerosi appunti sul progetto a cui stava lavorando alla base NATO di Aviano, in Friuli, non molto distante da Verona, quando si era trasferita lì con lui da Roma.

Un progetto top secret di cui non parlava mai, ma a cui faceva riferimento continuo nei suoi scritti, spesso rivolti a tentativi di rilevare la menzogna nell'ambito di un colloquio o di un interrogatorio.

Capire la menzogna. Avere gli strumenti scientifici per capire quando qualcuno mentiva.

Il tenente colonnello Cinzia Sanesi, psicologa dell'Esercito Italiano ma distaccata al comando NATO di Aviano, aveva dei segreti che non poteva rivelare neppure al marito, autorevolissimo neuroscienziato, e che erano custoditi nella cassaforte del suo ufficio nella base.

Ma qualcosa, Cinzia, aveva scritto nei suoi appunti.

E lui quegli appunti, quando lei non c'era più stata, li aveva letti. Tutti.

Quando trovò il quaderno nero, lo sfogliò e arrivò alla pagina che stava cercando, ma capì di avere sbagliato.

E che non avrebbe avuto alcuna risposta.

Ma solo nuove, angoscianti domande.

Il suo sistema cognitivo, quello che Freud e Cinzia avrebbero definito inconscio, si era inconsapevolmente attivato una prima volta quando Riccardo Venturi, nel suo ufficio alla Beyond, aveva detto una cosa riguardo a suo padre.

Lo aveva definito come "un uomo straordinario, capace di dare un nuovo indirizzo alla scienza, una nuova direzione, una variante".

Ma era stata la telefonata con il professor Grassi che aveva dato modo alla sua mente di chiudere il cerchio.

«La Scienza può cambiare,» aveva detto il suo mentore «può avere una visione diversa, una nuova dimensione, una variante. Magari una però, non mille, e non senza controllo.»

La Variante.

Che era il nome del progetto top secret della NATO a cui stava lavorando Cinzia, come era scritto negli appunti che aveva in mano.

Ma quella, si disse Montecchi facendo l'avvocato del diavolo a se stesso, poteva essere solo una coincidenza: l'uso plurale di una parola comune che a lui aveva fatto scattare il ricordo.

Ma la sua mente era andata oltre. *Beyond*, appunto.

E non aveva sentito solo una parola.

Ma aveva visto una cosa. Rara.

Sarebbe stata una straordinaria casualità.

Ma quante possibilità c'erano che il simbolo di un progetto top secret della NATO, su una pagina fotocopiata degli appunti di Cinzia, si trovasse impresso, uguale, sull'urna funeraria che conteneva le ceneri di Giovanni Venturi alla Beyond?

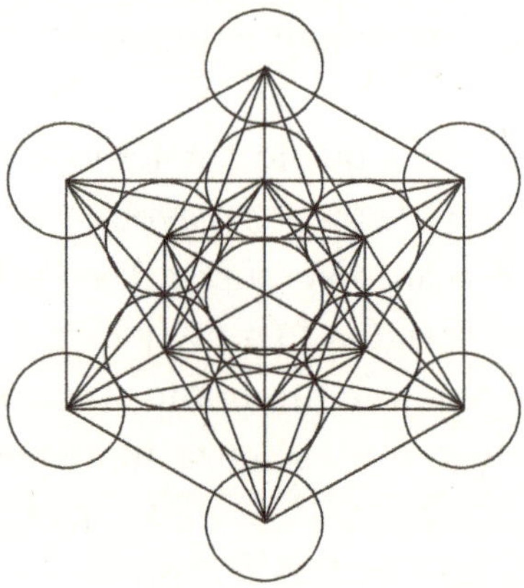

Montecchi fotografò quel simbolo e iniziò la sua ricerca su Internet, sul portatile che teneva sempre nella casa di Verona.

Ci volle poco per capire cosa fosse.

Ma alla terza pagina del testo che stava leggendo dovette alzarsi per riempire un secondo bicchiere di Cabernet.

Si chiamava Cubo di Metatron ed era un simbolo di estrema importanza nella geometria sacra, che rappresentava la struttura e l'ordine dell'universo. Era ritenuto la base di tutta la materia, poiché conteneva tutti i modelli che componevano il cielo e la terra.

Era una figura bidimensionale composta da tredici cerchi collegati da linee rette: i cerchi rappresentavano unità e completezza e le linee simboleggiavano l'interconnessione di tutte le cose.

All'interno di questi tredici cerchi si trovavano tutti i cosiddetti Solidi Platonici (chiamati così perché definiti per la prima volta dal filosofo greco Platone), cinque forme tridimensionali considerate come i mattoni costitutivi dell'universo: il tetraedro stellato, l'ottaedro, l'esaedro, l'icosaedro e il dodecaedro, che rappresentavano gli elementi base della vita come fuoco, aria, acqua, terra e cielo.

Cinzia, ma cosa stavi facendo?, pensò Montecchi, continuando a leggere.

Il concetto del Cubo di Metatron, lesse il neuroscienziato, *è la rappresentazione visiva della geometria sacra e della conoscenza divina. Per certi versi, il Cubo è la chiave usata dal Divino per creare l'universo, come una mappa della Creazione.*

Montecchi si appoggiò allo schienale della sedia.

Rilesse l'ultima frase almeno dieci volte: «Il Cubo è la chiave usata dal divino per creare l'universo, come una mappa della Creazione».

Guardò l'orologio e vide che era quasi mezzanotte.

'Fanculo, pensò, e trovò nella rubrica il numero di Grassi.

Che rispose al secondo squillo.

«Che succede, Piero?» esordì con voce tranquilla; *e chissà cos'altro*, aggiunse la sua mente.

«Cos'è la Variante?» chiese Montecchi.

«Co...»

«Cosa cazzo rappresenta il Cubo di Metatron?» continuò alzando la voce di un tono.

«Pie...»

«E cosa cazzo c'entra Cinzia in tutto questo?» Ora stava decisamente urlando.

«Calmati, Piero» riuscì a dire Grassi.

«*Calmati*? Scopro ora che mia moglie stava lavorando a un progetto top secret della NATO, il cui simbolo si trova, e se non lo sa, professore, glielo dico io ora, sulla *cazzo* di urna che contiene le *cazzo* di ceneri di Giovanni Venturi in quella *cazzo* di azienda dove lei mi ha mandato» disse tutto d'un fiato.

«Calmati.»

«Perché ha mandato proprio me, laggiù? Per questo? Perché c'è Cinzia di mezzo?»

Grassi tacque e Montecchi attese: un lungo silenzio occupò la linea fra i due uomini.

«Ho mandato te perché sei l'unico che può capirci qualcosa. Qualcuno, alla Beyond, ha superato i limiti. Dobbiamo sapere come e perché. Non ci sei solo tu in questa storia.»

«Chi c'è?»

«Altri.»

«Chi?»

«Non posso dirtelo, mi dispiace.»

Montecchi riprese parte del suo autocontrollo: «Che c'entra Cinzia in questa faccenda?».

Grassi tacque di nuovo, stavolta però Montecchi non fece lo stesso.

«La prego, ho bisogno di sapere» disse invece.

Il professore cercò di placarlo: «A suo tempo, al momento opportuno, prometto che ti spiegherò ogni cosa nei minimi dettagli. Piero, te lo prometto. Ma sappi che la tua Cinzia non ha mai fatto nulla di male, questo te lo posso assicurare. Saprai tutto, ragazzo mio, tutto. A suo tempo».

«Cos'è la Variante, professore?»

Grassi sospirò.

«È una chiave.»

«Per cosa?»

«Per tutto.»

Il telefono squillò intorno alle due del mattino, quando Montecchi si era appena addormentato, sul divano e presumibilmente ubriaco, dato che la bottiglia di Cabernet era rotolata, vuota, sul tappeto.

«Pronto» disse con voce impastata, senza nemmeno guardare chi fosse a chiamarlo.

«Professore?»

Voce di donna, lontana, forse conosciuta.

Cristo, sono ubriaco, pensò Montecchi mettendosi a sedere e ricevendo in cambio dal suo sistema nervoso centrale, affogato nell'alcol, un epocale giramento di testa.

«Professore? È lei? Sono Anna» ripeté la voce.

Anna?

Ah, Orsini. Anna. UDI. Polizia. Ventimiglia. Casino.

«Ciao, Anna, chiami sempre così presto?» rispose senza seguire la regola di Cinzia e passando al tu senza preavviso.

Anna se ne accorse, ma non batté ciglio: «Professore, appena *ti* riprendi dalla sbornia, prendi il primo treno per Roma e vieni qui. Ci sono novità».

Montecchi si accorse della gaffe e tentò di recuperare.

«Anna, io...»

«Professore?»

«Sì?»

«Il tu va bene. Basta che fai veloce. Abbiamo un viaggio da fare.»

14

Parigi, 27 gennaio 2024

«Lei non lo sa, ma io odio volare» confessò Montecchi, mentre la potente Peugeot della Direzione centrale della polizia giudiziaria francese si allontanava dall'aeroporto Charles De Gaulle per entrare a Parigi lungo l'autostrada A1.

Quell'auto e il taciturno autista erano l'aiuto che l'amico e collega francese di Anna aveva potuto dare loro.

Il secondo aiuto, in verità.

Perché il primo era stato la telefonata della tarda serata precedente, in cui un tale Maurice, ispettore della polizia giudiziaria, le aveva fatto sapere che un ex dirigente della Beyond, nato in Italia ma residente a Parigi da anni, aveva espresso la volontà di parlare con la polizia italiana.

Il motivo?

L'ispettore non lo sapeva, ma l'uomo, gravemente malato, aveva detto una sola parola.

Beyond.

Così, Anna aveva richiesto e ottenuto varie autorizzazioni al viaggio, svegliando anche qualche suo superiore, e aveva chiamato Montecchi. Lui si era fatto passare lo sbornia con una doccia gelata, aveva inghiottito un Efferalgan, il primo di quella giornata che si annunciava molto lunga, ed era salito sul primo Frecciarossa del mattino in direzione Roma.

Mentre era in treno, Anna lo aveva chiamato: «Ci vediamo direttamente a Fiumicino, terminal 1, volo ITA per Parigi».

E la sua atavica paura dell'aereo aveva avuto la meglio sui suoi già inquieti pensieri, distogliendolo da una realtà che, dalla sera precedente, lo angosciava in modo terribile.

In volo aveva avuto la stessa reazione di sempre, quando si trovava, anzi meglio, "era costretto" dentro a un cilindro di metallo a diecimila metri di altezza: era diventato un tutt'uno col sedile, aggrappato ai braccioli, con movimenti ridotti al minimo sindacale; di parlare non si era posto nemmeno il problema, tant'è che aveva fatto finta di addormentarsi.

Nella Peugeot, poi, aveva ripreso conoscenza e ammesso la sua paura, incupendosi immediatamente per l'inevitabile e prossimo viaggio di ritorno.

Anna, alla rivelazione del suo terrore del volo, rise: «Ma davvero? Non me n'ero accorta…».

Montecchi provò a rispondere in qualche modo, ma lei lo fermò.

«Fra parentesi, noto che siamo tornati al lei. Ci vogliamo mettere d'accordo una volta per tutte, professore?»

Lui la fissò e notò che sorrideva, anche se gli occhiali da sole nascondevano i suoi occhi e quindi non poteva dire se fosse davvero sincera o fosse solo cortesia.

«Okay» alzò le mani Montecchi. «*Ti* chiedo scusa per stanotte, ero un po'…»

«Sì, ubriaco…. Capita di reggere meno l'alcol. Dopo una certa età…» E continuava a sorridere.

Montecchi guardò fuori dal finestrino il paesaggio che scorreva veloce, così da non farle vedere il suo imbarazzato sorriso.

«Scherzo, professore» disse alla fine lei.

«Be', non hai tutti i torti.»

«Almeno era buono?»

«Cosa?»

«Quello che ti ha fatto ubriacare.»

«Cabernet friulano del 2022, notevole.»

Anna piegò il capo di lato: «Di quelle parti preferisco il Pinot nero, ma mi fido».

Montecchi voltò la testa verso di lei: guardava fuori dall'auto e vide solo la sua solita coda di cavallo, immobile e perfetta.

Anna continuò, sempre fissando altrove: «Ora mi spieghi cos'è successo ieri sera?».

Mentre la macchina continuava a correre verso il centro di Parigi, la loro destinazione, Montecchi le raccontò tutto quello che aveva scoperto: il progetto Variante, l'inquietante Cubo di Metatron che ne era il simbolo, la NATO, la Beyond, Cinzia.

Non le nascose niente, anche perché voleva conoscere la sua opinione: lei, forse, avrebbe trovato un punto di vista diverso dal quale partire per ricostruire l'intero percorso.

E invece disse solo: «Interessante».

«Interessante?»

«Intendo la storia. Interessante. Peccato ci siano cinque morti di mezzo.»

«E non sappiamo assolutamente niente. A meno che tu...»

«Di questa... Variante, non ho mai sentito una parola, e ci sta. Non è che i militari si mettano a raccontare le loro cose ai civili. E di quel Cubo di... Come hai detto che si chiama?»

«Metatron.»

«Ecco, sì. Di questo Cubo di Metatron apprendo ora, da te, la sua esistenza. Non m'intendo molto di questa roba.»

«Figurati io» ammise Montecchi, che sulla simbologia e la geometria sacra aveva fatto solo un corso accelerato di una sera, peraltro col cervello annebbiato da troppo Cabernet.

«Non sappiamo troppe cose» ammise Anna. «Così non andiamo da nessuna parte.»

«Credi che questa visita servirà a qualcosa?» le domandò Montecchi.

«Non lo so. Il mio amico parigino mi ha detto che è stato quest'uomo a chiedere di parlare con noi, con la polizia italiana intendo.»

«Ma chi è?»

«Bruno Besi. È l'ex direttore del personale della Beyond, che se ne andò dall'azienda una decina di anni fa per trasferirsi a Parigi. Per amore, pare.»

«Per amore?»

«Sì, era il compagno, poi marito, poi ex marito, di Vivienne Colmart.»

«La...?»

«La donna uccisa a Parigi, sì, la scienziata collega di Venturi padre. Il 33,33 per cento del Premio Nobel per la Fisica del 2002.»

«E ci hanno parlato solo ora? Da aprile?»

«Sì, perché era in ospedale: ha un cancro al cervello in fase terminale. Lo hanno dimesso solo per farlo morire a casa sua, che è dove stiamo andando.»

Montecchi tacque: il cancro, da quando aveva ucciso Cinzia, era la sola cosa che metteva in crisi la sua fede nella Scienza.

Quella stessa Scienza che però, adesso, reclamava in qualche modo il suo aiuto.

Ma senza che lui sapesse come fare.

La Peugeot della polizia giudiziaria di Parigi si fermò davanti a un grande portone di legno massiccio.

Erano in rue Meyerbeer, una piccola strada che si trovava tra il Palais Garnier, il nome del maestoso palazzo occupato dall'Opéra di Parigi, e le Galeries Lafayette, il tempio dello shopping che, in quella città, attirava tanto quanto la Tour Eiffel.

«*Merci*» disse semplicemente Anna, scendendo dall'auto.

L'autista borbottò qualcosa che Montecchi non colse e si allontanò.

«Ha detto che possiamo chiamarlo quando abbiamo finito, così ci riporta all'aeroporto» disse Anna.

«Due aerei in un giorno, che meraviglia» commentò Montecchi fra sé, cercando di ripararsi dal vento che stava spazzando Parigi, e il suo cielo, di un azzurro abbagliante.

Anna suonò il campanello e l'apertura elettrica del portone scattò.

«*Troisième étage*» disse una voce di donna dal microfono della pulsantiera.

I due salirono al terzo piano stretti, e un po' imbarazzati, in un piccolissimo ascensore. Furono accolti da un'anziana signora vestita di bianco e dal classico, inconfondibile odore di malattia, farmaci e morte in arrivo.

Un insieme di cose che il cervello di Montecchi registrò immediatamente come patrimonio della sua memoria, provocandogli una fitta allo stomaco.

Avrebbe voluto fumare, ma quello non sembrava proprio il posto adatto.

«*Bonjour*» disse la donna, un'infermiera presumibilmente; «*il vous attend.*»

Li stava aspettando.

Poi li guardò, seria: «*Faites-le vite*».

Dovevano fare veloci.

Annuirono e la seguirono lungo un corridoio di un'abitazione che sarebbe stata bella, se non fosse diventata l'anticamera di una morte annunciata.

Seppur molto luminosa, appariva comunque cupa e triste.

La donna si fermò davanti a una stanza per lasciarli passare.

Due sedie erano ai lati di un letto dove un uomo senza capelli, di una magrezza e di un pallore impressionanti, teneva gli occhi chiusi.

Una flebo scompariva sotto le coperte, iniettando qualcosa in quel corpo devastato, forse morfina, per aiutarlo a non sentire troppo dolore.

Una scena, pensò Montecchi in un rigurgito di sofferenza, che avrebbe fatto volentieri a meno di rivedere.

Due altissime finestre permettevano alla luce del sole di inondare la stanza, anche se le tende bianche attenuavano non poco la sua forza.

Questa casa non è una casa, pensò Montecchi. *È una camera mortuaria per qualcuno ancora vivo*.

Lui e Anna si misero a sedere ai due lati del letto; il rumore scosse l'uomo sotto le coperte.

Che aprì gli occhi e sorrise.

«Polizia italiana?»

Anna decise che non era proprio il caso di dare spiegazioni

su chi fossero, Montecchi soprattutto, così si limitò a un semplice «Sì».

«Lieto di vedervi. Brigitte mi aveva detto che sareste arrivati oggi.»

Pausa.

«Grazie.»

«Grazie a lei, dottor Besi» rispose Anna. «I nostri colleghi francesi ci hanno chiamato subito, appena lei ha espresso il desiderio di parlare con noi.»

«Anche perché non so quanto tempo mi resta, e Vivienne… Be', Vivienne forse avrebbe voluto che vi dicessi alcune cose.»

«La ascoltiamo.»

Besi tacque come a raccogliere le forze: anche parlare sembrava costargli uno sforzo sovrumano.

«Voi sapete che ero un dirigente di quell'azienda.»

«La Beyond, sì.»

«E che me ne sono andato tanti anni fa perché non condividevo più il loro, chiamiamolo così, metodo di lavoro. Avevo resistito, ero rimasto, invece Vivienne aveva capito tutto subito. Infatti lei e Gambassi rifiutarono di lavorare con Venturi dopo aver vinto il Nobel e non vollero mai avere niente a che fare con la Beyond, con lui e con quello che è venuto dopo.»

«Cos'è venuto dopo?» parlò per la prima volta Montecchi, prendendosi un'occhiataccia da Anna.

L'uomo sembrò non ascoltarlo.

«Vivienne sapeva che la Scienza doveva avere dei limiti che non avrebbero mai dovuto essere superati. Venturi li voleva superare e lei disse di no.»

Montecchi capì che era inutile interromperlo con delle

domande: quell'uomo avrebbe seguito il suo discorso, i suoi pensieri, ed era già tanto.

«Andai via dalla Beyond anch'io, in seguito, dopo che Venturi venne assolto e cedette il controllo dell'azienda al figlio. Poi sparì, morì. E arrivò quel contratto.»

«Quale contratto?» Fu Anna stavolta a non resistere e a intervenire.

«Quello. Quello firmato nel 2011. Voi dovete recuperare quel contratto. Io rifiutai di occuparmene, poi decisi di andarmene e dovetti firmare un ulteriore accordo di riservatezza su tutto quello che avevo visto o sentito in azienda negli anni.»

Chiuse gli occhi e li riaprì poco dopo, la sua voce era quasi un sussurro, un'implorazione.

«Voi dovete recuperare quel contratto.»

Fece un sospiro che spaventò Anna e Montecchi.

Sembrava che fosse l'ultimo, ma poi l'uomo, che aveva richiuso gli occhi, li riaprì e continuò.

«Voi non sapete che Giovanni Venturi era malato, vero?»

I due non reagirono.

L'ex capo del personale della Beyond proseguì.

«Alcuni di noi, in azienda, lo sapevano. Sindrome di Capgras, quella malattia per cui il cervello non riconosce più le persone che ti sono più vicine, anzi le vede come nemici che hanno preso il posto dei tuoi cari.»

Silenzio.

«Noi avevamo trovato la cura.»

Altro silenzio.

«Ma pagammo un prezzo per cui non mi perdonerò mai.»

15

«Vi siete mai chiesti perché la Beyond si trova là? In quel posto lontano da Dio e dagli uomini?»

Montecchi si ricordò della conversazione con Fiorilli, a Mentone, e la voglia di fumare divenne quasi insostenibile, più di quell'orribile odore di medicine e di morte che li circondava.

«Ne so poco,» continuò Besi «io ero solo un dirigente amministrativo, non mi occupavo delle questioni scientifiche. Ma, a un certo punto, da Venturi arrivò l'ordine di acquistare, per vie traverse, una serie di furgoni di seconda o terza mano.»

L'uomo chiamò Brigitte con un pulsante, che dovette attivare una sorta di allarme silenzioso, perché l'infermiera arrivò con un bicchiere d'acqua. Con grande sforzo, lui bevve avidamente.

Poi, con la stessa leggerezza muta con cui era arrivata, la donna se ne andò.

E Besi ricominciò a parlare.

«Venturi, a uno dei nostri contabili anziani, a me e al responsabile della logistica, disse che avremmo dovuto creare, a nome nostro, una nuova società del tutto estranea alla Beyond, con la quale avremmo comprato quei furgoni. E gliel'avremmo intestati.»

«Perché?» scappò detto di nuovo a Montecchi.

«Non ce lo disse. Non a noi, almeno. Ma subito dopo il nostro colloquio, entrò il responsabile della sicurezza e le voci iniziarono a correre.»

«Quali voci?» stavolta fu Anna a parlare.

Ma l'uomo seguiva un percorso mentale tutto suo ed era difficile stargli dietro. O provare a interromperlo.

«Uno dei dipartimenti della Beyond era, e credo lo sia ancora, quello medico-farmaceutico. Vengono migliorati macchinari esistenti, tipo risonanze magnetiche, o costruite TAC di nuova generazione, e allo stesso tempo si occupano di medicine...» Besi s'interruppe e trovò la forza di sorridere. «Come vedete, non per il cancro al cervello. Purtroppo quello no.»

Montecchi distolse lo sguardo dall'uomo e lo spostò sulla flebo che finiva sotto le coperte: aveva ragione, era per cercare di limitare il dolore; anche lui ne sapeva qualcosa. Sul boccione rovesciato, dal quale gocciolava un liquido trasparente, c'era scritto "Morphine".

Besi continuò, sempre più a fatica.

«Un gruppo di lavoro, una sorta di sottodipartimento, però, era impegnato nel trovare una cura alla sindrome di Capgras. Quella e solo quella. Molti si domandavano perché, pochi sapevano la verità: Venturi voleva la cura per sé.»

«E la trovò?» chiese Anna.

«Non sono uno scienziato, ve lo ripeto. Ma so che una strada fu trovata, tanto che Venturi non ebbe più alcun problema collegato a quella sindrome. Trovarono risposte efficaci in un nuovo farmaco che conteneva... Ora non me lo ricordo, ve lo dirò dopo se mi torna in mente...»

Anna Orsini notò che l'uomo stava perdendo lucidità: doveva riportarlo a un livello che potesse essere utile, che rivelasse qualcosa di funzionale per l'inchiesta.

«A che servivano i furgoni?» chiese.

«Ah, i furgoni. Dicevano che servivano a trasportare la gente. Avevano bisogno di gente per fare certe cose...»

«Che tipo di gente?» disse Anna.

«Quali cose?» intervenne contemporaneamente Montecchi.

L'uomo sospirò, stravolto dalla fatica e sofferente per un dolore che la morfina non riusciva più a contenere.

«Perché l'azienda è rimasta a Ventimiglia?» domandò Besi al soffitto della camera. «Perché lì c'è tanta gente. Tanta gente che si può prendere.»

«Per farne cosa?»

«Io non lo so» rispose l'uomo in uno sprazzo di lucidità, forse uno degli ultimi. «Nei furgoni caricavano gli uomini e dicevano che li portavano in azienda. E dicevano anche altro.»

«Cosa dicevano?»

«Che li vedevano entrare di notte. Ma non li vedevano mai uscire.»

Quell'uomo stava facendo sforzi enormi per riferire ad Anna e Montecchi il massimo possibile dei suoi ricordi, quel che restava della sua memoria prima che la malattia divorasse il suo cervello e lo spegnesse.

Così ricominciò.

«Facevamo cose che altri non sapevano fare. Il nostro fatturato aumentava in modo esponenziale, anno dopo anno, e io personalmente continuavo ad assumere decine e decine di persone, che firmavano tutte un vincolo di riservatezza assoluta. Niente doveva uscire fuori dai cancelli della Beyond, niente che Venturi non volesse.»

«In azienda si diceva mai nulla del processo di Venturi? Nessuno ha mai dubitato della sua innocenza?»

Besi rispose con quello che avrebbe dovuto essere, forse, un sorriso.

«Se qualcuno ne dubitava, signori, l'azienda era l'ultimo posto dove dirlo. Venturi non era l'uomo più vicino a Dio. Venturi *era* Dio, dentro la Beyond. E Dio è infallibile.»

«Quindi, del suicidio del procuratore di Imperia, quello del famoso video saltato fuori prima dell'assoluzione definitiva, non sa nulla?»

Besi continuò a sorridere; se era un sorriso, quello.

«Prima vi ho detto che riuscivamo a moltiplicare il fatturato, perché eravamo in grado di realizzare cose che altre aziende non potevano fare. Dovete sapere che una delle nostre divisioni più riservate ma proficue, era quella dell'intelligenza artificiale e della computer graphic.»

Montecchi si ricordò di ciò che gli aveva detto Fiorilli, il giornalista: «Dove nacque quell'applicazione che si chiamava Mirror e che non fu mai messa in commercio?».

Besi annuì: «Qualcuno pensava che quel video fosse stato creato ad arte da uno dei nostri tecnici».

Pausa.

«Vivienne lo pensava.»

«Cosa diceva Vivienne della tecnologia prodotta dalla Beyond?» chiese Montecchi.

Besi, per la prima volta, spostò lo sguardo su di lui. Nonostante la malattia i suoi occhi scuri brillavano ancora.

Tanto più se si parlava dell'ex moglie che, intuì Montecchi, forse era diventata ex contro la sua volontà.

«Lei diceva che Venturi era uno scienziato molto intelligente. Ma che uno scienziato molto intelligente senza etica è anche molto pericoloso per la Scienza stessa e per il mondo intero. Penso che avesse ragione.»

«E il figlio?» domandò ancora Montecchi.

«Secondario, ininfluente, l'ho sempre visto poco. Era nel cono d'ombra del padre. Non so se perché ci volesse stare lui o perché il padre lo obbligasse. Lo vedevamo sempre con donne vistose e auto sportive, Ferrari, Porsche, cose così. Quando ha passato a lui l'azienda, tanti dirigenti sono rimasti stupiti. Ma devo dire che sono rimasto stupito anche di quello che è accaduto dopo.»

«Cioè?»

«Niente. Pensavo che l'azienda potesse subire dei contraccolpi, invece ha continuato a macinare utili e firmare contratti miliardari. In questo, Riccardo Venturi mi ha sorpreso: ha seguito la stessa, identica linea del padre. Non ci avrei scommesso un euro. Si figuri che formalmente l'ho assunto io...»

«Quale contratto dobbiamo recuperare?» si ricordò Anna.

«Quale co...? Ah, il contratto. Io sono andato via nel 2012: uno di quegli ultimi anni. La firma...»

«La firma?» chiese Anna.

«Sì, c'era una firma...» rispose Besi perduto nella malattia e nella sua memoria.

«Dottore, perché la gente entrava alla Beyond e non usciva più?» chiese Montecchi, consapevole che il tempo in quella stanza stava scadendo, per tutti.

«Servivano... ai laboratori.»

«Quali laboratori?»

«Li chiamavano… i topolini.»

«Cavie?»

«Sì, cavie, come topolini. Soltanto che i topolini sono bianchi e quelli erano tutti neri.»

Anna e Montecchi si guardarono.

L'uomo continuò.

«Io ero solo un amministrativo, assumevo le persone e ci tenevo, sa: per ogni assunzione facevo colloqui approfonditi, prendevo appunti sui miei quaderni. Ho assunto tanta gente.»

«In che settore?» chiese Montecchi, cercando di capire di più dell'organizzazione interna della Beyond.

«Nei dipartimenti Uno e Due: quello medico-farmaceutico e quello sui computer, sull'intelligenza artificiale. Il Tre era *off limits.*»

«In che senso?»

«Di quello si occupava direttamente Venturi. Era come un compartimento a tenuta stagna: solo poche persone potevano averci a che fare. Il Dipartimento Tre era il regno di Venturi, nessuno aveva il diritto di interferire. Si parlava di fisica sperimentale, genetica avanzata, addirittura di clonazione, ma io su quello non so davvero nulla. Erano solo voci.»

Silenzio.

«Le dice niente un progetto della Beyond» Montecchi evitò di citare la NATO «che si chiamava "la Variante"?»

Besi assorbì l'informazione e disse semplicemente: «No». «Però sul Dipartimento Tre mi ricordo la battuta di un collega alla mensa, tanti anni fa» aggiunse subito.

«Cioè?»

«A un tavolo commentavamo un articolo della rivista *Science*, che annunciava entusiasta la mappatura tridimensionale del cervello di un topo da parte di alcuni scienziati americani...»

«E...?»

«Uno del tavolo accanto, uno del Dipartimento Tre che non parlava mai con nessuno, si alzò e gli scappò detto che *Science* avrebbe dovuto fare cento numeri di fila su quello che stavano facendo loro sulla mappatura del cervello dell'uomo. "Altro che topi" disse andandosene via. Me lo ricordo come se fosse ora.»

Montecchi si bloccò, ricordando la tecnica sperimentale che attualmente veniva usata per quella particolare procedura.

«Dottore, per provare a fare la mappatura del cervello, o di una parte di esso, occorre che il cervello suddetto appartenga a una persona morta. Non si può fare a una persona viva.»

Besi lo guardò, travolto dai sensi di colpa: «Allora, forse, abbiamo capito a cosa servivano i furgoni che comprai, vero?».

L'uomo si sforzò di continuare a parlare, ma ben presto Anna e Montecchi si accorsero che era entrato in un *loop* dentro la sua memoria, ripetendo sempre le solite cose.

Quando decisero che era giunto il momento di salutarsi, Besi si scosse, cosciente di quello che, con molte probabilità, era stato fatto con i suoi furgoni.

Niente era dimostrabile, purtroppo: non c'era niente contro la Beyond, ma se il traffico di esseri umani fosse stato ancora attivo, be', avrebbero potuto e dovuto scoprirlo.

E la verità, un'altra volta, poteva saltare fuori solo a Ventimiglia.

Montecchi si piegò sul letto per salutare quell'uomo senza pace, così vicino alla morte e ancora così devastato dal senso di colpa per quello che forse aveva contribuito a fare, per gli ordini che aveva eseguito, senza capire le conseguenze delle sue azioni.

«Cerchi di riposare, dottore» ebbe solo il coraggio di dire Montecchi a un uomo che avrebbe lasciato a breve questo mondo. E che ne era ben consapevole.

Gli cercò la mano sotto il lenzuolo e la strinse con un sorriso.

Besi chiuse le palpebre, come in un ultimo sforzo, poi aprì gli occhi: «L'adrenalina. La cura del Capgras era nell'adrenalina. Ma funzionava solo con quella umana, non con quella sintetica. Non hanno mai trovato la spiegazione. Ma andò così».

Poi chiuse gli occhi e si addormentò senza che nessuno potesse sapere se si sarebbe svegliato ancora.

Anna e Montecchi salutarono l'infermiera Brigitte, e uscirono dal palazzo senza dire una parola.

Anna chiamò l'autista della polizia giudiziaria per farsi venire a prendere e vide che Montecchi si era acceso una sigaretta.

Notò che osservava il fumo salire verso l'alto, immerso in chissà quali pensieri.

Poi lui parlò.

«C'è una cosa molto strana, Anna, ma strana veramente.»

«Che cosa, Pier... Oh scusa, volevo dire professore.»

Montecchi era talmente avvinto nel suo ragionamento che non si accorse nemmeno che Anna, per la prima volta, lo aveva chiamato per nome.

«Hai sentito ciò che ci ha detto alla fine, quel poveraccio?» le disse invece.

«Che avevano trovato la cura della sindrome di Capgras?»

«Sì. L'adrenalina. Pura e semplice adrenalina, ma di origine naturale, prodotta dal corpo, non un ormone creato in modo artificiale.»

«E quindi?»

«Tu sai cosa produce adrenalina?»

Anna non capiva questa sorta di interrogazione di scienze: «La paura, lo stress, l'attività fisica. Cose così, no?».

«Scusa, ho formulato male la domanda. Ti ricordi dove si produce l'adrenalina? Nel nostro corpo, intendo?»

«No.»

«Nelle ghiandole surrenali.»

Un silenzio carico di nuove domande calò fra i due.

«Le stesse ghiandole surrenali che sono state tolte alle vittime degli omicidi di Roma e Parigi, Anna.»

La poliziotta rimase senza parole, cercando di trovare un senso.

«Che…?»

«Che vuol dire questo? Non lo so. Ma Grassi aveva ragione. Qualcuno è andato *oltre*. C'è un'aberrazione scientifica in corso. E dobbiamo capire di cosa si tratta.»

«Un'aberrazione scientifica?»

«Sì, un'aberrazione, una disordinata deviazione dalla realtà scientifica fino a oggi conosciuta.»

Anna tacque e Montecchi la guardò.

«Ammesso e non concesso che la sindrome di Capgras possa realmente essere curata con l'adrenalina, le ghiandole surrenali non possono curare nessuno, che io sappia. Tantomeno uno che è morto quattordici anni fa.»

16

«Mi fa male la testa» disse Anna, seduta su uno sgabello della *cave* dell'area commerciale, al terminal 2F dell'aeroporto Charles De Gaulle, in attesa del volo Air France 1004 che, alle 20.40, sarebbe decollato per riportarli a Fiumicino.

Montecchi, che aveva preso tre Efferalgan a partire dalla mattina, quattro se si considerava quello notturno per fargli passare la sbornia, prese la bottiglia di Chablis che era davanti a loro e le riempì il bicchiere.

«Sai bene che l'alcol dilata i vasi sanguigni ed è la causa del mal di testa, non lo fa passare...» obiettò Anna, appoggiando il volto sui palmi delle mani aperte.

Poi si riprese subito: «Scusa, professore, sono nervosa».

«Per quello, però, l'alcol fa bene.»

«Detto da uno scienziato, che l'alcol fa bene...»

«In dosi ragionevoli è concesso, saltuariamente in dosi irragionevoli fa bene allo spirito e poi, come hai detto tu, io sono un neuroscienziato, non il tuo medico curante. Studio il cervello, non il fegato» sorrise Montecchi da sopra il bicchiere, fingendo un brindisi invisibile.

«Professore, io...»

«Torna a Piero, come hai fatto prima, è il mio nome, non

sei una mia studentessa.» *E per fortuna*, aggiunse una vocina dentro la sua mente.

«Allora te ne sei accorto? Scusami, mi è scappato.»

Montecchi scrollò le spalle: «Prima ero troppo concentrato su altre cose. Me ne sono accorto dopo, in macchina per venire qua. Se tu sei Anna, io sono Piero. Nessun problema. Dimmi quello che mi volevi dire. Anna».

Lei sorrise e bevve per recuperare due o tre secondi nell'organizzazione mentale del suo ragionamento.

«Da dove cominciamo?» chiese alla fine.

«Ah, bella domanda. Abbiamo tempo prima che apra il gate, quindi, prego, a te la parola» e con un cenno la invitò a iniziare.

«Ci sono tante cose che assolutamente non capisco» cominciò, fissando il vino bianco nel bicchiere. «Partiamo dalla fine: che collegamento c'è fra l'assassino di Roma e Parigi...»

«Gli assassini sono due» la corresse Montecchi.

«Due assassini sì, ma anche lì non possiamo esserne sicuri. E se i due video fossero stati artefatti? Se quei delitti non fossero veramente avvenuti in contemporanea? Come il video del procuratore di Imperia, ammesso che anche quello sia stato manipolato?»

Montecchi rifletté: «Gambassi e la Colmart spariscono la stessa sera».

«Ma potrebbero essere stati uccisi in momenti diversi.»

«Prima uno e poi l'altra? E l'abbandono dei cadaveri? Anche quello avviene praticamente in contemporanea la sera successiva. Non è possibile che una persona abbia fatto tutto da sola, a migliaia di chilometri di distanza.»

Anna lo fissò: «Il concetto di "non è possibile", in questa storia, mi pare alquanto superato».

«Va be', ipotizziamo che sia stato un unico killer e che i video siano artefatti» proseguì Montecchi. «Di quale collegamento parlavi?»

«Alle vittime sono state tolte le ghiandole surrenali, che producono adrenalina, e l'adrenalina, ci ha detto Besi, era la cura per la sindrome di Capgras di Venturi. Una bella casualità, non credi?»

«Non credo che sia casuale, ma anche questa cosa dell'adrenalina non è possibile.»

«E siamo a due...» ironizzò Anna.

«Sì, due "non è possibile". Ma analizziamo tutti questi passaggi, punto per punto, come se si trattasse di un esperimento scientifico.»

«Prego.»

«Che se ne fanno gli assassini delle ghiandole? Non è che l'adrenalina si estrae così, come se fosse succo da un pomodoro.»

«Dimmelo tu, che sei lo scienziato» rispose la donna.

«Non lo so. Non capisco. E poi mi chiedo: Venturi muore nel dicembre del 2010, giusto?»

«Sì.»

«E Besi ci ha detto che la cura della sua sindrome viene trovata molto prima che lui se ne andasse dall'azienda.»

«Giusto.»

«Okay. In questi anni hai visto, o saputo, della commercializzazione di un farmaco che può curare una cosa attualmente incurabile come la sindrome di Capgras?»

«Non sono un'esperta ma...»

«E allora te lo dico io: no. Nessuno ne ha mai parlato. Si va nel campo delle ipotesi: ipotizziamo che la Beyond usasse i clandestini come cavie per esperimenti sulla cura della sindrome...»

Anna strabuzzò gli occhi: «Prendeva quella gente per asportare le surrenali?».

«Ho detto che stiamo facendo ipotesi.»

«Scusa. Vai avanti.»

«Se ipotizziamo questo, e che il presunto nuovo farmaco non viene prodotto pubblicamente dalla Beyond su vasta scala, perché le sparizioni delle persone continuano anche dopo la guarigione di Venturi, come ci ha detto Besi?»

Anna rifletté: «Una cura continuativa?».

Montecchi sorrise: «O c'è qualche altro malato nella famiglia Venturi?».

«Avevo capito che la sindrome di Capgras fosse una malattia puramente psichiatrica, non ereditaria.»

«Non lo sappiamo con certezza. Alla base potrebbe esserci un problema disfunzionale del sistema limbico del cervello, quello responsabile delle emozioni; altri parlano di disordini organici e altri, invece, di una serie di geni danneggiati che potrebbero anche avere una base ereditaria.»

«Va bene, non lo sappiamo» concluse Anna, prima che il discorso si facesse troppo complicato.

«Quindi potremmo avere qualche altro malato di Capgras nella famiglia Venturi? Tipo il figlio? È una cosa che spiegherebbe la continua necessità di... cavie» aggiunse Montecchi che non sapeva come definire quei disperati.

«Dimentichi un particolare» lo corresse Anna.

«Quale?»

«Il figlio, Riccardo, è adottato. Hanno una genetica diversa. La sindrome di Capgras, nella famiglia Venturi, è finita con il padre.»

«Okay, ma comunque non mi tornano i tempi. La richiesta

di aprire la nuova società per comprare i furgoni, la presunta guarigione di Venturi, poi l'abbandono della società e la sua morte. Non capisco» continuò Montecchi.

«Ci sono un sacco di cose che non riusciamo a capire» ammise Anna.

«Vero. Ma c'è una domanda che mi rimbalza nella testa: perché le sparizioni di quei disperati continuavano, secondo quanto dice Besi, anche dopo la morte di Venturi padre?»

«Bella domanda. Ma qui ci fermiamo, non si va da nessuna parte. Così, facciamo come hai detto tu: andiamo a ritroso.»

«Sistema palindromo» disse fra sé il neuroscienziato, bevendo un altro sorso di Chablis.

«Che hai detto?»

«Niente, scusa, vai avanti.»

«C'è altro, di quel che ci ha detto Besi, che pensi possa essere importante?» chiese la donna.

«Non saprei. Della Variante non aveva sentito parlare, quindi quel capitolo è chiuso.»

Poi si perse seguendo un pensiero, Anna lo colse con lo sguardo nel vuoto.

«Ti è venuto in mente qualcosa?» gli chiese.

«Ripensavo a quando Besi ci ha detto di quel suo collega, quello del dipartimento riservato, che commentava il lavoro degli americani sulla mappatura del cervello di un topo.»

«Sì, ricordo. Ma cos'è la mappatura del cervello?»

«È il Santo Graal dei neuroscienziati» rispose Montecchi dopo averci pensato su tre secondi. «Una mappa che possa farci capire, con la massima precisione possibile, i vari tipi di cellule cerebrali e la loro distribuzione nel cervello.»

«A che scopo?»

«Tanti scopi. Curare le malattie neurodegenerative, per esempio. O comprendere come i circuiti neurali generino percezioni e comportamenti complessi. Ma la mappatura completa è ben lontana dalle nostre possibilità: pensa che solo la corteccia cerebrale, cioè la parte più esterna del nostro cervello, quella che elabora le informazioni e ci permette di pensare, parlare e muoverci, è suddivisa in 360 aree, più della metà delle quali non era neppure stata identificata fino a qualche anno fa.»

Montecchi si stava appassionando e Anna capì perché era così amato dai suoi studenti, come le era stato detto: perché parlava in modo semplice, chiaro, anche di materie molto complesse.

E infatti lo lasciò continuare.

Fors'anche perché le piaceva la sua voce, ma questo se lo tenne strettamente per sé.

«Vedi, Anna,» disse accompagnando le parole con il movimento delle mani, come faceva sempre quando era in aula con i suoi allievi «nella regione della corteccia cerebrale che si occupa del linguaggio c'è una piccola area che si attiva solo quando si ascoltano delle storie; mentre in quella dedicata alla visione, un gruppo di neuroni determina esclusivamente l'ampiezza del campo visivo. Il nostro cervello è una macchina straordinaria, ma di cui purtroppo sappiamo ancora pochissimo. E, a oggi, la mappatura dettagliata di un cervello umano, comprese le connessioni fra i neuroni, quelle che chiamiamo sinapsi, non è praticabile. Va oltre le nostre capacità tecnologiche conosciute. Non è possibile.»

«E tre» chiosò Anna.

«Cosa?»

«I "non è possibile". Siamo a tre.»

«Purtroppo è così.»

«Però hai detto una cosa importante.»

«Quale?»

«Che tutto questo va oltre le attuali capacità tecnologiche conosciute.»

«E quindi?»

«La parola chiave è "conosciute". Qui non conosciamo un bel niente.»

Gate F21. La scritta apparve accanto alla sigla dell'aereo che doveva riportarli a Roma.

«Andiamo?» disse Anna indicando lo schermo gigante delle partenze.

«Finisco il vino, tanto l'aereo non decolla senza di noi.» *E bevo un altro po'*, pensò fra sé, *così salgo su quel "coso" talmente stordito e stanco che magari riesco pure ad addormentarmi.*

«Mi fai vedere quell'affare lì, quel Cubo col nome strano, che pare un cartone animato giapponese?» proseguì lei, scendendo dallo sgabello.

Montecchi trafficò con il cellulare per trovarlo e si accorse che Google andava lentamente. Pensò che avrebbe dovuto usare Beyond, il motore di ricerca creato dalla ben nota azienda omonima e che stava cannibalizzando la società statunitense.

Poi valutò che forse aveva svariati buoni motivi, noti e "possibili", per evitare di ingrassare, anche indirettamente, il fatturato della Beyond.

Alla fine, il Cubo apparve e lo mostrò ad Anna.

Lei si avvicinò, si appoggiò accanto a lui con i gomiti sul tavolino rotondo e inforcò gli occhiali per vedere meglio il simbolo di quel progetto top secret.

«Pare il risultato del giochino che c'è sulla *Settimana Enig-*

mistica, sai? "Unisci i puntini e scopri l'immagine.» disse dopo un attimo di riflessione

Montecchi sorrise: «In effetti, ha un certo non so che. Ma è anche un antichissimo simbolo della tradizione ebraica ed è presente in diversi culti religiosi».

«Ma questo...»

«Metatron.»

«Eh, ma il Metatron di questo Cubo, chi era?»

«È considerato uno degli angeli di rango più alto, associato alla conoscenza e alla saggezza divine.»

«Un angelo?»

«Un arcangelo, per l'esattezza, e molto potente in certi àmbiti del misticismo ebraico e cristiano. Ha il compito di custodire i segreti del Cielo ed è responsabile della registrazione di tutte le scelte fatte lassù e qui sulla Terra. Lo chiamano "Lo scriba di Dio". O "Il custode dei registri del Cielo". Cito a memoria una cosa che ho letto stanotte: il Cubo è la chiave di Dio per creare l'universo.»

Montecchi svuotò il bicchiere, mentre Anna lo osservava in silenzio. «La chiave di tutto» aggiunse poi dopo un momento di riflessione.

«In che senso?»

«È quello che mi ha detto Grassi ieri sera: la Variante è la chiave di tutto.»

Scese dallo sgabello e si avviò con Anna verso il gate F21.

Quando salì sull'aereo, si accorse che gli era stato assegnato il posto accanto al finestrino.

Fosse stato giorno, avrebbe chiesto di invertire la posizione con Anna per evitare di guardare fuori.

Ma era notte ed era stanco morto, quindi si afflosciò senza dire niente sulla poltroncina della classe economica dell'Airbus A320 di Air France, allacciandosi subito la cintura di sicurezza.

Guardò fuori e vide i consueti camioncini con i lampeggianti arancioni che si muovevano attorno ai vari aerei, ancorati ai terminal, per depositare o scaricare bagagli.

Li osservò muoversi meccanicamente, seguendo invisibili ma precisissimi percorsi.

E il suo cervello si attivò. Di nuovo.

Camioncini.

Furgoni.

Si raddrizzò sullo schienale e li fissò ancora e più attentamente, cercando allo stesso tempo il collegamento che lo aveva acceso e scosso.

Poi lo trovò.

Mentone, Fiorilli, padre Mauro, la Caritas, il ragazzo che veniva dal Sudan e che era sparito dopo aver raccontato di alcuni *passeurs* che venivano a prenderli di notte, sull'Aurelia.

Con dei furgoni.

Ma non era quello che lo aveva scosso.

Erano tre parole che Fiorilli aveva detto riguardo al racconto del prete.

Con il quale, ora, voleva parlare anche lui.

«Devo tornare a Ventimiglia» disse improvvisamente ad Anna, che lo guardò senza capire.

Fiorilli era stato preciso nel racconto.

Il ragazzo del Sudan aveva parlato "pochi mesi prima".

Quindi, il traffico di esseri umani era ancora attivo.

Ma perché?

E soprattutto: per chi?

17

Ventimiglia, 29 gennaio 2024

L'appuntamento con Ottavio Fiorilli era fissato per le cinque del pomeriggio.

«Andiamo a prendere il tè da padre Mauro» gli aveva detto il giornalista, dopo aver parlato con il sacerdote dell'ordine dei Sacramentini che di fatto gestiva la struttura della Caritas.

«Le piacerà, vedrà» gli aveva risposto Fiorilli, dopo aver saputo della sua scarsa simpatia per il clero. «I Sacramentini sono una delle congregazioni cattoliche più impegnate nel sociale, e lui, poi, è un personaggio: credo di non averlo mai visto in tonaca lontano dall'altare, è sempre in jeans e fuma come un turco. Si fidi, le starà simpatico.»

Montecchi si sdraiò sul letto di Villa Ada – l'albergo della frazione di Latte dove era tornato e che, essendo fuori stagione, aveva potuto ridargli la stessa camera – e rifletté su quello che stava facendo.

Al vortice in cui era finito.

O in cui lo avevano buttato, considerò, pensando al professor Grassi, al quale il giorno precedente, domenica, aveva fatto una telefonata senza risposta.

Così gli aveva lasciato un messaggio nella segreteria telefonica per aggiornarlo sugli ultimi sviluppi.

Si sentiva come una pallina che rimbalzava qua e là, ma consapevole, ammise a se stesso: non si sarebbe fermato finché non avesse capito il ruolo di Cinzia in tutto questo.

E sperava davvero che Grassi, un giorno, avrebbe mantenuto la promessa di dirgli tutto.

Il rientro da Parigi era stato un po' agitato. Il volo aveva incontrato qualche turbolenza e ciò aveva confermato a Montecchi che no, volare non era una cosa che gli piaceva, proprio no.

Erano sbarcati a Fiumicino intorno alle undici di sabato sera, troppo tardi per prendere il treno per la stazione di Roma Termini e, tantomeno, rientrare a Verona.

Erano saliti su un taxi e Montecchi si era fatto portare comunque a Termini, dove aveva preso una camera d'albergo nei pressi della stazione, così da salire sul Frecciarossa delle 6.45 e tornare a casa prima possibile.

«Sicuro di voler fare così?» gli aveva chiesto Anna nella penombra dell'auto.

«Sì. Domani è domenica. Faccio sosta a casa, vedo il mio cane, mi riposo un po' e lunedì torno a Ventimiglia. E da lì ti aggiorno.»

Anna aveva annuito guardando le luci sulla strada.

In volo si era sciolta la coda: aveva una cascata di capelli biondi e lisci che le arrivavano a metà schiena.

Per la prima volta dopo tanti anni, il cervello di Montecchi si era concesso di valutare la bellezza di un essere umano di sesso femminile.

Ma quando se n'era reso conto, aveva iniziato a contare ripetutamente fino a cinque e non aveva detto più altro.

Era salito al volo sul treno per Verona, dopo una notte agitata e soprattutto molto breve all'NH Palazzo Cinquecento, un bell'albergo proprio davanti a Termini, e si era profondamente addormentato, approfittando di un controllore più sveglio di lui che gli aveva guardato subito il biglietto.

L'istinto lo aveva risvegliato dieci minuti prima dell'arrivo alla stazione di Verona Porta Nuova, dove aveva lasciato la sua bicicletta.

Finalmente a casa, si era spogliato ed era rimasto mezz'ora seduto nella doccia, cercando di riprendersi.

Era andato a pranzo da sua sorella, aveva giocato un po' con la nipote e con Winston, sentendosi in colpa per non poterlo portare con sé, ed era tornato nel suo appartamento in via Cappello, dopo le chiacchiere di rito in un'altra casa che conteneva troppi ricordi.

Grassi non aveva risposto, Fiorilli sì, ed era contento che tornasse da quelle parti.

Poi aveva prenotato l'albergo e davanti a una corsa di Formula Uno in TV si era addormentato profondamente.

Al risveglio, aveva sbirciato fuori dalle finestre del soppalco e aveva notato che era buio.

Non aveva sognato Cinzia, come sperava e come spesso faceva.

E si era riaddormentato cercando di capire se anche quel silenzio potesse significare qualcosa.

La sede della Caritas di Ventimiglia era una palazzina a due passi dalla stazione ferroviaria.

L'appuntamento con Fiorilli era proprio lì davanti, al 20 di via San Secondo, una strada che correva a fianco dei binari e poi ci passava sotto, per ricollegarsi al centro della città.

Decine di ragazzi di colore erano fermi, a gruppetti, davanti a una lunga cancellata.

Diluviava e lui aveva l'ombrello. Loro no.

Fiorilli uscì dalla palazzina con il solito cappello da marinaio e un impermeabile che svolazzava come lo *spinnaker* di una barca a vela. Gli venne incontro con un gran sorriso.

«Sono contento di rivederla, professore, anche se non credevo che sarebbe tornato così presto» gli disse dopo avergli stretto la mano.

«Volevo parlare anch'io col suo amico prete» si limitò a dire Montecchi, che non aveva dato aggiornamenti a Fiorilli.

«Ci sta aspettando, venga.» Poi si fermò. O forse era tutto un atteggiamento studiato.

«Ah, professore. Confido che, se dovessero esserci delle novità, io sarò uno dei primi a saperle, vero?» suggerì il giornalista, sempre continuando a sorridere.

Ma senza che la muscolatura degli occhi accompagnasse il movimento delle labbra.

Montecchi rispose al sorriso: «Certamente».

«Bene, andiamo.»

Fiorilli fece strada fra i ragazzi in attesa di chissà cosa e Montecchi notò che, sotto a quel diluvio, molti di loro avevano ai piedi calzini di spugna e infradito. Ed erano quasi tutti molto giovani. Giovani e già senza futuro.

I due uomini, dopo uno slalom in mezzo a quella folla, riuscirono a conquistare l'interno della palazzina e si inoltrarono in un corridoio, fra altre persone in attesa: giovani, donne, anziani e bambini che parlavano mille lingue diverse ma avevano un unico volto: quello della disperazione.

Il corridoio finiva con una piccola porta che si apriva su una stanza minuscola, occupata solo da una scrivania e tre sedie.

In piedi, accanto a una finestrella semiaperta e impegnato nella lettura di un foglio, c'era un uomo con i capelli corti e la barba di tre giorni, occhiali dalla montatura pesante che incorniciavano un volto grassoccio: indossava un paio di jeans larghi e una felpa grigia che sembrava quasi a pois, per via delle numerose macchie.

E fumava avidamente.

«Padre Mauro, ecco il mio amico» lo avvertì Fiorilli entrando in quel microcosmo di pace apparente, in mezzo a tutto quel caos.

E lui, che tutto sembrava fuorché un prete, alzò lo sguardo dal foglio che stava leggendo e lo gettò sulla scrivania.

«Il tuo amico importante, Ottavio, conosce per caso il nostro caro vescovo?»

Fiorilli e Montecchi si bloccarono.

«No, non credo» rispose il giornalista.

«Peccato. Perché Sua Eminenza mi ha appena scritto che la nostra amata Chiesa non ha abbastanza braccia per accogliere tutta la povera gente che bussa alla nostra porta, e quindi suggerisce di trovare altre entrate, perché i soldi sono finiti.»

E si accese un'altra MS col mozzicone della precedente.

«Ma voi non siete la Caritas?» domandò Fiorilli.

«Ottavio, Santa Madre Chiesa è una sola, anche se ha molti nomi. Il problema è che per noi, e per quella povera gente, la stessa Chiesa dice di non avere più un euro.»

«Alla faccia dell'accoglienza» scappò detto a Montecchi, ancora sulla porta.

Padre Mauro lo fissò: «Peccato che non possa mandare lei a trattare con Sua Eminenza. Sono certo che gli direbbe quello che pensa di lui e della gestione del suo ministero».

Montecchi sarebbe arrossito se non avesse imparato a controllarsi – quasi sempre – in ogni situazione, ma si accorse lo stesso di aver fatto una figuraccia: «Mi scusi, padre».

«Oh, lasci stare. In fondo la penso come lei. Prego, accomodatevi.»

I due laici si sedettero dall'altra parte della scrivania.

«Ottavio mi ha detto che lei è uno scienziato che collabora con la polizia.»

«Sì, più o meno.»

«Più o meno è uno scienziato o più o meno collabora con la polizia?»

Montecchi sorrise. Fiorilli aveva ragione, quell'uomo era simpatico. *Pur essendo un prete*, si disse.

«Più o meno collaboro con la polizia. Uno scienziato lo sono, un neuroscienziato per l'esattezza.»

«E che vuole un neuroscienziato da un prete di strada come me?»

«Posso fumare?» chiese.

Padre Mauro sorrise e, con la sigaretta in mano, indicò un cartello sulla parete: c'era scritto VIETATO FUMARE.

«Non si potrebbe, ma casomai dopo la confesso e la assolvo.»

«Grazie, padre.»

«Prego. Ma mi chiami Mauro, come tutti. E ora mi dica cosa vuole da me.»

Montecchi accese la Gauloise e gli riferì il racconto di quel giovane che diceva di venire dal Sudan e di avere incontrato alcuni *passeurs* con i furgoni, di notte sull'Aurelia.

Padre Mauro aggrottò la fronte: «Gliel'hai detto tu?» chiese rivolto a Fiorilli.

«Sì» rispose il giornalista.

«Allora, quel che Ottavio le ha riferito è tutto vero. Era solo per capire da dove le fosse arrivata la notizia.»

«Quando accadde di preciso? Forse lo ricorda...»

«L'anno scorso. Me lo raccontò di mattina presto, qui fuori. Faceva freddo, sarà stato marzo. O febbraio.»

«E cosa le disse?» chiese Montecchi.

Il prete si accese un'altra sigaretta: «Mi ricordo che rimasi sorpreso di vederlo, perché sapevo che la notte precedente avrebbe tentato di passare la frontiera. Poi, Amin, si chiamava così mi pare, mi raccontò dei *passeurs* che aveva incontrato alla stazione...».

«Quella qui vicino?»

«Sì, vanno a recuperarli lì. So che lo fanno regolarmente, perché ho impedito loro di farlo proprio qui davanti.»

«Ma ho visto macchine della polizia e dei carabinieri nella piazza» fece notare Montecchi, che aveva parcheggiato lì la Mercedes.

Padre Mauro sorrise e allargò le braccia: «Li lasciano fare, basta che non si facciano vedere troppo. In fondo, queste persone in Italia non ci vogliono stare, vogliono andare via, e tutti hanno interesse a regalarli ai francesi...».

Montecchi tornò alla cosa che gli interessava: «Che altro le disse Amin?».

«Che lui e altri suoi amici avevano preso appuntamento con queste persone, intorno alle tre del mattino, sull'Aurelia, all'altezza della deviazione con via Ciabauda. Me lo ricordo perché è la strada che porta alla chiesa con il mio nome, quella di San Mauro.»

«Lui però non ci andò?»

«Ci andò» lo corresse padre Mauro «però non salì sul furgone. I suoi amici sì, ma lui raccontò che quelle persone avevano "facce brutte", così disse, come quelle che aveva visto sulla barca che lo aveva portato a Lampedusa.»

«E quindi?»

«Quindi rinunciò, inventando una scusa. Poi, però, non lo vidi più: probabilmente la voglia di fuggire in Francia aveva vinto sulla paura per quelle persone.»

Montecchi cercò di approfittare della buona memoria di padre Mauro: «Disse altro che potrebbe essere utile…».

«… a identificare quelle persone?» concluse la frase il prete.

«Anche, sì.»

«Guardi che qui a Ventimiglia lo sanno tutti chi sono i *passeurs.* Lo sanno bene anche polizia e carabinieri. Ogni tanto ne prendono qualcuno per fare un po' di scena, ma la verità è che non gliene frega niente a nessuno di questi poveracci, anzi. Sono troppi, danno una brutta immagine alla città, e ora» continuò prendendo il foglio che stava leggendo prima e sventolandolo davanti ai due uomini «anche la mia Chiesa ha deciso che sono un peso perché costano.»

Montecchi lasciò parlare il silenzio per qualche secondo,

per abbassare la tensione, poi tornò alla carica: «Amin le disse altro di interessante?».

Padre Mauro lo fissò, attraverso il fumo delle sigarette che stava rendendo irrespirabile l'aria nella piccola stanza: «Sì. Che quei *passeurs* erano diversi dagli altri».

«Diversi? In che senso, diversi?»

«Di solito si fanno pagare subito, prima di partire. Questi dissero a lui e ai suoi amici che li avrebbero potuti pagare all'arrivo in Francia.»

«Curio...»

«Non ho finito» lo fermò il prete. «Ma quel che le sto per dire è un'idea mia, non un'informazione del ragazzo.»

«Dica, pad... Mauro.»

«I *passeurs*, si muovono sempre a piedi, lungo precisi sentieri in montagna. Perché allora servirsi di furgoni?»

«Per trasportarli fino all'inizio del sentiero?» ipotizzò Montecchi.

«Giusto, professore. Ma via Ciabauda, la strada dove li caricano, *è* l'inizio del sentiero. Almeno quello che conosco io.»

Montecchi colse l'uso di un tempo verbale diverso.

Presente, non passato.

«Scusi, Mauro, ha detto "caricano", non "caricavano". Questo vuol dire che...»

«Sì, alcuni continuano a usare questo sistema per andare in Francia.»

Se ci arrivano in Francia, pensò Montecchi senza dirlo ad alta voce.

«E lei come lo sa?»

Mauro scrollò le spalle: «Lo so». Poi aggiunse: «Oggi è lunedì, vero?».

«Sì.»

«E allora stanotte ci sarà un altro viaggio. Se vuole, posso fare due domande in giro e farglielo sapere.»

«Le sarei molto grato» rispose Montecchi.

Che poi cambiò improvvisamente argomento: «Lei conosce Riccardo Venturi?».

Fiorilli gli dette una lieve ginocchiata sotto la scrivania.

«Sì, certo, è uno dei più grossi sostenitori della struttura. È grazie alla sua generosità che andiamo avanti, che possiamo dare da mangiare a tutta questa gente. È un uomo di grande cuore.»

Il messaggio, sul telefonino di Montecchi, arrivò intorno a mezzanotte.

Via Ciabauda, ore tre.

Il neuroscienziato soppesò l'informazione e ricordò che Anna da queste parti non si fidava di nessuno, neanche dei suoi colleghi.

Per questo la chiamò e le disse cosa aveva intenzione di fare.

«Non mi piace» rispose lei.

«Voglio solo guardare, niente di più. Non ho intenzione di fare James Bond. E tutto sommato, qualcosa dell'addestramento mi sarà pur rimasto addosso, no?»

Anna tacque, poi non resse: «Piero, non è che ti è andata benissimo l'ultima volta a Mogadiscio».

«Sì, mi hanno quasi ammazzato, ma io avevo un'arma e loro avevano le armi. Qui vado solo a vedere che succede stanotte sull'Aurelia.»

«E se poi le armi ce le hanno loro?» replicò Anna.

Montecchi sorrise: «Avrò nostalgia del mio M12».

«Stai attento, per favore. E chiamami quando torni, tengo il telefono acceso.»

Piero Montecchi, tanti anni prima, aveva partecipato, come carabiniere paracadutista del Tuscania, alla missione in Somalia, e decorato per questo.

Pare che certe cose non si dimentichino.

Era l'ora di vedere se quella frase fosse solo un modo di dire.

Alle tre del mattino, con maglione, pantaloni e giubbotto neri comprati nel pomeriggio a Ventimiglia, Montecchi era appostato sull'Aurelia e osservava da lontano la deviazione di via Ciabauda, aspettando che accadesse qualcosa.

Tirava un vento freddo e la pioggia rendeva il paesaggio ancora più spettrale. Le nuvole erano talmente basse che non si vedeva neanche il mare.

Non ti lamentare, sempre meglio della sabbia e del caldo appiccicoso di Mogadiscio.

Vide una, due, poi almeno sei, sette persone fermarsi sul ciglio della carreggiata e attendere, come se aspettassero un autobus alle tre del mattino.

Un quarto d'ora più tardi, due fari in arrivo dalla Francia si fecero sempre più grandi e svoltarono in via Ciabauda.

Era un furgone Renault di colore chiaro, indefinibile con quella luce e a quella distanza.

Il gruppetto di persone sparì nella stradina, dietro al mezzo.

Dopo cinque minuti, il vecchio Renault ripartì nella direzione da cui era arrivato.

A fari spenti, e sperando di non incrociare nessuno, tantomeno una volante della polizia, la Mercedes di Montecchi si mosse per entrare sull'Aurelia e seguire il furgone.

Che dopo aver fatto due tornanti, sparì.

Vide i fari posteriori rossi salire lungo una strada laterale che ricordò di aver fatto pochi giorni prima.

Stavano andando verso nord, risalivano la montagna, allontanandosi dal mare.

Ma da lì, pensò, non si andava assolutamente in Francia.

Perché il confine era a ovest.

Rallentò e imboccò via delle Ginestre, continuando a guidare al buio, solo con l'aiuto del navigatore e della scarsa illuminazione pubblica.

E mantenendo sempre un tornante di distanza fra sé e il furgone.

Ma a un certo punto i tornanti finirono e, all'altezza del piccolo cimitero di Grimaldi, dovette rallentare ancora per evitare di farsi scoprire.

Così si affidò all'istinto.

E l'istinto ebbe ragione.

Dopo una decina di minuti, una rotonda e qualche altra curva, diminuì la velocità fin quasi a fermarsi all'altezza di una biforcazione.

In tempo per veder sparire il furgone oltre un cancello, in fondo alla strada.

Tutto previsto, pensò Montecchi.

La consegna dei topolini alla Beyond procedeva regolarmente.

L'istinto aveva fatto centro.

Ma l'istinto non avrebbe mai potuto immaginare quel che accadde subito dopo.

Montecchi superò la confluenza con la stradina che portava

alla Beyond e accostò fra altre due auto in sosta, spegnendo il motore.

Aveva smesso di piovere, ma il parabrezza era ancora appannato, così si piegò di lato per prendere il panno per pulire il vetro che teneva nel cassetto sul lato passeggero.

La vita è fatta di combinazioni, e fu proprio quella concomitanza, quella casualità, a impedire che venisse scoperto.

Perché un fascio di luce improvviso investì l'abitacolo e poi si spostò sulla strada.

Fari, pensò istintivamente Montecchi, rimanendo abbassato sui sedili anteriori.

In quel momento venne superato da un altro furgone, proveniente dalla stessa strada dove era sparito il primo.

Dalla Beyond, quindi, perché non c'era altro in quella strada.

Vide i fari posteriori farsi sempre più piccoli e, quando sparirono oltre una curva, l'istinto del parà gli disse che doveva muoversi.

Così mise in moto e, sempre a fari spenti, seguì il secondo furgone, ora aiutato dalla luce di uno spicchio di luna, apparso dopo la fine della pioggia.

Superato un tornante più lungo degli altri, riuscì a vedere il mare e comprese quanto in alto era salito.

Poi vide le luci posteriori del veicolo risalire una strada laterale sterrata, segnalata come senza sfondo, all'inizio della quale c'era un grande cartello bianco con la scritta: PERICOLO DI FRANE.

Una freccia indicava che là, da qualche parte, si trovava un residence dall'originalissimo nome di Bellosguardo.

Montecchi si fermò sul tornante, indeciso sul da farsi.

Troppo rischioso seguire il furgone con l'auto in una strada così stretta e, per di più, senza uscita.

Così fermò l'auto davanti a un'abitazione lì vicino e scese.

Entrò nella strada sterrata camminando al lato della angusta carreggiata, dalla parte della montagna, dove c'era più vegetazione.

Dopo cinque minuti di cammino nel buio, in uno spiazzo davanti a lui, intravide il profilo del furgone, con la luce dell'abitacolo accesa, fermo di fronte a quello che una volta doveva essere il residence.

E che ora era... qualcos'altro.

Le luci al piano terra erano accese, mentre a quelli superiori le finestre erano sprangate con assi di legno.

Montecchi si infilò in un varco nella vegetazione per girare intorno allo spiazzo e avere una visione laterale, che sperava fosse migliore.

Notò due uomini attorno al furgone e un terzo uscire dalla struttura illuminata.

Poi aprirono le porte del cassone posteriore e cominciarono a trasportare dei grandi sacchi di plastica scura, evidentemente pesanti dato che per ognuno servivano due persone.

Da dove si trovava, Montecchi non vedeva quanti sacchi ci fossero dentro al furgone.

Improvvisamente, uno degli uomini scivolò sul terriccio ancora bagnato, un sacco cadde e si strappò.

Ne uscì prima una mano, poi un braccio.

Corpi, cadaveri.

Poi dal camino del residence iniziò a uscire del fumo scuro.

Perché quello non era più un residence, capì con orrore Montecchi.

Era un forno crematorio.

18

Ventimiglia, 30 gennaio 2024

La polizia fece irruzione nell'ex residence Bellosguardo intorno alle dieci del mattino.

Due volanti si fermarono nello spiazzo dove Montecchi aveva visto il furgone col suo carico di morte.

Ma i buoni, alla fine, vincono solo nei film di Hollywood.

E quando un agente sfondò con un calcio la porta d'ingresso del residence abbandonato, si chiese semplicemente il motivo per cui l'avessero mandato fin lì.

Perché non c'era niente, letteralmente niente.

Davanti agli occhi del giovane poliziotto del commissariato di Ventimiglia non apparve… assolutamente nulla.

Così chiamò la centrale. Che chiamò la questura. Che chiamò lo SCO, il Servizio centrale operativo della polizia a Roma, da dove era partita la segnalazione.

Anzi no. Per l'esattezza, la segnalazione era partita dall'UDI, l'UDI, che faceva parte dello SCO, il cui capo fece un solenne cazziatone ad Anna Orsini per aver mobilitato mezzo mondo fin dalle prime luci dell'alba per nulla.

Anna, infatti, aveva ricevuto la telefonata di Montecchi intorno alle cinque del mattino, dopo una notte in bianco passata a guardare il cellulare, preoccupata sia per lui, sia per se stessa e per la sua carriera.

La dritta, aveva detto al capo dello SCO, le era arrivata da un informatore a Ventimiglia.

Però c'erano stati due problemi: uno noto e uno no.

Quello noto era che Anna aveva chiesto al suo superiore anche la possibilità di entrare alla Beyond per eseguire una perquisizione e trovare i furgoni, ma dopo un po' lui l'aveva richiamata e, fra le sue rimostranze, aveva sentenziato: «Anna, la procura ha detto no. Il Capo, quello con la C maiuscola, il tuo e il mio, ha detto no. Nessuna perquisizione. La Beyond non si tocca. Mandano due volanti a verificare la segnalazione della tua fonte nel posto dove si sospetta ci sia un forno crematorio».

E la polizia, con estrema calma, dopo mille passaggi burocratici, era arrivata.

Cinque ore dopo la prima segnalazione.

E questo era il problema noto.

Quello non noto era che un'irriconoscibile figura vestita di scuro, molto simile a Piero Montecchi, era stata colta dalle telecamere a infrarossi che la sicurezza della Beyond aveva disseminato attorno all'ex residence.

E quella figura vestita di scuro era stata davvero fortunata, anche se non l'avrebbe mai saputo, perché proprio nel momento in cui camminava verso l'ex residence, passando davanti a una di quelle telecamere, la guardia di turno al controllo degli schermi si era alzata per andare in bagno.

Se l'avessero visto all'andata sarebbe finito in trappola.

Invece lo avevano visto al ritorno e fra bloccare lui e sgombrare tutto fu preferita la seconda opzione.

In quattro ore la struttura era stata letteralmente svuotata. Il forno usato per "terminare i topolini", come dicevano loro, era stato smontato pezzo per pezzo. La canna fumaria danneggiata dall'interno e poi murata dall'alto e dal basso. L'operazione di polizia era stata un disastro, quanto l'operazione di *pulizia* era stata perfetta.

E quando Anna, sconfortata e ferita, chiamò Montecchi per raccontargli quello che era successo, la ciliegina stava per essere messa sulla torta, a conclusione.

«Mi vogliono togliere il fascicolo» si lamentò la donna.

«Ma non...»

«E lo faranno. Perché lo possono fare. E soprattutto *lo vogliono* fare.»

«Ma...»

«Il caso Ventimiglia finisce qui. Quella mamma e quelle due ragazzine non avranno mai giustizia.»

«Anna, noi sappiamo che qualcosa c'è. E il traffico dei clandestini è solo la punta dell'iceberg: abbiamo visto solo una piccola parte di un affare molto più grande e...»

«Piero?»

«Sì?»

«È finita, lascia stare. Ho chiuso.»

«Ma io ho visto che...»

«Lo so cosa hai visto, cazzo!» rispose Anna con voce rabbiosa. «Ma te lo scandisco, così non ci sono fraintendimenti. Non. Posso. Farci. Più. Niente. Game over. Capito?»

«Ho capito, ci risentiamo.»

«Ciao.»

«Ciao.»

Clic.

Montecchi rimase col cellulare in mano, seduto sul letto, ancora vestito di nero come la notte prima.

Non gli piaceva dire bugie, ma lo aveva appena fatto con Anna.

Le aveva detto che aveva capito.

Invece non aveva capito affatto.

E quando non capiva una cosa, usava sempre lo stesso schema.

Cercava un'altra strada per arrivare alla soluzione.

Si alzò e lanciò il telefono sul letto.

Doveva andare a prendere l'altra strada.

La Mercedes si fermò davanti al cancello, una guardia si avvicinò alla macchina con il finestrino abbassato.

«Sono Piero Montecchi. Dica al dottor Riccardo Venturi che sono qui.»

La guardia, davanti a tanta sicurezza, non replicò come avrebbe dovuto fare; non chiese se avesse un appuntamento e non lo rimandò indietro; rientrò invece nel suo gabbiotto per fare una telefonata.

Dal vetro lo vide parlare, poi tacere e parlare di nuovo, mentre il suo collega era rimasto accanto all'auto.

Passarono almeno cinque minuti, poi la guardia riattaccò e tornò verso l'auto.

«Mi hanno detto che conosce la strada. Stesso percorso dell'altra volta. Le apro il cancello, il dottor Venturi l'aspetta nel suo ufficio.»

Quando Montecchi superò l'ingresso ed entrò alla Beyond, pensò che stava andando oltre il mandato del CICAP e del professor Grassi.

In fondo, valutò, *mi sto solo adeguando allo stile della casa: qui vanno tutti oltre.*

Raggiunse il giovane uomo della reception, lo stesso dell'incontro precedente, che lo stava aspettando.

Gli sorrise e lo oltrepassò per andare dritto verso l'ascensore che portava all'ufficio di Venturi: «Conosco la strada».

Premette il pulsante di chiamata e si voltò verso il grande atrio, notando due cose che gli erano sfuggite in occasione della prima visita con Fiorilli.

La prima: in ogni angolo del soffitto c'era una telecamera.

La seconda: il display luminoso sopra i tre ascensori, sul lato opposto dell'atrio, mostrava i numeri dei piani dove si trovavano; su uno si leggeva -3.

Questo immobile ha anche dei piani sotterranei, pensò con stupore Montecchi. *Ma quanto è grande?*

Mentre le porte dell'ascensore si chiudevano, ebbe invece la conferma di qualcosa che aveva già notato: alla Beyond non si vedeva mai nessuno.

Arrivò al terzo piano.

E scoprì che le sorprese, quel giorno, non erano finite.

Si era preparato per un testa a testa tra due persone.

Doveva cambiare strategia. O forse no.

Perché non erano in due: erano in quattro.

«Professore, non mi aspettavo di rivederla così presto. E senza neanche avvertire. Si è dimenticato qualcosa qua da noi?» chiese Venturi alzandosi in piedi, ma restando al suo posto, senza andargli incontro.

E con un sorriso costruito che confliggeva apertamente con i suoi pensieri.

Altre due paia di occhi lo stavano osservando da due delle tre sedie davanti all'imponente scrivania.

E che forse aveva già visto da qualche parte, ma non ricordava dove.

«Non volevo disturbarla, tanto più se è in riunione...» si giustificò il neuroscienziato, avvicinandosi. Questa volta notò che anche lì, come nell'atrio, in ogni angolo del soffitto c'era una telecamera.

«Nessuna riunione. Loro sono in un certo senso i comproprietari di quest'azienda, ma non sono qui in quella veste. Sono i miei figli.»

Ecco dove li avevo visti, pensò Montecchi volgendo automaticamente lo sguardo verso la fotografia che stava sulla scrivania di Venturi.

I due giovani uomini si alzarono, educati, per stringergli la mano e presentarsi.

Ora ricordava: Lorenzo e Flavio, vent'anni, figli di madri diverse ma dello stesso padre.

Sarà stato per quello che avevano una somiglianza impressionante: sembravano quasi gemelli anche se non lo erano.

Fatte le presentazioni, si misero tutti a sedere.

A lui, comunque, avevano lasciato il posto in mezzo.

Fuoco incrociato, si comincia bene, pensò Montecchi, pescando di nuovo fra i ricordi del suo addestramento militare.

«In che modo posso esserle utile, professor Montecchi?» domandò Venturi padre, mentre i figli lo perforavano dai lati con lo sguardo.

«Mi erano rimaste delle curiosità sulla sua azienda dopo il nostro primo incontro» rispose Montecchi.

«Devono essere curiosità belle grosse per decidere di

piombare qui senza avvertirmi prima.» Venturi continuò a sorridere, fissandolo. «Ma mio padre mi ha insegnato a essere cortese. Quindi, prego, mi dica» e lo invitò a parlare con un gesto.

«Fate anche sperimentazione umana, qui dentro?» chiese Montecchi senza prenderla troppo larga.

Il presidente e amministratore delegato della Beyond non mosse un muscolo: «Che intende per "umana", professore?».

«Che utilizza gli esseri umani, viventi.»

Venturi mosse le spalle, ostentando indifferenza: «Poca roba. Se ne occupa uno dei nostri dipartimenti, quello impegnato a sviluppare nuovi farmaci. Ma, mi creda, cerchiamo di dedicarci il minor tempo possibile, anche perché le normative sul tema sono davvero complesse e spesso contraddittorie fra loro. In altri Paesi, invece, tipo gli Stati Uniti, le regole sono più chiare e, diciamo così, elastiche».

«Vero. Ho letto che un vostro concorrente ha ottenuto di recente il via libera per sperimentare i suoi chip neurali sugli uomini, con lo scopo di far comunicare il cervello umano con l'intelligenza artificiale.»

«I chip neurali...» sorrise ancora Venturi. «Sì, lo so, l'obiettivo è arrivare a creare un impianto cerebrale destinato a pazienti affetti da paralisi. Ma i chip neurali non sono una tecnologia che ci interessa.»

«La Beyond non è interessata all'intelligenza artificiale?»

«Non ho detto questo; ho detto che non siamo interessati ai chip neurali da impiantare nella testa delle persone. Secondo noi, si parla di una tecnologia che quando potrà essere disponibile, sarà già obsoleta.»

«E la forza di Beyond è quella di essere sempre un passo

avanti a tutti.» Anche Montecchi sorrise, rivolgendosi ai due giovani che lo osservavano, muti e serissimi.

«Esatto» affermò Venturi, guardando per un attimo lo schermo del computer.

«Sa cosa si dice in certi ambienti scientifici?»

«No. Me lo dica lei, sono curioso.»

«Che Beyond è riuscita a realizzare i computer quantistici e che per questo ha un enorme vantaggio tecnologico.»

Venturi rise, prese la Montblanc dalla scrivania e iniziò a giocherellarci: «Professore, andiamo... non saranno disponibili prima del 2045, lo sanno tutti».

«Suo padre aveva fatto dei progressi enormi in quel campo, per quello ha vinto il Nobel, no?»

«Mio padre rimarrà nei libri di storia» disse, dopo un momento di riflessione.

Montecchi decise che le schermaglie erano finite.

«Per lei era davvero innocente?»

Venturi lo fissò. Lui, con la coda dell'occhio, vide i due ragazzi arrossire per la rabbia.

E infatti uno provò a intervenire: «Ma co...».

Il padre lo fermò con una mano e si piegò in avanti, verso Montecchi, appoggiando gli avambracci sulla scrivania: «Lei sta parlando di un premio Nobel, di un grande scienziato che ha fatto cose straordinarie, un genio che ha sacrificato la sua vita per il mondo e per la Scienza. Come si...».

«Dottor Venturi, questo lo so benissimo, ma io le ho chiesto un'altra cosa.»

«Mio pa...»

Stavolta fu il figlio, uno dei due, a interrompere il padre.

Quello seduto alla destra di Montecchi, quello che doveva chiamarsi Lorenzo.

«Il nonno è stato assolto, quindi era innocente. E se era innocente per la Giustizia, si figuri per nostro padre. E per noi.»

Montecchi si voltò di nuovo verso Venturi, che fra i tre sembrava stranamente il più debole.

Inferiore a suo padre, pensò, *e ora inferiore anche ai suoi figli.*

Una vita subordinata.

Perciò decise di attaccare.

E nella sua mente chiese aiuto a Cinzia.

«Cos'è la Variante, dottor Venturi?»

L'uomo non proferì parola.

Quindi, lui continuò: «Eppure dovrebbe saperlo. È un progetto militare che ha lo stesso, strano simbolo che è impresso su quell'urna là» e la indicò con un braccio, senza voltarsi «che contiene le ceneri di suo padre. Una notevole combinazione, converrà con me».

I due uomini si fissavano.

«Allora, dottore. Cos'è la Variante?»

«Per quale motivo lei è qui?» domandò Venturi.

«Perché è qualcosa che mi tocca personalmente, e so già che è un progetto di massima sicurezza della NATO» e in quell'attimo provò a bluffare, come quando giocava a poker da giovane «svolto insieme alla sua azienda. Voglio sapere cos'è la Variante.»

«Professore,» riprese Venturi dopo un lungo momento di riflessione, intervallato da sguardi incrociati «lo ha detto lei stesso. È un progetto che coinvolge l'apparato militare, e la

Beyond non può parlarne con nessuno per motivi di sicurezza. Punto.»

«Perché ha lo stesso simbolo che c'è sull'urna funeraria di suo padre?» continuò Montecchi.

Venturi sbuffò, alzando gli occhi al cielo. E aumentando il tono della voce.

«Perché è anche frutto del suo lavoro! È un progetto su cui ha lavorato lui, con un contratto che ha firmato e che ha mille obblighi di riservatezza, voluti anche da mio padre. Il simbolo? Sappia che anche quello è una sua scelta, lo ha deciso prima di lasciare questo mondo. Prima sull'urna e poi sul progetto. Non le dirò altro.»

Venturi si alzò in piedi, abbottonandosi la giacca doppiopetto blu, e anche i figli si alzarono.

Tempo scaduto.

Uscì da quell'ufficio con un ronzìo nella testa che non sentiva dai tempi delle granate che esplodevano a Mogadiscio.

«Cos'è che hai fatto?» domandò Anna Orsini al telefono.

«Sono andato da Venturi» e le raccontò tutto mentre guidava e fumava.

Aveva bisogno di vedere il mare e stava andando verso il porto. Le Gauloises servivano invece per placare l'anima e l'Efferalgan, buttato giù appena aveva messo piede fuori da quel posto, per il mal di testa. Per quel maledetto ronzìo nelle orecchie, però, non poteva fare nulla.

«Professore, ma che speravi di ottenere?» chiese Anna dopo un lungo silenzio.

«Non lo so» rispose Montecchi. «Forse, delle risposte in un mare di domande.»

«E le hai trovate?»

«No, però in compenso ho trovato altre domande.»

«Ancora?»

«Temo di sì» disse lui cercando di collegare, come in un gioco, tutti i puntini nella sua mente, parole e spezzoni di frasi colte fra Parigi e Ventimiglia.

«Sentiamo» lo esortò Anna, mentre nel frattempo Montecchi era arrivato sul lungomare, aveva parcheggiato e si era seduto su una panchina al limite della spiaggia.

«Ti ricordi che Besi, a Parigi, ci ha detto del contratto che dovremmo trovare per un motivo che non sappiamo?»

«Sì.»

«Ti ricordi anche di che anno era quel contratto?»

Anna tacque, cercando di recuperare nella memoria il dato giusto: «Mi pare che abbia detto il... 2011. Sì, il 2011».

«Okay. Venturi mi ha appena detto che sulla Variante fu fatto un vero e proprio contratto fra la Beyond e la NATO, o più probabilmente con una società collegata ai militari. E che venne firmato da Giovanni Venturi in persona.»

«Ne avranno firmati tremila, di contratti» replicò la donna.

«Sì, ma noi potremmo cercare di capire se Besi e Venturi parlavano dello stesso contratto, che entrambi hanno definito come blindato da obblighi di riservatezza.»

«Non mi pare facilissimo, però ci possiamo provare. Ma a che scopo?»

Montecchi si concentrò su un puntino scuro sulla linea dell'orizzonte, probabilmente una nave lontana: «Anna, ammesso e non concesso che Besi e Venturi parlino dello stesso contratto, posso farti due domande?».

«Vai.»

«A che titolo Giovanni Venturi firma quel contratto nel corso del 2011, quando ha già ceduto da un bel po' tutte le sue quote dell'azienda al figlio e dentro la Beyond non ha più alcuna carica, né esecutiva né formale?»

Anna tacque: «E la seconda?».

Il puntino sparì oltre l'orizzonte, la nave si stava allontanando, Montecchi strinse il telefono.

«Quando è morto Giovanni Venturi?» chiese.

«29 dicembre 2010, almeno così dice il certificato.»

«Anna, quanti morti conosci che firmano dei contratti?»

19

Roma, stesso giorno

Anna Orsini si accasciò sullo schienale della sedia guardando il soffitto del suo ufficio.

Aveva sognato di conquistare quel posto e ce l'aveva fatta con carattere, perseveranza e intelligenza.

Doti che erano riuscite a farle superare gli ostacoli che nella vita, da sempre, aveva incontrato, e che erano sostanzialmente due, entrambi indicibili e soprattutto inammissibili, nel senso che nessuno lo avrebbe mai ammesso: era arrivata lì "nonostante" fosse donna e bella.

Certo, la polizia aveva compiuto passi da gigante per superare l'arcaica classificazione uomo-donna, che per anni aveva costretto alcune bravissime colleghe a restare inchiodate alle volanti o, se andava bene, all'Ufficio di Gabinetto dove, di fatto, facevano le assistenti del Signor Questore.

A fatica, non solo nella polizia ma in tutto il mondo del lavoro, si stava facendo largo la nuova classificazione, quella che avrebbe dovuto contare sempre e comunque: non uomo-donna ma bravo-non bravo, capace-non capace.

La conquista di un posto al Servizio centrale operativo della polizia, poi all'Unità delitti insoluti e infine al comando di quest'ultimo erano state le tappe di una carriera fulminante e fortunata, che solo una fastidiosa vocina dentro di sé attribuiva in parte al cognome.

Sapeva cosa dicevano di lei – la figlia del ministro, la cocca di papà – ma aveva lavorato tutta la vita tre volte più degli altri per affrancarsi dall'etichetta che le volevano cucire addosso.

E ogni sera, quando si guardava allo specchio per struccarsi prima di andare a letto, continuava a piacersi e a essere orgogliosa della strada che aveva percorso e dei risultati che aveva raggiunto.

Nella vita professionale, però, perché quella privata si poteva inserire benissimo fra due aggettivi: inesistente, per il presente, disastrosa, per il passato.

Non aveva neanche quarant'anni, ma nel suo curriculum poteva inserire anche un ex marito, ovviamente un collega che a causa dell'eccessivo testosterone non aveva trovato il carattere, e il coraggio, di avere accanto una donna con un percorso lavorativo migliore del suo. Poi era apparso, e passato velocemente, un convivente che pur facendo un altro lavoro – era direttore di banca – non aveva resistito al fatto che lei potesse lavorare anche di notte e durante i fine settimana.

Infine, era stata l'amante di un collega sposato, ma ormai era diventata già abbastanza disillusa per credergli quando diceva che avrebbe lasciato la moglie. Così, dato che questo non era accaduto, non ci aveva minimamente sofferto.

Quindi, nella sua casetta di Trastevere, acquistata con un mutuo quasi equivalente a un ergastolo, cioè fine pena mai, affrontava i suoi sabati sera divorando serie TV e cibo spazzatura che incredibilmente, grazie all'eredità del supermetabolismo di mamma, non la faceva ingrassare.

Era bella, lo sapeva anche lei, e se ne rendeva conto quando non si vestiva da poliziotta, in occasione di qualche serata con le poche amiche sopravvissute negli anni ai suoi orari impossibili, quando usciva dai consueti binari casa-lavoro-casa.

Una volta aveva ascoltato per sbaglio la conversazione fra due colleghi che parlavano di lei.

E aveva scoperto il suo soprannome.

Gnocca Fredda.

Ottimo, aveva pensato fra sé. E aveva abbassato ancor di più la temperatura dei suoi rapporti con il genere maschile.

Gnocca andava anche bene, ma Fredda no.

Era banale, troppo comune.

E Gnocca sia, okay, ma Ghiacciata.

«Dobbiamo trovare quel contratto» le aveva detto il professore. Che, stranamente, non era ancora abituata a chiamarlo per nome neanche nei suoi pensieri.

«Ci serve quel documento, Anna» aveva ribadito.

Ma lei non sapeva più che fare.

Il caso degli omicidi irrisolti di Ventimiglia le era stato praticamente tolto dopo l'inutile irruzione di quella mattina.

I clandestini, in un modo o nell'altro, avrebbero continuato a morire, senza che a nessuno importasse qualcosa.

La Beyond era intoccabile.

La famiglia Venturi sembrava godere di un'immunità totale per chissà quante generazioni.

E i delitti di Roma e Parigi correvano a tutta velocità contro il muro dell'ignoto.

Si era accesa una sigaretta, mentre sentiva la frase di Voltaire, sulla verità da dare alle vittime, gravare dietro di lei, come una ghigliottina pronta ad abbattersi sui suoi princìpi.

'Fanculo ai princìpi, si disse.

E alzò la cornetta del telefono sulla scrivania per comporre un numero che non aveva la minima voglia di fare e per prendere un appuntamento a cui non aveva la minima voglia di andare.

«Ciao.»

«Ciao, Anna. Dev'essere davvero una cosa importante se arrivi qui all'improvviso, chiedendo alla mia segretaria un incontro con me.»

L'ex ministro Emanuele Orsini, ottantenne che dimostrava vent'anni di meno, aveva una reputazione scintillante, frutto di un passato che lo aveva visto sopravvivere alle macerie della Prima Repubblica e di Tangentopoli.

Ma anche nel presente se la cavava benissimo, dato che – qualunque cosa facesse ora, e sua figlia non lo voleva neanche sapere – aveva a disposizione un enorme ufficio, con segretaria e portaborse, con una vista spettacolare su piazza del Popolo.

Roma al tramonto, pensò Anna avvicinandosi alla finestra, sembrava finta da quanto era bella.

«Lo sai che non mi piace chiedere il tuo aiuto» disse la donna, continuando a guardare quel magnifico panorama.

«Sono tuo padre e tu, Anna, sei l'unica figlia che ho» rispose semplicemente l'uomo, seduto, per via dei feroci dolori alla schiena che limitavano da qualche tempo i suoi movimenti.

Lei si voltò a guardarlo e avrebbe voluto urlargli in faccia – come aveva già fatto una volta, tanti anni prima – che anche la mamma era l'unica moglie che avesse mai avuto, ma questo non gli aveva impedito di tradirla per tutta la vita, di darle pure l'occasione di capirlo e di spingerla in una depressione senza fondo.

Era stato lui a chiamarla un pomeriggio, appena uscita dalla scuola per agente di polizia, e a dirle, senza troppi giri di parole né riguardi, che la mamma si era impiccata in casa.

Non aveva lasciato una lettera, no, solo una parola scritta su un foglio bianco con calligrafia sofferente: *Scusate*.

Fra padre e figlia era calato un muro che il tempo e il perdono non sarebbero mai riusciti ad abbattere.

«Allora aiutami con il caso di Ventimiglia. Mi vogliono togliere l'inchiesta sui delitti irrisolti e quell'azienda...»

L'ex ministro dell'Interno scosse la testa e Anna s'interruppe.

«Lascia stare quella storia» le ripeté il padre.

«Ascolta,» e si mise a sedere davanti a lui «quella donna e le sue figlie furono mutilate, uccise in modo terribile nei loro letti e nessuno ha mai pagato per questo. E ancora oggi, alla Beyond accade di tutto. Usano gli immigrati clandestini come cavie per chissà quali esperimenti e io...»

«Cosa vuoi, Anna?»

Lei cercò una sola parola fra le mille che le vennero in mente.

Voleva sua madre, voleva essere felice, voleva sorridere, voleva che non la chiamassero più Gnocca Fredda.

Voleva tante cose, sì, ma soprattutto una.

«Giustizia, papà. Voglio giustizia.»

L'uomo non mosse un muscolo, anni di Democrazia Cristiana e di politica lo avevano temprato bene, ma non mancò di notare che sua figlia, dopo decenni, lo aveva chiamato papà.

E nessun padre può rifiutare aiuto a una figlia che glielo chiede.

La guardò a lungo, poi disse solo: «Raccontami cosa è successo».

Anna raccontò al padre tutto, da quando era entrata in contatto con il professor Piero Montecchi, che il suo vecchio amico Grassi, presidente del CICAP, aveva spedito da lei per darle una mano.

Per proteggerla, anche, ma questo non osò dirglielo.

Una volta terminato il racconto, Emanuele Orsini si prese il suo tempo per valutare le parole della figlia, cercando di darle una risposta che fosse per lei la più gradita possibile.

Anche se la cosa che lei avrebbe desiderato di più, la Giustizia, lui davvero non poteva dargliela.

«Anna,» cominciò intrecciando le dita delle mani, palesemente nervoso «devi sapere che la morte di quelle povere persone...»

«Una madre e le sue due bambine» specificò lei, come a voler dare il giusto peso alle parole e alle persone.

«Sì, una madre e le sue due bambine... La loro morte è solo un granello di sabbia, una piccola parte, rispetto a tutto quello che c'è in questa storia.»

Anna tacque, anche se sul concetto di "granello di sabbia" avrebbe avuto qualcosa da osservare.

«Qui» e il padre sospirò guardando il soffitto «è come un castello di carte, hai presente? Ne togli una, qualunque sia, cuori, quadri, fiori o picche, e viene giù tutto. E nessuno vuole che accada, che crolli, cioè.»

«Nessuno chi, papà?»

«Dietro la Beyond c'è un mondo che tu non immagini neanche.»

«Su questo non sarei così sicura. Sappiamo già tante cose.»

«Anna, tu forse conosci le domande, è così?»

«Sì.»

«Ma non hai la minima idea delle risposte e ciò che queste possano comportare.»

«Cosa c'è dietro la Beyond?» insistette la donna.

L'ex ministro si piegò in avanti sulla scrivania, verso la figlia, soffocando una fitta di dolore alla schiena.

«Perché pensi che mi sia rivolto al mio vecchio amico Giancarlo Grassi?»

Anna non provò nemmeno a rispondere, sapeva che il padre usava la tecnica delle domande retoriche nei dialoghi.

«Perché condividiamo le stesse idee sull'uso e sullo sviluppo della Scienza. Abbiamo capito che c'è qualcosa di sbagliato, che qualcuno ha forzato la mano, entrando in territori inesplorati e che tali sarebbero dovuti restare. Per ora.»

«Parli della Beyond?»

«Parlo della Beyond e di tutti quelli che lavorano con quell'azienda.»

«I militari?»

«Non solo. E sappi che i militari sanno tutto solo nei film.»

«C'è un contratto fra...»

«Sì, fra la Beyond e una società collegata alla NATO. Ma nessuno sa fino in fondo cosa fanno là dentro. O cosa possono aver già fatto.»

«Mi aiuterai?»

Emanuele Orsini la guardò: era davvero una donna giovane e bellissima.

In passato dicevano che gli somigliasse, ma per carità no, forse a sua madre o…

«Papà?» ripeté notando che il padre si era distratto.

«Dimmi, principessa.»

Anna si sforzò di rimanere impassibile: l'aveva appena chiamata come non la chiamava più da vent'anni.

«Mi aiuterai?»

«Farò il possibile, te lo prometto.»

La telefonata arrivò quando ormai Montecchi stava per addormentarsi nella sua camera d'albergo, a Ventimiglia, sfinito dall'ennesima giornata infernale che non aveva prodotto alcun risultato.

«Professor Grassi, finalmente. La devo aggior…»

«So tutto, Piero. Ti ho chiamato proprio per questo.»

«Mi dica, domani pensavo di tornare a Ve…»

«Devi andare a Roma» lo interruppe di nuovo Grassi.

«A Roma? Ma sono ancora a Ventimiglia!»

«Ho visto che in auto… Sei in auto vero?»

«Sì, so…»

«… ci metterai almeno sette ore. Quindi ti ho fissato un appuntamento per le diciotto a Palazzo Nainer, uno splendido albergo in via del Babuino. È meraviglioso, dalla terrazza si vede un panorama mozzafiato, e hai tutto il tempo per arrivarci da dove sei adesso, se parti a un'ora dignitosa.»

«Professore, ma…»

«Vuoi sapere chi dovrai incontrare?»

«Eh, sì.»

«Una persona importante per il CICAP. Ti aspetta, lo scoprirai lì.»

«Ma...»

«Mi confermi che una volta hai letto uno dei bilanci del Comitato, giusto?»

«Sì.»

«Un sacco di nomi, ma senza alcuna cifra, vero?»

«Sì, ricordo.»

«E allora sappi che ti mando a parlare con uno dei nostri maggiori benefattori, quello che guida la Fondazione Ippona di Roma e che ogni anno ci fa arrivare tanto, ma tanto denaro per sostenere la nostra battaglia in difesa della Scienza.»

Ricordo quel nome, pensò Montecchi.

Era l'unico che aveva veramente notato quell'unica volta in cui, per pura curiosità, aveva spulciato un bilancio del CICAP, senza peraltro capirci assolutamente niente.

Perché quella Fondazione portava il nome di sant'Agostino di Ippona, uno dei teologi più importanti della storia della Chiesa. Ora lo conosceva anche lui, l'uomo che per primo aveva mostrato l'importanza del dubbio, considerato come un passaggio obbligato per approdare alla verità, per superare le false illusioni.

Un nome significativo per la Fondazione fantasma: così l'aveva ribattezzata Montecchi dopo un'inutile ricerca su Internet. La Fondazione che non esisteva da nessuna parte se non in una riga nascosta del bilancio del Comitato.

Grassi si accorse del silenzio riflessivo di Montecchi.

«Vuoi delle risposte, Piero?»

Montecchi tacque: il tempo delle chiacchiere era finito.

«Bene. Domani le avrai. Quell'uomo te le darà.»

20

Roma, 31 gennaio 2024, ore 18

Montecchi camminava quasi di corsa in via del Babuino, una delle strade più iconiche di Roma perché collega in linea retta due fra i più maestosi gioielli della corona capitolina: piazza di Spagna e piazza del Popolo.

Il meglio del meglio, pensò Montecchi guardandosi attorno, fra turisti affascinati, romani distratti e pezzi di storia millenaria, ovunque lo sguardo si posasse.

Quella città sarebbe sempre rimasta parte di lui.

E si era anche presa un bel pezzo di se stesso, dovette ammettere ripensando ai lunghi giorni di noiosa degenza all'ospedale militare del Celio, con la testa fracassata dall'attentato in Somalia.

E poi Roma voleva dire Cinzia, i suoi capelli rossi, il suo sorriso, la sua ironia, la sua rigorosa attenzione sul lavoro, la sua carbonara con la ricetta della nonna. Ma anche una rinascita e un ritorno dal buio: tutto questo si affastellava senza una logica nella sua mente, una raffica di ricordi che si sommavano, a strati, uno dopo l'altro, un'emozione dopo l'altra, uguale ma diversa.

Come il dolore: uguale ma diverso.

Si avvicinò quasi marciando a Palazzo Nainer, a dieci passi da piazza del Popolo, con il terrore atavico di arrivare in ritardo, una cosa improponibile, come gli aveva insegnato sua madre.

Guardò il Panerai Luminor, regalo di Cinzia, che portava al polso da anni: le sei in punto.

«Buonasera» disse al concierge in divisa blu notte. «Sono Piero Montecchi, ho un appuntamento con...»

Poi ricordò che non sapeva chi dovesse incontrare.

«Ehm, mi scusi. Volevo dire che ho un appuntamento, alle sei, cioè ora. Ho un appuntamento... *qui.*»

L'uomo lo guardò e mantenne il sorriso con cui lo aveva accolto.

«Ben arrivato, aspetti solo un attimo» e sparì in una porta alle sue spalle.

Montecchi ne approfittò per guardare meglio quel piccolo, delizioso hotel. In una sosta del lungo viaggio da Ventimiglia, che poi alla fine era durato un po' meno delle sette ore previste, aveva cercato su Internet dove sarebbe dovuto andare.

E aveva sperato che Roma, anche in quel periodo, gli regalasse una di quelle giornate in cui l'inverno si traveste da primavera e dove il cielo sembra una distesa di cobalto.

Era stato fortunato, sì, ma era l'ultimo giorno di gennaio e il sole era appena tramontato, abbassando di parecchio la temperatura, anche se non ai livelli glaciali di Verona.

Una voce lo scosse dai suoi pensieri nel momento esatto in cui, ipnotizzato dalle luci delle vetrine sulla strada, stava iniziando ad aprire la diga della memoria e la sua mente lo trascinava a ricordare le passeggiate per il centro abbracciato a Cinzia, che gli spiegava ogni mattone della sua città.

«Professor Montecchi?»

Si voltò e si trovò davanti una giovane donna che gli sorrideva.

E che sapeva chi era, dato che lo aveva chiamato "professore".

«Buonasera» e le porse la mano per salutarla, ricambiando il sorriso.

«Sono la direttrice di questa struttura. L'accompagno al suo appuntamento. Mi segua, la prego.»

La donna guidò Montecchi in un ascensore, dove premette il tasto del quinto piano.

Una volta uscito dall'ascensore, rimase immobile a guardare tutta quella magnificenza e capì, per l'ennesima volta, quanto fosse facile innamorarsi di Roma, che aveva sì tanti problemi, ma era di una bellezza sfacciata che ti prendeva a schiaffi il cuore.

Dalla terrazza si vedeva mezza città e, pur in pieno inverno, non soffiava un alito di vento.

La donna si voltò verso di lui, continuando a sorridere.

«Le piace?»

Montecchi osservò l'organizzazione di quella piccola terrazza: poche decine di posti, tavolini bassi rettangolari e alti di forma ovale erano circondati da sedie e divanetti in ferro battuto, coperti da candidi cuscini.

E, tutt'intorno, la capitale d'Italia.

«Spettacolare» rispose il professore.

Un angolo di paradiso e di pace nel cuore di una delle città più caotiche del mondo.

Da lassù, era possibile dimenticarsi di tutto.

Di quasi tutto, in verità.

Quando riconobbe chi lo stava aspettando, seduto da solo su uno di quei divanetti, pensò che l'incantesimo era durato troppo poco.

«Ministro Orsini, è un piacere conoscerla» lo salutò Montecchi, dopo che la direttrice di Palazzo Nainer li aveva lasciati soli.

«Il piacere è mio, professore. Il mio amico Grassi mi ha parlato di lei in modo eccellente. E non è accaduto spesso in tanti anni che ci conosciamo, mi creda.»

Montecchi accavallò le gambe, sorridendo imbarazzato e cercando di schermirsi: «L'affetto con il professor Grassi è reciproco. La stima che ho per lui mi ha portato a essere quel che sono oggi. È merito suo, in fondo».

«Lodevole, da parte sua, dire una cosa del genere. La riconoscenza è una dote, ahimè, sempre più rara.»

«Non nel mio caso, sono un uomo all'antica.»

«Eppure è giovane...»

«Non così giovane, signor ministro. Credo che mi aiuti molto stare con i miei studenti; sono loro la mia linfa vitale.»

«A proposito di linfa vitale, cosa posso offrirle da bere?»

«Un bicchiere di vino bianco, grazie.»

«Ha preferenze?»

«Chablis, se c'è.»

«Ottima scelta, professore. Ah già, dimenticavo che sua madre era francese.»

Grassi ti ha dato anche il mio codice fiscale?, pensò Montecchi.

Scambiarono qualche altro convenevole; Montecchi apprezzò lo Chablis freddo che amava tanto e decise che era il caso di iniziare a parlare sul serio, prima di svuotare il bicchiere e rischiare di ordinarne un altro.

«Cos'è la Fondazione Ippona, ministro?»

L'uomo lo guardò e Montecchi ricambiò lo sguardo come a dire: "Tu sai di me, ma anche io so qualcosa di te".

Poi fece un gesto con la mano, come ad allontanare qualcosa di poco importante: «Solo un gruppo di persone che aiuta il suo CICAP, che pensa esclusivamente al bene della Scienza, nell'interesse del nostro mondo, affinché niente possa andare contro le leggi della natura. E di Dio».

«Un gruppo di persone molto benestanti di cui non si sa nulla» osservò Montecchi.

L'altro sorrise: «Un gruppo di persone benestanti e molto, molto riservate».

Non avrebbe saputo altro, se lo doveva far bastare.

Allora decise di venire al punto: «Perché sono qui, ministro?».

Orsini spostò lo sguardo sulla cupola bianca che confinava con il palazzo.

Era talmente vicina che sembrava di poterla toccare.

«Conosce questa chiesa?»

«No, non sono esperto di chiese» rispose Montecchi, capendo subito che quell'uomo avrebbe scelto modi e tempi per dirgli cosa voleva dirgli. E spiegargli perché lo aveva fatto venire fin lì.

Così si limitò ad ascoltare.

«Male, professore. Le chiese sono uno dei riflessi più luminosi della storia dell'uomo, il modo più evidente per valutare come la sapienza e la conoscenza sia progredita. E per rendere omaggio a Dio, ovviamente.»

«Ovviamente» annuì con la testa, ma dissentendo profondamente nei suoi pensieri.

«Questa cupola appartiene alla basilica di Santa Maria in Montesanto, una delle due chiese gemelle di piazza del Popolo; l'altra, più in là, è Santa Maria dei Miracoli.»

«Imponente» ammise Montecchi, osservando la cupola brillare nella penombra della prima sera.

«Lo sa che le due chiese, gemelle non lo sono affatto, ma è solo un effetto ottico creato dalla perizia dell'architetto?»

Doveva essere una domanda retorica, valutò Montecchi, perché il suo interlocutore non attese il suo "no" per continuare.

«Nel Seicento,» continuò Orsini «papa Alessandro VII voleva creare un punto focale per attirare l'attenzione di tutti coloro che passavano da piazza del Popolo e decise di far edificare due chiese simmetriche. L'architetto Carlo Rainaldi, che aveva già costruito Santa Maria dei Miracoli qui accanto, in via del Corso, aveva però meno spazio a disposizione per la nuova chiesa e trovò un modo geniale per risolvere il problema. A Santa Maria dei Miracoli fece una cupola ottagonale con pianta circolare, mentre Santa Maria in Montesanto ha la cupola dodecagonale con pianta ellittica. È solo un effetto ottico, perché per problemi di spazio, le planimetrie delle due chiese sono diverse.»

Uguali ma diverse, pensò Montecchi. Che alzò il sopracciglio: «Mi sta confermando quello che penso da sempre. Della Chiesa non ci si può proprio fidare, truccano anche i luoghi dove pregare Dio».

L'ex ministro lo fissò e scoppiò a ridere: «Bella questa battuta, la riciclerò. Detta da un vecchio democristiano come me, poi, varrà doppio».

Montecchi sorrise e attese.

Orsini, con lentezza studiata, poggiò il bicchiere d'acqua sul tavolino basso.

«Che ne pensa di mia figlia, professore?» chiese all'improvviso.

Montecchi non si aspettava quella domanda, almeno non in quel momento, e roteò il vino nel bicchiere.

«Crede molto in quello che fa. Intendo dire che ci crede davvero, ha un profondo senso della giustizia che la accompagna sempre nel suo lavoro.»

«Nel suo ufficio ha ancora appesa la targa con la frase di Voltaire sulla verità da dare alle vittime?» domandò Orsini dopo aver aggrottato la fronte, inseguendo la memoria.

«Sì, proprio alle sue spalle.»

«Ricordo. A suo tempo andai di nascosto a vedere dove si era sistemata e notai in particolare la targa e la foto incorniciata di sua madre.»

«Perché di nascosto?» chiese d'istinto Montecchi.

«Ultimamente non ci siamo parlati molto, cioè lei non voleva parlare con me per problemi… familiari.»

«Lo dice lei stessa di essere testarda e…»

«Professore, possiamo lasciare fuori Anna da tutta questa storia?» disse improvvisamente l'ex capo del ministero degli Interni, e anche l'ex capo della figlia.

Montecchi sospirò e ottenne dal suo interlocutore il permesso di accendersi una sigaretta.

Usò il solito Zippo del Tuscania, soffiò il fumo verso i tetti di via del Babuino e cercò il modo per dire di no a quel politico, anziano sì, ma ancora parecchio influente.

«Signor ministro, sua figlia sa bene quel che fa. Ed è molto sicura nelle sue scelte. Mi sembra che sia alquanto difficile farle cambiare idea e indirizzarla su una strada diversa da quella che ha scelto di percorrere.»

«Lo so bene» rispose Orsini con un sospiro carico di ricordi.

Il rapporto padre-figlia, valutò Montecchi, doveva essersi profondamente incagliato tanto tempo prima.

«Per quanto poco la conosca,» aggiunse in un soprassalto di empatia nei confronti di quell'uomo «credo che Anna non abbia la minima intenzione di mollare questo caso. Non si arrenderà, anche se, come pare, glielo toglieranno. Perciò potrebbe davvero mettersi nei guai. Se può aiutarla ad avvicinarsi alla verità, affinché possa dare giustizia alle vittime, le suggerisco di farlo. Nel modo in cui riterrà opportuno, ma lo faccia. Non solo nell'interesse della giustizia stessa, ma anche di Anna.»

Orsini rimase in silenzio alcuni secondi, guardando la cupola di Santa Maria in Montesanto come se si aspettasse di trovarvi una risposta.

O un'indicazione.

Che in qualche forma arrivò.

L'uomo infilò la mano nella tasca interna della giacca e ne estrasse un foglio ripiegato in quattro.

«Questo è per lei» disse allungando il braccio.

Montecchi lo prese.

«Che cos'è?»

«Una parte della verità che sta cercando.»

Montecchi aprì il foglio.

Quasi tutto il contenuto del testo era cancellato, coperto da un tratto di pennarello nero.

Omissis.

Visibili erano solo tre cose.

La data: il 30 settembre del 2011.

Una firma: in corsivo, illeggibile, mentre le altre cinque, ipotizzò Montecchi data la collocazione, erano state cancellate con il solito pennarello.

E in alto a destra il simbolo del Cubo di Metatron.

«Mi spie...» provò a chiedere Montecchi, prima di essere interrotto.

«È l'ultima pagina del contratto che stava cercando, quello fra la Beyond e una società di comodo legata all'apparato militare occidentale, diciamo così.»

«A chi appartiene questa firma che non è stata cancellata?»

«A Giovanni Venturi.»

Montecchi riguardò il documento.

«Venturi è morto nel dicembre del 2010. Come ha fatto a firmare nove mesi dopo?»

Orsini lo guardò: «Deve trovare il modo di dire ad Anna che l'omicidio di quella povera madre e delle sue figlie è solo un frammento di una cosa molto più grande di me, di lei, di tutti noi. L'assassino di Ventimiglia fu Giovanni Venturi, un genio della fisica che però era affetto da una rara malattia psichiatrica. Lo sapevamo, lo sapevano tutti, e Dio non ci perdonerà mai per aver permesso che venisse assolto. Per essere rimasti in silenzio. Ma faccia in modo che Anna sappia che la verità, su quella vicenda, c'è, e che da anni la sappiamo; capimmo subito come erano andate le cose. Non c'è, e non ci sarà mai, una verità processuale.»

Montecchi aveva paura a intervenire, perché temeva di interrompere l'ondata di sincerità, del tutto imprevista, che gli stava cadendo addosso.

E fece bene a tacere, perché Orsini continuò.

«Sapevamo che era malato, ce lo dissero i francesi, perché si curava là. Poi però non ebbe più bisogno di loro, né di nessun altro in verità.»

Montecchi non resistette più alla tentazione di parlare: «Ma se non aveva bisogno di nessuno, perché la Beyond fece un accordo come questo con i militari?».

L'uomo sospirò: «Perché lui non aveva bisogno di noi. Ma eravamo noi ad aver bisogno di lui».

«Di che cosa stiamo parlando?» continuò Orsini con una delle sue solite domande retoriche. «Di una tecnologia avanzatissima che Venturi dimostrò di avere e di cui avevamo bisogno, sperando anche di ottenerne il controllo.»

«E...?»

«Invece alla fine siamo stati noi a essere controllati da lui. Tutti noi.»

Montecchi cercò di fare altre domande, ma lui lo fermò alzando una mano.

«Professore, la prego. Ho parlato anche troppo e forse ci saranno delle conseguenze. Ma non posso dirle di più perché di più non lo so nemmeno io, tanto è sigillata questa storia.»

Esasperato da quella costellazione di misteri, un buco nero dietro l'altro, Montecchi si sporse in avanti sulla sedia e mostrò il foglio aperto a Orsini, indicando con rabbia l'inquietante simbolo del Cubo di Metatron.

«Cos'è la Variante? Mi dica cos'è la Variante. C'è di mezzo mia moglie in questa storia! *Mia moglie*!»

L'ex ministro lo guardò, pensando a quanto avrebbe voluto essere così... accorato e coinvolto con la sua, di moglie.

Osservò ancora la cupola, poi spostò lo sguardo su quell'uomo quasi in apnea per la rabbia, infine annuì: «Va bene. Vuole sapere cos'è la Variante? Le dirò quel che so. E quel che so di sua moglie».

Pausa.

«Perché deve sapere che il tenente colonnello Cinzia Sanesi è stata una donna molto coraggiosa, un vero soldato.»

E Montecchi impallidì.

21

Base NATO di Aviano (Pordenone)
15 ottobre 2011

«Perché io?»

Il tenente colonnello Cinzia Sanesi fece la domanda ai quattro uomini seduti davanti a lei, mentre leggeva quel memorandum riservato, con quello strano simbolo geometrico sulla copertina.

In effetti non le era stato detto apertamente che era riservato, ma era indicativo il fatto che si trovassero in una delle cosiddette "stanze bianche" della base.

Erano locali bonificati e protetti dalla possibile intrusione di ogni tipo di apparecchiatura elettronica, dove non era permesso l'accesso nemmeno ai cellulari, e l'eventuale ascolto dall'esterno era impossibile.

Delle quattro persone davanti a lei, ne conosceva solo una, quella che le stava parlando, ossia il colonnello Salvatore Baroni, suo diretto superiore e comandante della base NATO di Aviano, la più grande base aerea statunitense del Mediterraneo.

Ad Aviano, Cinzia Sanesi, ufficiale e psicologa dell'Esercito italiano, era finita dopo aver chiesto e ottenuto il trasferimento al Nord per motivi familiari: da Roma, dove viveva e lavorava all'Ospedale militare del Celio, si era trasferita a Verona con il marito.

Aveva "vinto" il distaccamento ad Aviano, in provincia di Pordenone, quasi duecento chilometri, due ore di macchina da casa.

E così continuava nei suoi studi sulla comunicazione non verbale, sul linguaggio del corpo, in relazione alla possibilità di adottare un sistema specifico per individuare la menzogna nell'interlocutore.

Aveva studiato la cinesica, la prossemica e, in collaborazione con i colleghi americani, aveva condotto studi sperimentali su soldati affetti da sindrome da stress post-traumatico, in particolare quelli tornati dalle missioni aeree in Iraq e in Afghanistan.

Perché Aviano ospitava il Trentunesimo Fighter Wing, lo stormo di caccia che fa parte del comando europeo dell'Air Force, l'aeronautica militare a stelle e strisce.

A Hollywood li chiamavano "Top gun", come il film, ma lì c'erano quelli veri.

Cinzia, comunque, si trovava bene lì, perché aveva un orario che le permetteva di non fare avanti e indietro con Verona tutti i giorni. Solo ogni tanto rimaneva a dormire alla base, dove aveva un alloggio.

E poi la base era come una città, dato che fra militari e civili, fra americani e italiani, la sua popolazione era calcolata in circa diecimila unità.

L'estensione precisa? Top secret. Ma era enorme.

Una città, appunto.

Cinzia Sanesi, a quarantaquattro anni, era dunque felice e realizzata: aveva sposato l'uomo che amava, adorava il suo lavoro e sapeva che era molto apprezzato dai suoi superiori.

Fino a che punto lo avessero apprezzato, però, non lo avrebbe immaginato neanche lei.

Almeno fino a quel giorno.

«È stata scelta perché riteniamo che abbia le competenze adeguate, tenente colonnello Sanesi» rispose il comandante Baroni.

Cinzia osservò i quattro uomini davanti a lei.

Aveva imparato, da militare, a non fare troppe domande, soprattutto ai superiori che ti ordinano di fare qualcosa, ma cercare di sapere da dove arrivavano gli ordini era il minimo.

Almeno per lei.

«Vorrei fare delle domande, comandante.»

«Prego.»

«Chi sono queste persone assieme a lei?»

Baroni, l'unico in divisa mentre gli altri tre erano in giacca e cravatta, rispose con estrema calma: «Non ha bisogno di sapere i loro nomi, colonnello».

«Non ho chiesto i loro nomi, comandante, ho solo chiesto chi siano. Civili? Militari? Italiani? Americani? Vorrei sapere per conto di chi eseguirò gli ordini.»

L'uso del tempo all'indicativo futuro era una mossa voluta, come a dire "nessun problema, farò tutto quello che mi chiedete, però…".

Baroni, che apprezzava molto il soldato davanti a lui, cercò di essere meno evasivo possibile.

Perché quello gli era stato detto di essere: evasivo.

In italiano e in americano.

E perciò: «Gli ordini sono miei».

Pausa.

«E del comando della NATO.»

Pausa.

«E questi signori fanno parte dei servizi informativi che fanno capo alla nostra base.»

Cinzia sfogliò il memorandum che teneva in mano: *Servizi informativi e molte altre parole che non spiegano nulla, fantastico,* pensò.

«Perché noi, cioè, intendo *tutti noi,*» e fece un gesto con le mani come a disegnare un cerchio nell'aria «abbiamo fatto un accordo del genere con un'azienda privata?»

Uno degli uomini vestito da civile intervenne: «Sicurezza nazionale».

Cinzia pensò istintivamente che suo marito a quel punto avrebbe alzato un sopracciglio, ma lei non poteva e non sapeva neppure come diavolo riuscisse a farlo.

«Quindi…» cercò le parole «noi ci impegniamo a scambiare tecnologia e denaro con questa azienda che si chiama…»

«Beyond.»

«… sì, Beyond, perché quest'azienda sarebbe in possesso di una nuova tecnologia in grado di surclassare tutte le altre, attualmente conosciute, comprese quelle degli Stati Uniti d'America. È corretto questo?»

«Corretto.» Aveva parlato di nuovo lo stesso uomo in giacca e cravatta di prima, e a lui Cinzia rivolse principalmente la sua attenzione, mettendo in pratica tutti i suoi studi sulla menzogna.

«Qui dentro» disse il tenente colonnello Sanesi indicando il memorandum sul tavolo che li divideva «si parla di cose che ancora non si possono fare. La Scienza che conosciamo non ce lo permette.»

«Per quello è stato fatto l'accordo, di cui quel memorandum

è solo una piccola parte. Perché vogliamo riuscire a ottenere quella tecnologia che ci è stata illustrata solo parzialmente.»

Cinzia si piegò in avanti: «Signori, in queste carte si parla di clonazione umana, che non si può fare. Si parla di mappare completamente il cervello dell'uomo, ma a oggi non si riesce a farlo neanche con i topi, perché la nostra tecnologia non ne è in grado. Sembra che mi abbiate dato la sceneggiatura di un film di fantascienza».

Silenzio.

«Cosa ha questa Beyond che noi non riusciamo ad avere?»

«È proprio quello che ci dovrà dire lei. Lei e il gruppo di lavoro che le verrà messo a disposizione in questa base.»

Cinzia pensò alla composizione di un gruppo di lavoro: «Potrò scegliere le persone che collaboreranno con me?».

«Tutte quelle che vorrà, ma con due sole limitazioni: che abbiano già il massimo nullaosta di sicurezza e che facciano parte di questa base.»

Lei sbarrò gli occhi: «Ma neanche io ho quel nullaosta e...».

«Lo avrà.»

«Non avete risposto alla mia prima domanda» ribadì Cinzia, dopo un momento di silenzio.

«Quale?»

«Perché io? Sono soltanto una psicologa dell'Esercito e qui...» continuò appoggiando la mano sul memorandum «c'è molto di più. E come dite voi è solo una piccola parte. Figuriamoci il resto.»

I quattro uomini si guardarono, come per scegliere chi dovesse darle la risposta.

Alla fine, fu ancora Giacca e cravatta a parlare.

«Abbiamo letto i suoi studi.»

«Ne ho scritti tanti. Quali?»

«Quelli sulla possibilità di creare uno schema per individuare chi dice il falso.»

«È un metodo» lo corresse Cinzia «suscettibile di errore. Non è uno schema, come dice lei. Non è qualcosa che può essere definito o programmato e...»

«A meno di non avere una tecnologia adeguata. Non crede?»

Cinzia analizzò l'informazione: «Stiamo entrando nella teoria più pura. Non abbiamo uno schema dentro al quale definire il vero o il falso. Non abbiamo una tecnologia che ci permetta neanche di ipotizzare una cosa del genere».

Fece un lungo respiro per riflettere e poi continuò: «Occorrerebbe arrivare alla mappatura completa del cervello, scoprire quali aree si attivano in base alla risposta vera o falsa e, infine, a scoprire quali azioni, meccanicamente, il corpo attiva in tali occasioni, attraverso la micromuscolatura facciale e non».

Cinzia iniziava a essere esasperata: «Noi non abbiamo la possibilità di fare tutte queste cose. Vi dirò di più, non abbiamo neanche la possibilità di pensarle, tutte queste cose».

«Colonnello Sanesi, e secondo lei perché noi, noi nel senso esteso del termine come ha detto poco prima, abbiamo deciso di firmare questo contratto? Noi vogliamo questa tecnologia, che promette di fare tutto quello che diceva lei e anche molto altro, come leggerà poi in altra sede, se accetterà.»

Ecco perché alcune pagine mancano o altre righe sono state cancellate, pensò Cinzia. *Perché non sanno se accetterò: non è un ordine, vogliono che alla fine decida io.*

Vogliono una volontaria.

«Cos'è questo logo?»

«È il simbolo del progetto, non lo abbiamo scelto noi, è stata un'idea della nostra controparte.»

«Il capo di questa... Beyond?»

«Diciamo il suo fondatore, sì.»

"Progetto Variante" rilesse Cinzia sulla copertina del memorandum. «Perché questo nome?»

«Perché potrebbe variare l'ordine naturale delle cose per come le abbiamo conosciute fino a ora.»

«Detto così è un po' inquietante.»

«Non l'abbiamo scelto noi.»

Cinzia rifletté: «Ha detto "controparte". Quindi noi e loro non siamo soci? È una controparte con cui abbiamo fatto un accordo? Una sorta di conciliazione?».

«Potremmo dire che siamo soci, sì, ma solo occasionalmente. E un domani potremmo essere concorrenti. Se ho detto "controparte",» sorrise l'uomo «al momento è improprio. Ho scelto la parola sbagliata, colonnello, e faccia finta di non aver sentito.»

«Cosa vi fa credere di poter prendere a quest'azienda una tecnologia, che dite essere così importante, senza pagare un prezzo?»

«Siamo disposti a pagarne il prezzo. Ma il tariffario della merce in vendita lo decidiamo noi.»

«Lei vuole fare il prezzo di qualcosa che non è suo» continuò Cinzia.

«Voglio pagare il prezzo giusto, si chiama trattativa. E una trattativa si conduce meglio quando si parte da una posizione di forza, non di debolezza.»

«Diventiamo soci della Beyond perché ora siamo deboli?»

«Non siamo deboli, ma l'obiettivo è essere sempre più forti.»

Cinzia lo fissò: «Credo che nel suo ragionamento si sia dimenticato di un piccolo particolare».

«E sarebbe?»

«Lei vuole comprare qualcosa a qualcuno che non sa nemmeno se vuole vendere. E se questo qualcuno non avesse la minima intenzione di vendere e non volesse dividere quel qualcosa con nessuno?»

L'uomo fece un gran giro di parole per non rispondere all'ultima domanda di Cinzia.

«Mi resta un'ultima questione, signori.»

«Prego, Sanesi» replicò il colonnello Baroni, che aveva ritrovato la parola.

«Voi mi volete perché forse sarò in grado, se e quando avrò a disposizione questa presunta nuova, anzi rivoluzionaria tecnologia, di creare davvero uno schema che possa permettere di riconoscere il vero dal falso.»

«Giusto.»

«Ma cosa c'entra questo con la clonazione dell'essere umano o le reti neurali o altre cose da fantascienza?»

«Lo leggerà in altra sede e in altri documenti» parlò ancora Giacca e cravatta. «Per ora le basti sapere che nessuna copia è uguale al cento per cento all'originale. Non esiste la duplicazione perfetta.»

«E questo chi ve lo dice?»

«La Beyond e le sperimentazioni condotte sugli animali fino a ora nel mondo: i cloni sviluppano sempre delle malattie, come se avessero in sé una specie di...»

«... difetto?»

«Parola giusta, colonnello. Come se avessero una specie di difetto.»

Cinzia tacque, pensosa, e l'uomo continuò.

«Può esistere la clonazione cellulare, ma non la duplicazione di A che diventa un'altra A uguale, identica alla precedente. Sarà sempre una A, ma diversa. Che avrà pensieri diversi, strutturati in maniera diversa.»

Cinzia capì dove volevano arrivare.

Oltre.

«Voi non pensate solo alla clonazione e non volete solo uno schema sul vero o falso. Voi volete uno schema sul pensiero delle persone. Voi volete capire come pensa la gente e cosa serve per farla arrivare a pensare in un certo modo.»

Nessuno sorrideva più.

«E di chi volete conoscere i pensieri? A chi volete entrare in testa con questo schema?»

«A tutti.»

22

Roma, oggi

«Cinzia lavorava a un progetto sulla clonazione umana?» chiese Montecchi, con un tono più alto del solito.

«Abbassi la voce, professore. Non vogliamo mica disturbare la serata agli ospiti di questo magnifico posto, vero?» rispose l'ex ministro col consueto sorriso e lo sguardo che ostentava indifferenza sì, ma si muoveva costantemente attorno a loro.

Calato il sole, la temperatura continuava a scendere, e Montecchi si strinse nel suo trench blu di Burberry.

Sentiva freddo, ma il clima c'entrava poco.

Aveva ascoltato il racconto di Orsini con stupore crescente, cercando di tornare al tempo in cui Cinzia era coinvolta in quel progetto.

Non si era accorto di nulla, e lei era stata bravissima a tenerlo lontano dalla reale portata del progetto a cui stava lavorando.

In parte si sentì quasi tradito da questo comportamento, ma non poteva e non doveva dimenticarsi *cosa* e *chi* era sua moglie: una psicologa e un militare.

Che, in questa doppia veste, conosceva a menadito la mente delle persone – *e figuriamoci se non conosceva la mia*, pensò Montecchi. Sapeva benissimo come tenere blindata la sua mente e come eseguire gli ordini.

Ricordandosi dei timori di Orsini per sua figlia, capì allora perché Cinzia, la sua Cinzia, non avesse condiviso quei segreti con lui: non solo perché non poteva, no, ma anche per tenerlo al sicuro, lontano da quello che sarebbe potuto succedere.

Ma cosa sarebbe potuto succedere?, rifletté ancora Montecchi, sentendo su di sé lo sguardo dell'anziano politico.

La clonazione dell'uomo, lo si volesse o no, etica o no, era più vicina di quanto la gente comune potesse pensare.

L'intelligenza artificiale era come una pentola bollente che l'Europa teneva a mani nude: solo per mettere d'accordo tutti i Paesi dell'Unione, e fare una specie di regolamento molto sommario, c'erano voluti mesi.

Il confronto fra la burocrazia pubblica e l'imprenditoria privata, che aveva competenze e capitali, era imbarazzante: come far correre insieme una formica e il campione olimpico dei cento metri.

E per gli scienziati, la clonazione dell'uomo era più una questione di volontà che di tempo.

Volontà da sempre subordinata soprattutto a un forte stimolo esterno: il denaro.

Tutto il resto del racconto di Orsini, be', sembrava un film di fantascienza, ed era convinto che Cinzia l'avesse pensata allo stesso modo.

Ma alla fine lei aveva accettato. Gli scappò un sorriso amaro, mentre guardava nel vuoto: ricordò che anche a Cinzia piaceva giocare a poker, ma tanto a lui piacevano i bluff quanto lei si divertiva ad andare a scoprire le carte dell'avversario. Ed era per quello che con lei non giocava più: perché perdeva sempre.

Ecco cos'hai fatto, Cinzia: hai giocato a poker, pensò con inquietudine Montecchi, *sei andata a vedere*.

«Professore?» si sentì chiamare.

Orsini lo guardava con la fronte aggrottata, ma gli aveva lasciato del tempo per provare ad assorbire il colpo.

Apprezzabile, da parte sua.

«Capisce ora la mia posizione su Anna? Capisce perché la voglio lontana da tutta questa storia?» continuò Orsini.

«Diciamo che ora capisco perché si è rivolto al suo amico Grassi e al CICAP, che non è più il Comitato italiano per il controllo del paranormale. Abbiamo cambiato la lettera P dell'acronimo: "paranormale" è diventato "pseudoscienze". E stiamo parlando di pseudoscienze, giusto? Chi meglio di noi?»

«Chi meglio *di lei*, per l'esattezza, secondo Giancarlo» lo corresse Orsini, chiamando per nome il suo mentore, cosa che non aveva mai sentito fare a nessuno.

L'ex ministro proseguì: «La prego di non dire ad Anna del nostro incontro».

«Che male ci sarebbe a dirglielo?»

«Non voglio che da nessuna parte emerga qualcosa che possa collegare questa storia a mia figlia, per mio tramite. Rimane tutto fra me e lei, professore. E d'ora in poi, dovesse scoprire qualcosa, sarà solo merito delle sue intuizioni. Noi due non ci vedremo più. Anzi, per la precisione, non ci siamo mai visti.»

Montecchi lo guardò e pensò che aveva ancora mille domande da fare a quell'uomo.

Era certo che non gli avesse detto tutto, che anzi gli avesse raccontato il meno possibile, e il grigio, anche passando a una sfumatura lievemente più chiara, era rimasto grigio.

«Ministro...»

«Non so se potrò rispondere alla sua domanda, ma mi dica.»

«Sui delitti di Ventimiglia, come farò a raccontare ad Anna che una verità c'è e c'è sempre stata, ma non si può dire?»

«Lei è un uomo molto intelligente, che è arrivato qui preceduto dalla sua reputazione. Sono certo che troverà il modo di farlo, senza coinvolgere me.»

Montecchi lo fissò.

Non era quella la domanda che gli voleva fare.

La più importante per lui era un'altra.

«Perché ha detto che mia moglie è stata una donna coraggiosa?»

Orsini resse lo sguardo e annuì lentamente.

«Perché è così.»

«Era un militare, ha eseguito gli ordini.»

«Quell'ordine, anzi, è più corretto dire *quegli ordini*, poteva anche non eseguirli. Sua moglie è stata molto coraggiosa perché alla fine ha deciso lei, spontaneamente, di far parte del progetto Variante. Era davanti a una scelta. E lei ha detto sì.»

Tipico di Cinzia, pensò Montecchi.

Il tenente colonnello Sanesi aveva accettato una sfida, perché le sfide, professionali e personali, erano la fiamma pilota della sua vita: doveva stare sempre accesa affinché tutto funzionasse.

Lei compresa.

Che fosse scrivere un nuovo studio sulla cinesica o imparare a fare la carbonara più buona del mondo.

Questa era Cinzia.

E anche lui, ammise fra sé Montecchi, era stato una sfida per lei: più giovane e di un'altra città, lontana centinaia di chilometri dalla sua, dove si era trasferita per amore, quella cosa meravigliosa e dolorosa che nell'essere umano nasce dalla dopamina e il cui effetto, scientificamente, finisce dopo sette anni.

Era l'unico caso a lui noto in cui la Scienza aveva sbagliato: loro due.

«Cosa c'era di così importante per lei nella Variante?» pensò ad alta voce Montecchi, accendendosi un'altra sigaretta e iniziando a sentire le avvisaglie di un nuovo, feroce mal di testa. «Non poteva essere solo la clonazione dell'uomo. È sconvolgente, sì. E per la nostra Scienza, per come la intendo io, sarebbe una mostruosità. Ma ormai siamo a un passo, è qui. Cos'è la Variante, ministro?»

Orsini sospirò, prima fissandosi le mani incrociate sul grembo, poi allargando le braccia: «Non posso risponderle, professore. Anche perché molte cose non sono note neppure a me. So però che è qualcosa che modificherebbe il mondo così come lo conosciamo oggi. Che forse lo distruggerebbe dalle fondamenta. Che cambierebbe l'uomo nel profondo del suo essere. Che modificherebbe il corso della sua Scienza, portandoci su nuovi e sconosciuti terreni dai quali non potremmo più tornare indietro. Una variante. *La* Variante».

Montecchi alzò il suo consueto sopracciglio: «Non può essere soltanto la clonazione, per quanto la sola ipotesi mi faccia rabbrividire. È così rivoluzionaria questa tecnologia? Beyond ha realizzato il computer quantistico? Il Nobel a Venturi è stato il primo passo di un percorso molto più lungo? Oppure…».

«Professore,» lo interruppe Orsini «io non conosco nulla di tutto questo. La mia conoscenza dei fatti si ferma a quello che le ho raccontato: hanno scelto sua moglie perché pensavano che lei, sfruttando questa nuova tecnologia, avesse gli strumenti adeguati per aiutarli a raggiungere l'obiettivo. E la clonazione dell'uomo è solo un corollario del problema. Ma io so solo questo.»

«Allora mi dica tutto quel che sa.»

«Gliel'ho appena detto» sbottò il politico.

«Ha detto che della clonazione sa...»

Orsini sbuffò: «So qualcosa, sì, ma solo perché tanti anni fa ero in un comitato bioetico molto ristretto che veniva aggiornato, saltuariamente, sugli sviluppi di questo argomento».

«I militari e un comitato bioetico?» sorrise con stupore Montecchi. «Il diavolo e l'acqua santa, insomma...»

«In un certo senso è così, professore. Sembra strano, però anche i militari, una volta, avevano un certo timore del potere temporale della Chiesa. Ma forse, adesso, le cose sono un po' cambiate.»

«E quindi?»

«Quindi, la Beyond e noi, cioè, volevo dire loro, loro sono riusciti a clonare l'essere umano...»

«Co...»

«Ma c'è un problema.»

«Cioè?»

«Si faccia portare un altro bicchiere di Chablis, professore, le servirà.»

Il vino bianco venne ordinato e arrivò al tavolo, nel silenzio carico di pensieri dei due uomini.

Orsini continuò non appena il cameriere si fu allontanato.

«L'essere umano è stato clonato.»

«Al cento per cento?» chiese Montecchi, stupito ma in fondo non più di tanto.

«Al cento per cento.»

«Ha parlato di un problema.»

Orsini bevve un sorso d'acqua, come se sperasse di trovarci dentro le parole da dire.

«È andata esattamente come per le sperimentazioni animali precedenti: i cloni hanno iniziato a sviluppare malattie incurabili fin da piccoli.»

«Lei sta parlando di... bambini?»

Orsini si torse le mani: il suo nervosismo era palese e, da cattolico quale si dichiarava, non poteva non sentirsi investito da una valanga di sensi di colpa.

Ma fece finta di non sentire, come aveva imparato a fare in tutta la sua vita politica: ignorò Montecchi e andò avanti. «Queste malattie, seppur note, erano resistenti alle cure, anch'esse note... ma con quel tipo di pazienti del tutto inefficaci. Finché abb..., hanno, *loro* hanno scoperto che in realtà la malattia non si sviluppava da cause esterne, ma era dovuta alla mancanza di qualcosa e...».

«Una sorta di deficit energetico? Proteico? O più simile a un'ipossia?» lo interruppe Montecchi, ipotizzando una condizione di carenza di ossigeno nei tessuti del nuovo organismo.

«Non sono un medico, professore» rispose Orsini.

«Ha ragione, mi scusi. La prego, prosegua.»

«Non saprei dirle di preciso di cosa si trattasse. So solo che a questi...»

«Cloni» lo aiutò Montecchi, prima che l'uso della parola "bambini" rischiasse di farlo bloccare.

«Sì, cloni... So solo che a questi... cloni mancavano alcuni parametri vitali, essenziali per essere in un certo senso legittimati a vivere. Come se la Natura, in qualche maniera, avesse trovato il modo per impedirne l'attuazione, giudicando l'intera operazione come a lei contraria. Contronatura, appunto.»

Montecchi tacque, pensando che la Scienza avrebbe sempre trovato il modo di difendersi, anche da se stessa.

E soprattutto dall'uomo che tentava di modificarla, stravolgerla, violentarla.

«Però» continuò Orsini «alla fine il problema è stato risolto.»

Allora no, pensò Montecchi, *neanche la Scienza vince sempre.*

«Professore, le sto raccontando cose che risalgono a tanto tempo fa. Oggi non oso neanche immaginare a che punto siano arrivati» aggiunse l'ex ministro.

«Mi dica quello che sa, per favore.»

«Insomma, capirono che i cloni, per sopravvivere, avevano bisogno di colmare quella lacuna. O di avere un sostegno che la colmasse. Come una stampella per camminare.»

«Una stampella per vivere» osservò Montecchi, cercando di non finire subito il secondo Chablis.

«Esatto.»

«E venne trovata.» Non era una domanda.

«Sì. Era l'adrenalina. In dosi massicce. Umana e non artificiale, perché artificiale non otteneva l'effetto voluto.»

Montecchi sbiancò per la seconda volta, mentre il suo cervello girava vorticosamente fra i suoi ricordi più recenti: l'adrenalina, la sindrome di Capgras, Venturi, le ghiandole surrenali, i delitti di Roma e Parigi.

Non ci capisco più nulla.

Ogni risposta provocava almeno tre nuove domande: era un gioco quasi perverso.

Orsini lo osservò annaspare cercando una risposta o un collegamento.

«Ora capisce perché non voglio che Anna abbia una parte in questa storia?»

«Ancora l'adrenalina. È incredibile, assurdo» riuscì solo a dire Montecchi.

Orsini tacque.

Nel frattempo, la mente del neuroscienziato viaggiava a velocità supersonica.

«Ecco perché due delitti in contemporanea, a distanza di migliaia di chilometri. Sembra incredibile anche solo a pensarci, ma l'escissione delle ghiandole surrenali potrebbe essere stata opera di due cloni» disse Montecchi, non credendo quasi alle proprie parole.

«Due cloni che si muovono contemporaneamente e hanno i medesimi pensieri» osservò Orsini.

«Cloni e assassini allo stesso modo e allo stesso tempo, perché hanno le stesse esigenze.»

«Già.»

Montecchi finì lo Chablis e posò il bicchiere sul tavolino, rischiando quasi di spaccarlo.

Non era questa la sua Scienza.

«E hanno anche la stessa motivazione» aggiunse.

«La dica lei, professore.»

«La fame.»

23

Roma, primo febbraio 2024

«Posso passare da te domattina?»

Montecchi aveva chiamato Anna intorno alle dieci di sera, sperando di non disturbare.

Si era fermato a dormire a Palazzo Nainer, dopo la lunga e difficile conversazione con Emanuele Orsini e, soprattutto, dopo essersi accorto che i bicchieri di Chablis erano nel frattempo diventati quattro, a stomaco vuoto.

E non aveva la minima voglia di guidare o di cercare un altro posto dove dormire o, peggio, di andare subito sulla Tuscolana a parlare con Anna.

Troppe cose erano successe, troppe cose aveva saputo, in un tempo oltremodo breve.

Così aveva chiesto e ottenuto una stanza che scoprì essere una bellissima ed enorme suite, tutta specchi e acciaio, con una vista abbagliante su Roma.

Poi era andato a prendere la sua valigia nell'auto parcheggiata sul vicino lungotevere in Augusta e, *dulcis in fundo*, si era fatto portare due sandwich e una Coca-Cola in camera.

Aveva mangiato e bevuto, sì, ma non prima di aver passato un'ora sotto la doccia, con la testa appoggiata alla parete e l'acqua che gli scorreva addosso.

E così, sdraiato in accappatoio sul letto a guardare il soffitto, letteralmente invaso da mille pensieri, aveva prima chiamato il professor Grassi, il cui telefono risultava staccato, e poi Anna Orsini per chiederle se poteva passare da lei il giorno dopo e dirle… mah, onestamente non sapeva ancora da dove cominciare.

«Ma sei a Roma?» gli aveva chiesto lei, rispondendo con un'altra domanda.

Montecchi aveva risposto semplicemente «sì» senza ulteriori spiegazioni.

Anna, cogliendo un'ombra di incertezza nella sua voce solitamente forte e sicura, aveva drizzato le antenne: «Tutto a posto, professore?».

«Domani ti spiego.»

«Va bene.»

«Alle dieci da te?»

«Alle dieci, okay.»

«Ah, Anna?»

«Sì?»

«Non si era detto che "professore" anche no?»

«Sì, pro… Cioè sì, Piero, scusa.»

«Buonanotte.»

«Buonanotte a te.»

Poi Montecchi si era addormentato, cercando di inseguire la sensazione che qualcosa di importante gli stesse sfuggendo, pur avendolo davanti agli occhi.

Ma cosa?

«Ciao» disse Anna, omettendo volutamente di accompagnare il saluto con il nome di battesimo, cosa che la imbarazzava moltissimo, o la qualifica, che invece dava fastidio a lui.

«Ciao a te» rispose sorridendo Montecchi, seduto nella sala d'attesa del Compendio Tuscolano della polizia, e sbirciando lo stesso piantone dell'altra volta che, al di là del vetro, radiografava con lo sguardo il fondoschiena della donna.

«Andiamo, vieni.»

«Anna?» le bisbigliò Montecchi mentre le camminava accanto.

«Sì?» replicò lei sorpresa, con lo stesso tono basso.

«Mi sa che quel tuo collega lì...»

«Sì, lo so, sbava tutte le volte che mi vede. Lasciamolo sognare» e fece all'agente un gran sorriso, aprendo la porta dell'area non aperta al pubblico. «Allora, che succede? Che ci fai a Roma? Pensavo fossi tornato a Verona» disse lei all'arrivo nel suo ufficio, dopo una rapida sosta alla macchinetta del caffè.

Per tutto il viaggio fra il centro e la Tuscolana, Montecchi aveva cercato una spiegazione adeguata per quello che aveva da dire.

Il problema era che aveva fumato cinque Gauloises e non aveva trovato una risposta che gli piacesse abbastanza. O che fosse credibile, abbastanza.

E Anna lo stava osservando con aria interrogativa.

Decise per il momento di non toccare il tasto Ventimiglia, quello meno spiegabile.

E allora infilò la mano nella tasca del trench e tirò fuori una chiavetta USB. L'appoggiò sulla scrivania dove notò la foto in bianco e nero di una giovane donna che sorrideva.

La madre di cui gli aveva parlato l'ex ministro.

Anna aggrottò la fronte come se le fosse caduto addosso un insetto dal soffitto: «Che ci fai con... quella?».

«Una chiavetta USB, aprila sul tuo PC.»

Anna la prese scuotendo la testa: «Ma non le usa quasi più nessuno…».

Montecchi abbozzò: in effetti lo aveva notato da tempo anche lui, ma Orsini aveva voluto il foglio indietro e, in cambio, gli aveva dato quella.

"Sono della vecchia scuola" si era giustificato. "Non mi piace lasciare fogli in giro. In questa chiavetta troverà un unico file, con lo stesso documento che le ho mostrato stasera. Un documento che non potrà stampare."

Ed era andato via subito.

Anzi no, per la verità, non subito. Quello però lo aveva scoperto la mattina dopo alla reception, quando era andato a pagare il conto.

La direttrice gli aveva sorriso: «Tutto a posto, professor Montecchi. Spero che abbia avuto un piacevole soggiorno qui da noi.» E gli aveva allungato la mano.

La vecchia scuola, a quanto pare, imponeva anche di pagare l'albergo agli ospiti considerati di riguardo.

Nel frattempo, Anna fissava il computer.

«E questo cosa sarebbe?»

Nel quarto d'ora successivo Montecchi le spiegò cosa fosse. E anche un po' di altre cose, in ordine sparso.

«Chi ti ha dato questo documento?» chiese Anna, togliendosi gli occhiali e appoggiandosi allo schienale della sua sedia.

«Una fonte del CICAP, non posso dirti chi.»

«Qui a Roma?»

«Sì.»

Si sentiva sotto interrogatorio.

E in effetti.

«Dove mi hai detto che eri a dormire stanotte?»

«In un bellissimo albergo vicino a piazza del Popolo, te l'ho detto. Palazzo Nainer si chiama.»

Anna sorrise.

«Perché sorridi?» chiese Montecchi.

«Hai detto piazza del Popolo.»

«Sì, è...»

«Intanto quell'hotel è in via del Babuino, per l'esattezza.»

«Sì, ma...»

«Hai salutato mio padre da parte mia?»

Montecchi riuscì a non arrossire, ma era consapevole di essere stato scoperto o, come diceva sua nipote, sgamato.

E doveva avere anche un'espressione analoga, dato che il sorriso di Anna si fece più ampio.

«Ha lo studio dietro l'angolo, in piazza, e quello è il suo albergo preferito. Ti ha portato in terrazza, vero?»

«Sì» disse un imbarazzatissimo Montecchi.

Anna scosse la testa e continuò a sorridere: «Non so chi fra i due è meno furbo. Sono sempre un dirigente di polizia».

«Voleva che non lo sapessi.»

«E perché?»

«Perché è preoccupato per te.»

«Da più di vent'anni mio padre ha smesso di preoccuparsi di qualunque altro essere umano che non sia lui stesso» replicò Anna, facendo sparire il sorriso.

Okay, pensò Montecchi.

«Allora ti racconto cosa mi ha detto di tutto il resto. E soprattutto del delitto di Ventimiglia, a cui tu tieni tanto.»

Dieci minuti più tardi, Anna Orsini e Piero Montecchi fumavano davanti alla finestra spalancata dell'ufficio.

«Non posso pensare che lo sapessero, che lo hanno sempre saputo. Non ci posso credere» ripeté la donna, scuotendo la testa.

Montecchi tacque, anche perché non avrebbe avuto idea di cosa dire. E comunque, lei non lo avrebbe ascoltato, persa com'era nella sua rabbia.

«Ti rendi conto? Quell'agente aveva visto davvero quello strofinaccio sporco di sangue nella cucina della villa. Ed è morto. Suicida o "suicidato". Sarebbe stata la prova regina per inchiodare quel bastardo di Venturi. E il procuratore di Imperia che si è sparato? E il giudice corrotto della Cassazione che l'ha assolto? Ma dove finisce questa storia? Dove?»

«Anna, al dove, forse, non ci possiamo arrivare. Ma al quando sì. Possiamo farla finire se troviamo un modo per bloccare la Beyond, e la storia dei cloni può essere quella giusta.»

«Come? Spiegami come? Stai parlando della più grande e ricca società di hi-tech al mondo, e per di più legata al nostro apparato militare. Mi spieghi come si fa?»

Montecchi la osservò, ferita profondamente nella sua ricerca disperata di Giustizia.

Poi gli venne in mente un paragone che riteneva adeguato: «Hai presente Al Capone?».

Lei lo guardò come aveva guardato la chiavetta USB prima: «Che c'entra Al Capone?».

«Era la Beyond dell'epoca, no? Potentissimo, con mille agganci nelle forze dell'ordine, intoccabile.»

«Sì, c'era anche un bel film che si chiamava così, *Gli intoccabili*, e allora?»

«Appunto. Non potendo sconfiggerlo direttamente perché troppo potente, usarono un'altra strategia, forse più banale certo, ma che servì a farlo finire in galera e a buttare via la chiave.»

Anna rifletté: «Fu incriminato e condannato per evasione fiscale, ricordo. Non vorrai mica accusare Venturi di evasione fiscale, nella speranza di fermare la Beyond? In questo Paese, se evadi le tasse, quasi ti danno un premio...».

«Non dico questo. Possiamo concentrarci su quello che abbiamo, su tutto quello che possiamo avere in mano. Questo foglio, per esempio.»

Il documento, ultima pagina del presunto contratto fra la Beyond e i militari, pieno di *omissis*, era ancora sul monitor del computer di Anna.

«Che ci possiamo fare?»

«I casi sono due: o la data della stipula è falsa o è falsa la firma di Venturi, l'unica che si vede.»

«Anche perché,» replicò Anna rimettendosi a sedere per vedere più da vicino il file «come dicevano i latini, *tertium non datur*. Perché qui la terza opzione sarebbe che Giovanni Venturi firma i contratti dopo che è morto.»

«E sul fatto che è morto non ci sono dubbi perché, come hai detto tu, abbiamo le dichiarazioni dell'impresa funebre che eseguì la cremazione del suo corpo» aggiunse Montecchi, piegato sulla scrivania accanto a lei, davanti al computer.

Anna chiuse il documento ed estrasse la chiavetta USB.

«Vogliamo parlare degli omicidi di Roma e Parigi?» disse lei guardandolo negli occhi.

Montecchi, improvvisamente e inspiegabilmente imbarazzato, si rese conto di quanto in quel momento fossero vicini e si rimise in piedi di scatto, ripristinando la giusta distanza fra loro. Poi tornò alla finestra per accendersi un'altra sigaretta.

«Ora non perdiamo tempo a parlare di cose a cui non possiamo dare una risposta logica, una giustificazione» riprese Montecchi dopo un istante di riflessione. «Su quei due delitti abbiamo solo quel che ci ha raccontato tuo padre e...»

«E ti pare poco?»

«No, affatto. Ma immagina la scena, te la descrivo semplicemente: tu vai da un magistrato a chiedere di bloccare l'attività della Beyond, rispettabilissima multinazionale nota in tutto il mondo. "Scusi, dottore, quell'azienda avrebbe creato dei cloni umani che hanno tolto le ghiandole surrenali a due persone perché in crisi d'astinenza da adrenalina, l'unica cosa che li tiene in vita." Che ne pensi?»

«Penso che mi farebbero internare.»

«Esatto. Quindi, meglio concentrarsi sul documento nella chiavetta che hai in mano. Cerchiamo di capire se quello che c'è lì sopra è vero. E poi vediamo dove questo ci porta. Un passo alla volta, Anna. Uno di troppo e si cade nel precipizio.»

«Noi non possiamo andare oltre, non come hanno fatto loro.»

«No. Siamo al limite. Se andremo oltre, ci faremo del male.»

Anna si alzò di scatto.

«Che c'è?»

«Vieni con me.»

La dirigente, seguita da Montecchi, superò l'open space dell'UDI e uscì nel corridoio.

Fece qualche metro e spinse una porta in vetro smerigliato dove c'era una targa: POLIZIA SCIENTIFICA.

Entrò in un altro open space, dirigendosi verso una scrivania d'angolo, su cui c'erano tre schermi di computer.

«Dov'è Michi?» chiese ai due agenti della Scientifica seduti ai loro posti.

Prima che potessero rispondere, una voce arrivò da una stanza lì accanto.

«Volevi me?»

Un giovane uomo, molto giovane, notò Montecchi osservandone l'acne, uscì dal disimpegno con una bottiglietta di aranciata in mano.

«Speravo che tu ci fossi...» disse Anna con il suo solito sorriso.

Ci fu una breve presentazione: «Michi, ti presento il professor Piero Montecchi, collabora con l'UDI; professore, lui è Michelangelo Arduini, il nostro piccolo grande genio informatico, che a fatica riusciamo a non farci portare via dai colleghi della Postale».

«Anna, lo sai, non ci andrò mai da quelli. Non ho la minima intenzione di svegliarmi urlando di notte per aver sognato le immagini dei bambini trovate nei computer dei pedofili. No, grazie.»

«Michi è...» provò a ribattere Anna, senza successo.

«E poi non sono piccolo, ho ventitré anni» continuò il ragazzo per contrastare l'evidente impressione che davano sia i brufoli sia la felpa di Topolino e Gambadilegno che indossava quel giorno. «Comunque, piacere.»

Andò al suo posto e i due lo seguirono.

«Allora, di cosa avete bisogno?» domandò il giovane mago della Scientifica, aprendo la bottiglietta d'aranciata.

«Guarda il documento che c'è qui dentro» e Anna gli dette la chiavetta USB.

Il giovane poliziotto spalancò gli occhi e rischiò di strozzarsi mentre beveva: «Una chiavetta? Va be' che risolvete i *cold case*, ma questa non è "fredda", questa è "glaciale". Che ci fai con una roba del genere?».

«Vecchia scuola» intervenne Montecchi con un sorriso.

«Puoi aprirlo?» disse Anna.

Intanto lui l'aveva già fatto con un paio di *clic* del mouse.

«Un file PDF. Cos'è?» chiese lui guardando lo schermo.

«Sei in grado di dirmi se questa è vera?» domandò Anna, sporgendosi e indicando la firma visibile sul documento.

Il ragazzo inclinò la testa da un lato e rispose dopo qualche secondo: «Faccio tante cose, lo sai, ma i miracoli ancora no».

«Non puoi?» replicò Anna con un malcelato tono di delusione.

«È un file PDF. Parlando semplice, è una sorta di fotografia dell'originale che, a occhio, potrebbe essere un banale file di testo, forse scritto con Word.»

«Quindi?»

«Quindi, se avessi l'originale potrei fare qualcosa: analizzare l'inchiostro, per esempio. O vedere se c'è stata una sovrapposizione grafica della firma stessa.»

«Cioè?»

«Cioè la firma presa da un altro originale, scansionata e poi appiccicata dove serve. Attraverso una scansione dei colori, della loro densità, del contrasto rispetto al foglio e rispetto ad altre parole, sì, si potrebbe fare. Basta avere il programma adeguato.»

«Ma con un PDF non è possibile?» chiese di nuovo Anna.

«No, non si può, servirebbe l'originale. Avendo quello, anche la pressione della mano sul foglio è un elemento che rivela l'identità dell'autore di una firma: se in un caso è più calcata di un altro è probabile che quella sia una firma falsa.»

Montecchi non rinunciò a chiedere: «E come si fa?».

«Facile. Si capovolge il foglio e, col tatto, si rileva quanto è stata la forza impressa dalla penna sull'altra facciata.»

«Questo non lo sapevo.»

Michelangelo detto Michi sorrise: «Non solo. Chi fa una firma falsa ha un'inconscia tensione emotiva, causata dalla consapevolezza di alterare un documento e di commettere un illecito. Questo pensiero viene trasmesso dal cervello alla mano che, pertanto, risulterà più tremante e marcata, ma meno decisa, meno lineare e meno sciolta».

I suoi interlocutori lo osservavano quasi stupiti delle sue conoscenze, e lui alzò le spalle con indifferenza: «Semplice grafologia. Che con l'uso di computer e programmi adeguati diventa una bella storia».

Anna non si arrese: «Non si può fare niente neanche per questa?» e indicò la data.

«Peggio che mai. Almeno la firma è in corsivo.»

«Merda» le scappò detto.

Il ragazzo, che ci teneva a fare bella figura con lei, provò a darle una sorta di contentino: «Ho un amico che fa il perito calligrafico per la procura di Milano, posso pro...».

Anna s'illuminò: «Sì, prova».

«Però serve un'altra firma per fare una comparazione. Ce l'hai?»

«No» rispose Anna, per poi rianimarsi subito dopo: «Anzi sì. Ho tremila verbali che quell'uomo ha firmato quando veniva interrogato».

«Trovami la più vicina alla data che si legge su questo foglio. La calligrafia cambia nel tempo» si raccomandò mentre lei si stava già alzando.

«Non ne avrò una molto recente.»

«Fai il possibile.»

Anna uscì velocemente dalla stanza della Scientifica, Montecchi rimase alla scrivania di Michi, che continuava a fissare il documento sullo schermo.

«Cos'è quel simbolo?» chiese al professore.

«Si chiama Cubo di Metatron; è una figura geometrica che ha vari significati, anche religiosi.»

«Forte.»

«Già.»

Poi il giovane tacque, immerso nell'osservazione del documento, e Montecchi pensò che avrebbe voluto un'altra sigaretta, ma che lì non…

«Vi interessa una cosa?» chiese il giovane agente della Scientifica, non staccando gli occhi dal computer.

«Cosa?» si scosse Montecchi.

«Volete sapere quello che c'è scritto qui sotto?» e indicò le righe coperte di nero.

«Puoi togliere gli *omissis*?»

«Credo di sì.»

Montecchi era sinceramente stupefatto: «E come fai?».

«Facile. Basta aprire il file con la versione professionale di un programma che ho sul mio PC, selezionare tutto il testo coperto e fare un copia e incolla su Word o un qualsiasi altro editor di testo. Se siamo fortunati, e loro sono stati distratti, è possibile.»

«Tutto qui?»

«Lo abbiamo scoperto grazie alla stupidità di alcuni americani, che tempo fa misero in rete un documento come questo, pieno di *omissis*, e se lo ritrovarono on line tutto declassificato con questo sistema. Qualcuno ci casca ancora. Proviamo…»

Anna rientrò dieci minuti dopo con la pagina finale di un verbale d'interrogatorio che recava la firma di Giovanni Venturi.

Alla scrivania di Michi, vide solo lui.

Gli dette il documento che stava aspettando. «Dov'è…» iniziò a dire, poi vide Montecchi alla finestra, che guardava all'esterno.

E che teneva un foglio in mano.

«Eccomi, ho trovato la firma per la comparazione» l'avvertì lei.

Poi incrociò il suo sguardo.

«Che succede?»

«Il tuo amico ha tolto gli *omissis* dal documento.»

«Come ha fatto?»

«È bravo.»

«E allora?»

«Le righe sopra sono chiacchiere burocratiche in cui si stabiliscono i soldi, tanti soldi, da dare, da versare a chi e come.»

«E nelle altre righe?»

«Abbiamo le firme di tutti quelli che hanno sottoscritto l'accordo sotto al maledetto Cubo di Metatron.»

Anna tacque.

Lui le allungò il foglio senza gli *omissis* e continuò.

«Tre sono stranieri, non so chi siano, e altri tre sono italiani, e so bene chi sono: Giovanni Venturi, e lo sapevamo ma forse è una firma falsa, suo figlio Riccardo come amministratore delegato della Beyond e...»

«Non è possibile.»

«Tuo padre, Emanuele Orsini, l'allora ministro dell'Interno. Questa firma è la sua, vero?»

«Dimmi che non è possibile.»

«Poi, in fondo, c'era un altro segno. Anche quello era coperto da *omissis*. Lo vedi ora?»

«Sì.»

«Pensavo non fosse nulla. E invece è una piccola sigla.»

«Non capisco.»

Montecchi invece aveva capito che nessuna data combaciava con la realtà a lui nota.

Vide ancora la C e la S che ben conosceva.

«È la sigla che ho visto usare a mia moglie sul contratto di vendita della sua casa di Roma. Ma come faceva a firmare una cosa che non conosceva ancora?»

24

«Non ci posso credere, non è possibile.»

Anna Orsini continuava a ripetere la stessa frase, come in un loop, da quando Montecchi le aveva mostrato il foglio declassificato.

Erano tornati nel suo ufficio, dopo che Michi si era impegnato a farle sapere qualcosa sulla falsificazione della firma di Giovanni Venturi.

Anna non lo aveva neanche sentito: non era la firma di Venturi ad averla sconvolta, ma quella di suo padre.

Che dunque era coinvolto nel progetto Variante.

Che sapeva tutto fin dall'inizio ed era quindi direttamente responsabile di quel che era accaduto dopo.

Montecchi la osservò fumare alla finestra, accanto a lui, con lo sguardo che vagava nel vuoto.

Anche i suoi, di pensieri, erano cupi: che ci faceva la sigla di Cinzia su quel documento?

Sembrava una sorta di "visto", di approvazione.

Ma era successiva alla data scritta in quel foglio?

O c'era anche lei alla stipula del contratto?

E comunque, al di là della tempistica, il suo ruolo era così importante da dover firmare quel documento?

Doveva approvarlo in quanto volontaria nel progetto?

Cinzia era nella Variante, questo ormai era pacifico. Meno pacifico, anzi terribile, era stato per Anna scoprire il ruolo di suo padre.

«Ehi?» Si rivolse a lei, appoggiandole istintivamente una mano sulle braccia incrociate.

Questa mossa le fece quasi l'effetto di una scossa elettrica inaspettata.

E lo sguardo si spostò su di lui.

«Scusami» disse soltanto. «Va tutto bene.»

Montecchi scosse la testa e quel lieve movimento gli fece fortemente sperare che l'Efferalgan appena preso facesse effetto alla svelta: «Posso chiederti una cosa?».

«Certo.»

«Tuo padre nel 2011 che cosa faceva?»

Anna lo guardò e capì subito dove voleva portarla col suo ragionamento: «È bastata una serata con lui per apprendere la sua tecnica delle domande retoriche?».

«No, io...»

«Era ministro dell'Interno. Ho capito dove intendi arrivare.»

Montecchi allargò le braccia: «Vuoi che il ministro dell'Interno non fosse a conoscenza di una cosa del genere?».

Anna cercò di frenare la sua rabbia: «Immaginavo che lo sapesse, per quello sono andata a chiedergli aiuto. Ma non pensavo che fosse coinvolto fino a... firmare quel documento».

Montecchi la fissò: «Sei andata da lui?».

Anna non voleva che lo sapesse, ma ormai lo aveva detto: «Sì, l'altro giorno».

Ecco perché Grassi mi ha chiamato... pensò Montecchi. *Per-*

ché Orsini aveva prima interpellato lui, per dare una mano a sua figlia. E se...

Anna vide il suo sguardo che vagava oltre.

«A cosa stai pensando?» gli chiese.

«Tuo padre mi ha chiamato a Roma, tramite Grassi, per aiutare te...»

«O se stesso» insinuò lei.

«Okay, okay. O se stesso. Ma ipotizziamo che lo abbia fatto per aiutare te.»

«E allora?»

«Lui mi aveva dato un foglio, all'inizio, e poi se l'è ripreso, sostenendo che era della "vecchia scuola", così ha detto, e che non amava lasciare documenti in giro. Per quello mi ha dato la chiavetta USB. E se...»

«E se...?»

In quel momento nella stanza squillò il telefono.

Era la linea interna.

Era Michi, notò Anna, e premette il tasto del vivavoce.

«Michi?»

«Puoi venire qui? Magari, ecco... subito.»

«Ti eri dimenticata di riprendere la chiavetta, così ho provato a fare una cosa» spiegò il poliziotto davanti alla Orsini e a Montecchi.

«Cosa?» dissero insieme i due.

«Una scansione della chiavetta con un software particolare.»

Premette un paio di tasti e apparve una nuova finestra che chiedeva una password.

«Cos'è questa roba?» chiese Anna.

«Dovete sapere che ci sono dei programmi che permettono

la creazione di cartelle nascoste in una chiavetta USB» iniziò Michi che, come tutti gli informatici, quando parlavano delle loro cose la prendeva molto larga.

Ma almeno non usa un vocabolario incomprensibile da setta, valutò Montecchi prima di parlare: «Cartelle nascoste?».

«Sì, se vuoi nascondere certi documenti nella chiavetta. Così, quando la apri per vederne il contenuto, certi file non appaiono. A meno che tu non usi un software che te li faccia saltar fuori. E si dà il caso che io ce l'abbia.»

«Mi stai dicendo che questa chiavetta...» iniziò Anna.

«... aveva in pancia qualcos'altro, oltre al file che mi hai fatto vedere» concluse Michi.

Ancora oltre, pensò Montecchi, *qui è tutto oltre.*

«E cos'è?»

«È questo è il problema» rispose lui indicando lo schermo.

Anna e Montecchi seguirono il suo sguardo.

«È un file che non solo è nascosto, ma pure criptato. Senza la password non si apre» aggiunse.

«Merda» imprecò Anna, usando a quanto pareva, pensò Montecchi, il suo intercalare preferito.

«Molta merda, direi. Perché hai solo tre tentativi per trovarla, poi il programma cancella tutto.»

«E ora che si fa?» chiese Anna a Montecchi, mentre Michi era andato a prendersi un'altra aranciata.

«Penso che tuo padre ci voglia aiutare» disse lui dopo un attimo di riflessione.

«Sì, figu...»

«Lui mi ha dato la chiavetta, lui mi ha fatto venire qui a Roma, lui vuole aiutarti, me l'hai detto tu.»

«Sì, ma ti ha raccomandato di tenermi fuori da questa storia.»

Montecchi sorrise: «Anna, tuo padre è un politico. I politici, per natura, sono bravissimi a mentire. E non dicono mai la stessa cosa a due persone diverse. Così da lasciarsi sempre aperta ogni opportunità. E ogni via di fuga».

«Fuga da cosa?»

«Non lo so. Ma su un punto è stato chiaro: niente deve condurre me a lui. Lo sai che tuo padre guida una Fondazione che dà un sacco di soldi al CICAP ogni anno?»

«No.»

«E infatti non lo sa nessuno. La Fondazione Ippona...»

«Come hai detto?»

«Ippona, il nome della Fondazione guidata da tuo padre.»

Anna sorrise, cercando di non farsi venire le lacrime agli occhi: «Sant'Agostino di Ippona».

«Lo conosci anche tu?»

Sospirò: «La nostra casa di famiglia era in via Sant'Agostino, dietro piazza Navona. E in quella casa mia madre si uccise, anni fa».

Montecchi, ora, aveva capito cosa non andasse fra padre e figlia: «Anna, scusami, io...».

«Non preoccuparti, non potevi saperlo, è successo da un sacco di tempo.»

«Mi dispiace.»

«Anche a me. Adesso però dobbiamo trovare quella password.»

«Forza,» esclamò Michi «dobbiamo provarci. Avete tre possibilità, ve lo ricordo, poi questo fa *bum* e si mangia tutto.»

«Hai salvato...»

«... l'altro file? Certo, mica sono stupido. Avanti. Fuori la prima.»

Anna e Montecchi si guardarono, indecisi.

Poi il pragmatismo femminile ebbe la meglio.

«Tre possibilità, tre scelte» disse lei. «Una la fai tu; se va male, la seconda la faccio io e l'eventuale terza, l'ultima, la facciamo insieme. Okay?»

Montecchi alzò il sopracciglio e la fissò, silente e speranzosa, in attesa: *quella donna...*

Bloccò il ragionamento.

«Va bene. Allora inizio io.»

«Vai.»

Montecchi – si vergognava solo a pensarlo, perché usava per tutto la stessa password, ossia quella con cui apriva da decenni la busta paga dell'università – chiese a Michi: «Scusa, deve essere strutturata come quelle che usano ora? Con maiuscole, minuscole, e almeno un numero e un carattere speciale?».

Il poliziotto della Scientifica scosse la testa: «No. È una password di un programma criptato. Qui può fare come le pare. Qualsiasi parola, anche ABC. O qualsiasi numero. O...».

«Ho capito, ho capito» lo interruppe bruscamente Montecchi.

Fissò lo sguardo davanti a sé, cercando di trovare la logica che aveva portato Orsini a scegliere la password.

È banale, pensò, *ma alla fine le verità più nascoste stanno sotto gli occhi di tutti e non le vede nessuno.*

«Beyond, prova "Beyond"» disse alla fine.

«Con la Y, vero?» chiese Michi.

«Sì, con la Y.»

No, troppo facile, pensò Montecchi.

E infatti.

«Non è questa» disse Michi. «Meno due.»

«Tocca a te.» Il professore si rivolse ad Anna.

Lei non ci pensò un secondo di più: «"Metatron"».

«Come si scrive?» chiese l'agente al computer.

Lei fece lo spelling.

Michi premette il tasto *Invio*: «Niente. E ora o la va o la spacca. Ultima possibilità, poi…».

«*Bum*, sì, abbiamo capito» si stizzì Anna.

Montecchi cercava di pensare con la mente di un politico democristiano di ottant'anni, che voleva aiutare la figlia senza farlo sapere a nessuno.

Una parola.

Una sola, maledetta parola, pensò Montecchi.

Vide Anna assorta nei pensieri, a testa bassa. L'alzò.

«Ti fidi? Posso provarci io?» domandò lei, fissandolo con la determinazione nello sguardo.

Montecchi annuì: «Vai».

«Michi, scrivi "principessa" e dai l'invio.»

Il ragazzo sgranò gli occhi, Montecchi alzò il sopracciglio.

Lei scrollò le spalle: «Tu dici che mi vuole aiutare. Be', l'altro giorno mi ha chiamato così dopo non so quanto tempo. Mi chiamava in quel modo quando ero bambina e…».

«Bingo!» esclamò Michi.

E subito dopo: «E questi chi sono?».

La password aveva aperto una cartella che conteneva un unico file in formato JPG: era una foto.

Con due persone che Montecchi aveva già visto.

Sia di persona sia in quella stessa immagine.

Ma perché Orsini gli aveva fatto trovare il ritratto dei figli di Riccardo Venturi, che lui teneva sulla sua scrivania?

«Questi sono Lorenzo e Flavio Venturi, i figli di Riccardo.» Montecchi spiegò ad Anna – ma anche a Michi che ormai era curioso – come li avesse riconosciuti e cosa sapesse di loro, figli di madri diverse e studenti l'uno di medicina e l'altro di fisica, come il padre e il nonno.

«Cosa ci vuole dire… con questo?» chiese Anna, omettendo il nome del suo, di padre, davanti ad altre persone.

Montecchi accelerò il pensiero, frammenti di informazioni sparse, e lontane fra loro, cercavano di trovare la giusta collocazione nel tempo e nello spazio.

I due tornarono nell'ufficio di Anna a fumare e lei notò che Montecchi era totalmente preso dalle auto in transito sulla Tuscolana.

«Forse ho capito» disse alla fine.

«Cosa hai capito?»

«Un pezzo di questa storia, forse.»

Continuava a fumare e a guardare il traffico con estrema attenzione. Anna lasciò che seguisse il suo ragionamento.

«Partiamo dall'adrenalina. A Parigi, Besi, l'ex dirigente della Beyond, ci dice che era servita al vecchio Venturi per guarire, o quantomeno controllare i sintomi della sindrome di Capgras.»

«Sì, ricordo.»

«Ma poi, ieri sera, tuo padre mi ha raccontato che l'adrenalina è la sostanza che permette ai cloni di restare in vita.»

«Besi ricorda male?»

«No, forse Besi ha ragione e torto allo stesso tempo. Sa che è l'adrenalina ad aver salvato Venturi senior dalla sua malattia, ma non sa, perché è solo un dirigente amministrativo responsabile del personale, che in azienda l'adrenalina serve anche ai cloni. Di cui lui, forse, non conosce l'esistenza. Infatti, l'adrenalina continua a essere necessaria anche dopo la guarigione del vecchio Venturi.»

Anna rifletté: «Questo spiegherebbe perché i clandestini continuavano a sparire».

«Esatto, e in maniera più sistematica direi, molto più organizzata. Anche con la creazione di quella società di furgoni, come ha riferito Besi, in un periodo in cui Venturi era apparentemente guarito.»

«La tua ipotesi?»

Montecchi si voltò verso Anna: «Fai due più due e considera la foto che abbiamo visto poco fa».

«Cioè?»

«Ipotizziamo che Riccardo Venturi abbia clonato i suoi figli come, diciamo così, "prova" di un esperimento. Se consideriamo l'ipotesi che Flavio e Lorenzo Venturi siano dei cloni, tutto torna.»

Anna tacque per riflettere e lui continuò.

«Pensaci un attimo. Sono molto simili, anche se non gemelli. Il padre dice che sono nati da madri diverse, e a una sola settimana di distanza, ma chi siano queste madri nessuno lo sa.»

«Hanno vent'anni, quindi sarebbero nati…»

«… nel 2004» rispose Montecchi, che aveva aggiunto anche quel dato nella sua equazione. «Eccolo, il primo grande progetto della Beyond, appena dotata di una nuova, strabiliante e misteriosa tecnologia. Un progetto al quale, peraltro, Gambassi e Colmart, gli altri due Nobel, non vollero partecipare. Perché forse sapevano, o avevano intuito, quale strada Venturi volesse percorrere.»

«Quindi tu pensi che i fratelli Venturi siano gli assassini di Roma e Parigi?» chiese Anna, che cercava di stare al passo con il ragionamento di Montecchi.

«Alt. Io non dico questo. Non ne abbiamo le prove. Ma, se fossi in te, sai cosa farei?» Lui la guardò negli occhi.

«No, dimmelo» replicò Anna, reggendo il suo sguardo.

«Muoverei mari e monti, perché vorrei tanto dare un'occhiata all'atto di nascita di Flavio e Lorenzo Venturi.»

Anna Orsini, nelle successive due ore, rese incandescente la linea telefonica. E quella del suo computer.

Ma fu subito fortunata.

Perché il database della polizia di Stato, che riporta le generalità di tutti coloro che hanno avuto a che fare con le forze dell'ordine, alla voce Venturi Flavio segnalò un alcol test a cui il ragazzo era risultato positivo durante un controllo casuale della polizia, avvenuto a Genova nel 2022, da neopatentato.

Insieme a lui, in auto, c'era anche il fratello Lorenzo, che non guidava ma ebbe un battibecco con uno degli agenti e si prese una denuncia per oltraggio a pubblico ufficiale.

Anna sorrise: i fratelli Lorenzo e Flavio Venturi erano nati a Sanremo nel giugno del 2004, a una settimana di distanza l'uno dall'altro.

Poi si attaccò al telefono, per parlare con il commissariato di polizia di Sanremo, che a sua volta contattò l'ASL 1 Imperiese per recuperare i dati completi sulla nascita dei fratelli Venturi.

E lì venne pagato il conto alla buona sorte.

Non c'era alcun riferimento a Lorenzo e Flavio Venturi, nell'archivio dell'ospedale di Sanremo.

«Allora ho ragione io» gioì Montecchi, dopo che Anna aveva avuto una lunga conversazione con il capo della squadra mobile.

«Calma» lo freddò lei. «Il fatto che non ci siano tracce nell'ospedale pubblico vuol dire poco. Hai presente quelle strutture che si chiamano cliniche private, dove vanno quelli con i soldi come Venturi?»

Montecchi si afflosciò sulla sedia.

«Aspetta a deprimerti» continuò Anna. «Nella sfortuna abbiamo avuto un colpo di fortuna. Il capo della Mobile di Sanremo è una persona che conosco, abbiamo fatto un corso insieme, e mi deve un favore. Mi ha detto che lì c'è solo una clinica privata che fa anche nascere i bambini: Villa Santa Chiara. Che c'era già nel 2004.»

Anna sorrise e gli mostrò il foglio con un appunto scritto a lapis: «Questo Ricci è il direttore sanitario e si dà il caso che sia il medico del capo della Mobile, oltre che compagno di partite a padel. Ha detto che lo avrebbe chiamato, e se fra dieci minuti non lo avessi risentito, potevo farlo io. Ti va di ascoltare che dice?».

«Dottor Ricci, può aiutarci?» chiese Anna al telefono in vivavoce, dopo le presentazioni, mentre Montecchi era piegato sulla scrivania davanti a lei.

Silenzio.

«Se lei mi assicura che non sto violando alcuna norma...»

«Se così fosse non glielo chiederei. Stiamo svolgendo un'indagine di polizia per accertare eventuali reati.» E questo, pensò

Montecchi, non era del tutto corretto: più che un'indagine vera e propria, era una speranza di aprirla davvero.

Ancora silenzio, poi: «Va bene. Mi ripete i nomi?».

«Lorenzo Venturi e Flavio Venturi, sono fratelli.»

Lo sentirono digitare a lungo su una tastiera.

Silenzio.

«Ci sono. Tutti e due.»

Anna e Montecchi non fecero in tempo a guardarsi.

«Però è strano» proseguì il direttore sanitario.

«Cosa?»

«Gli atti di nascita ci sono, ma mancano le cartelle cliniche.»

«In che senso?»

«Dovrebbero esserci le cartelle cliniche dei due neonati, i diari che raccolgono tutte le informazioni durante la degenza qui da noi. Ma non ci sono. Saranno andate perdute o saranno finite da qualche altra parte. Forse nei file delle madri, aspetti che controllo...»

«Dottore, come si chiamano le madri?» chiese Anna agguantando il suo lapis.

«Quella di Lorenzo... Valentina Komarova. Quella di Flavio... Ana Volkova. Russe. Che strano: di entrambe non c'è la residenza nell'atto di nascita...»

Anna e Montecchi si guardarono.

«Niente, neanche qua. Mi faccia fare un ultimo controllo se per caso... Eccolo!»

I due sobbalzarono.

«C'è una cartella clinica sotto la voce Riccardo Venturi, il padre. Saranno sicuramente qui dentro...» Si sentì la voce di qualcuno che chiamava il dottor Ricci. «Sì, arrivo. Devo andare, ho una riunione importante. Mi dice la sua mail, così le giro tutto?»

La mail con i tre allegati arrivò praticamente subito.

Montecchi si alzò e girò attorno alla scrivania per vedere cosa sarebbe apparso sullo schermo.

Anna aprì gli atti di nascita di Lorenzo e Flavio Venturi, nati l'8 e il 15 giugno del 2004 dallo stesso padre e da due presunte madri russe che, in quei documenti, non risultavano avere neanche una residenza.

Il terzo allegato fu una sorpresa.

Perché non era, come il dottor Ricci aveva creduto, la cartella clinica di uno dei neonati, o di tutti e due.

Ma alla voce Venturi Riccardo c'era proprio la sua cartella clinica. L'uomo a Villa Santa Chiara, nell'agosto del 2003, si era sottoposto a un intervento chirurgico.

I ragazzi erano nati nel giugno del 2004, quindi concepiti intorno a settembre del 2003.

Quando Anna e Montecchi fecero i conti, ebbero la sensazione di affogare.

Perché Riccardo Venturi non avrebbe potuto concepire alcun figlio a settembre, dato che ad agosto si era sottoposto a una vasectomia irreversibile per non averne mai.

Poi arrivò la telefonata che cambiò, un'altra volta, e per sempre, il corso di tutte le cose.

25

Ventimiglia, primo febbraio 2024

Per Piero Montecchi, quelle immediatamente successive alla telefonata, furono le ore più lunghe della sua vita.

Non per Venturi e la sua maledetta Beyond, no. Per altro.

L'aereo gli faceva paura, lo sapeva, ma aveva appena scoperto una cosa peggiore, e cioè che l'elicottero lo terrorizzava.

Anna aveva detto che dovevano arrivare a Ventimiglia il prima possibile e quello, l'Agusta-Bell AB206 bianco e blu in dotazione alla polizia, che con un paio di telefonate venne assegnato alla dirigente dell'UDI, era il "prima possibile".

Da Roma a Ventimiglia, gli aveva spiegato Anna dopo averlo visto letteralmente impallidire, erano quattrocentocinquanta chilometri in linea d'aria, volando sul mar Tirreno, mentre in auto bisognava aggiungerne altri duecento.

L'AB206, dotato di un turbomotore Rolls-Royce da 420 cavalli, volava a più di duecento chilometri l'ora, con un'autonomia superiore alle tre ore e mezzo; in due avrebbe coperto facilmente la tratta Roma-Ventimiglia.

«Ma perché dobbiamo andare là?» si era lamentato Montecchi, appena ripreso possesso delle sue facoltà mentali e di un po' di saliva per parlare.

Anna con il soprabito in mano aveva spiegato: «Hanno trovato morto Riccardo Venturi nel suo ufficio, in azienda».

«Co...»

«Mutilato. Dobbiamo andare.»

Montecchi non aveva più parlato nei minuti successivi, da quando erano usciti da quella stanza e avevano raggiunto, quasi correndo, l'eliporto della polizia di Stato che si trovava dietro agli edifici del Compendio Tuscolano, dove l'AB206 bianco e blu li aspettava con il motore acceso.

Anna si era abbassata e correva verso il portello aperto dell'elicottero.

«Anna, io...» le aveva gridato Montecchi, che cercava di starle a fianco e aveva appena ricordato a se stesso che da troppi giorni il suo corpo da cinquantenne non faceva alcuna attività fisica.

«Lo so, hai paura di volare» gli aveva risposto gridando a sua volta, per farsi sentire nel frastuono. «Fattela passare.»

Montecchi aveva riaperto gli occhi due ore e dieci minuti dopo, quando atterrarono sul greto del fiume Roja, a Ventimiglia.

Lui e Anna, seduti sui sedili posteriori di una Jeep Renegade della polizia, superarono il cancello d'ingresso della Beyond alle cinque di quel pomeriggio.

Montecchi notò che c'erano già alcune troupe televisive e diversi giornalisti: inevitabile.

E vide sul cellulare che anche Fiorilli lo aveva chiamato mentre era irraggiungibile, a occhi chiusi, in volo.

Silenziò il telefono, non voleva distrazioni.

La luce del giorno si stava esaurendo e Anna osservò che lui (sì, proprio non riusciva a chiamarlo Piero neanche nei suoi pensieri) si era perso un viaggio sensazionale, sul mare, mentre il sole era vicino al tramonto. Come avesse fatto a tenere le palpebre sigillate per due ore era un mistero.

Quando scesero dalla Jeep, nel piazzale della Beyond, Montecchi notò almeno cinque o sei auto della polizia e altrettante senza contrassegni.

«Quelli sono il procuratore e il questore di Imperia» lo informò sottovoce Anna mentre si dirigevano verso l'ingresso, indicando con la testa due uomini che parlavano fra loro in disparte.

«Li conosci?»

«No, ho visto le foto. Per riconoscerli. E per evitarli.»

Anna s'identificò con gli agenti che presidiavano l'entrata della Beyond e passò assieme a Montecchi, fermandosi nell'atrio.

«Dove...»

«Vieni con me, conosco la strada» le disse lui, avviandosi verso l'ascensore.

Che però era stato bloccato per gli accertamenti degli specialisti della Scientifica, i quali forse cercavano delle impronte digitali, pensò vedendo due uomini in tuta bianca affaccendati dentro la cabina.

Così fu Anna a chiedere ai colleghi dove fossero le scale, che, come uscita d'emergenza, arrivavano in un angolo buio del grande ufficio di Venturi.

Che apparve dopo tre rampe.

Anna si diresse verso due persone, in borghese, che parlottavano fra loro, mentre altri otto componenti della Scientifica lavoravano in ogni parte dell'ufficio.

Quel posto era uguale a come se lo ricordava.

Peccato che il grande, bellissimo tappeto persiano in mezzo alla stanza fosse ricoperto da un'enorme macchia scura.

Il sangue, si sa, macchia.

E quello era tanto sangue.

«Professore,» disse Anna, tornata da lui assieme a un'altra donna, più o meno della sua età, ma più bassa di lei, che teneva in mano una cartellina azzurra «lei è Maria Braccesi, capo della squadra mobile di Ventimiglia.»

«Piero Montecchi» si presentò lui, semplicemente, allungando la mano per salutarla.

La donna abbozzò un sorriso e ricambiò il saluto con cortesia prima di parlare: «Quando è arrivata la notizia, mi aspettavo di trovare il mondo, compresi questore, procuratore e decine di giornalisti, ma l'UDI proprio no. Che ci fa qui l'Unità delitti insoluti? Questo non è un "caso freddo". Spero anzi, con tutto il rispetto, che non lo diventi mai».

Ovviamente fu Anna a risponderle: «Abbiamo in carico il fascicolo del 2003».

«Nel 2003 andavo all'università» rispose la collega senza sottintesi, ma solo per quello che era: un dato di fatto.

«La strage della famiglia della vittima di oggi: quella in cui morirono la sua matrigna e le sue sorellastre, e per cui venne imputato e poi assolto suo padre, Giovanni Venturi.»

«Sì, ricordo di aver letto qualcosa. Avete dei collegamenti specifici con questo caso?»

Montecchi notò che parlando aveva alzato lo sguardo al soffitto e incrociato le braccia. Stava mentendo: sapeva benissimo cos'era successo lì vicino, nella casa della famiglia Venturi, nel 2003.

Chissà perché fa finta di non saperlo?, si chiese Montecchi, che alla voce "domande senza risposta", un elenco infinito nel suo cervello, aggiunse anche quella.

Anna minimizzò, rispondendo alla collega: «Forse. Intanto vorremmo capirci qualcosa. Ci racconti?».

Montecchi non aveva nessuna intenzione di parlare, solo di ascoltare e guardarsi intorno.

Era tutto come l'ultima volta in cui era stato lì, e non c'era nessun segno di effrazione o di colluttazione.

Fece un riepilogo mentale: la scrivania, il grande schermo piatto del computer, i libri, la colonna su cui poggiava la teca trasparente che conteneva l'urna con le ceneri del padre e l'inquietante Cubo di Metatron impresso sopra.

Poi cercò di non riguardare l'enorme tappeto dai disegni elaborati ora coperti dal sangue.

Maria Braccesi iniziò a parlare.

«Il corpo di Riccardo Venturi è stato trovato dal servizio interno di pulizie intorno alle cinque di questa mattina. Il delitto, particolarmente efferato, è presumibilmente avvenuto nell'arco di tempo compreso fra le ventidue di ieri sera e l'ora del ritrovamento del cadavere.»

«Cosa vi fa essere così precisi?» chiese Anna.

«Alle ventidue ha congedato l'ultimo impiegato della sua segreteria dicendo che lui, invece, si sarebbe trattenuto perché aveva da fare. Nessuno l'ha più visto o sentito da quel momento.»

«Hai detto che è un delitto particolarmente efferato.»

La dirigente della Mobile di Ventimiglia parve turbata: «Parecchio. Non avevo ancora mai visto una cosa del genere. Anche per quello abbiamo detto al medico legale di fare in fretta, per portare via il corpo il prima possibile.»

«Che gli hanno fatto?»

«Gli hanno strappato gli occhi e la lingua. E, per dirla con le parole dell'uomo delle pulizie che l'ha trovato, sembrava che avesse le ali.»

«In che senso?»

«Gli hanno strappato la pelle in due verso l'esterno, proprio a metà, e gli hanno aperto la schiena.»

«Merda» disse Anna.

«E il medico legale ci ha detto poi che gli hanno asportato in modo grossolano degli organi, una cosa strana: le due ghiandole surrenali che si tro...»

Montecchi continuò a tacere, pur avendo il fuoco dentro, mentre la dirigente dell'UDI cercava con difficoltà di mantenere lo stesso tono di voce neutro: «Cosa vi hanno detto quelle?» chiese indicando le piccole telecamere in ogni angolo dell'ufficio.

La sua collega sospirò, incrociando le braccia sul petto: «Niente».

«Come *niente*?» si inquietò Anna.

«Hai capito bene: niente. Sono state disattivate alle 22.07 di ieri sera. L'ultima immagine di Venturi in vita è lui che scrive al computer.»

«Le ha staccate lui?»

«No, non ci risulta.»

«E chi è stato?»

«Non lo sappiamo, ci stiamo lavorando. E poi c'è un'altra cosa strana.»

«Quale?»

«Nello stesso momento sono state disattivate tutte le telecamere di sicurezza, dentro e fuori l'azienda.»

«E non se n'è accorto nessuno?»

Il capo della Mobile scosse la testa: «Quelli della sicurezza dicono che nella sala controllo i loro schermi funzionavano regolarmente».

«E che avrebbero visto?»

«Venturi nel suo studio al lavoro.»

«Per tutta la notte?»

«Sì. Dicono anche che non era la prima volta. Lavorava spesso di notte.»

«E le telecamere fuori di qui?»

«Dicono di non aver notato niente di diverso dal solito.»

«Potete capire chi è stato a disattivarle tutte in questo modo?»

«Ci stanno lavorando, ma credo che non sarà facile.»

«Merda» ripeté Anna.

Maria Braccesi doveva essere una che non si arrende, pensò Montecchi, perché la notò chiaramente mentre soffocava un sorriso.

«Ma abbiamo una pista.»

«Quale?» si rianimò Anna.

«Le nostre, di telecamere, funzionavano benissimo stanotte, anche quella sull'Aurelia, proprio all'altezza della deviazione con via delle Ginestre.»

È la strada che porta qui, osservò fra sé Montecchi, sempre silenzioso ma attentissimo alle parole e all'atteggiamento della dirigente di polizia, al momento abbastanza collaborativa, tranne quell'evidente bugia sulla sua presunta conoscenza approssimativa dei delitti del 2003.

«Ho messo a lavorare un paio dei miei» continuò la donna «per vedere le immagini di quella telecamera, fra le ventidue e le cinque.»

«E...?»

«E abbiamo trovato una macchina che imbocca via delle Ginestre alle 22.18 minuti di ieri e ne esce alle 3.54 minuti di stamattina.»

Maria Braccesi aprì la cartellina azzurra che teneva in mano ed estrasse l'immagine ingrandita che aveva colto la telecamera. In realtà erano due immagini e riportavano ora e data di quando erano state scattate.

E che mostravano i volti, seppur sgranati nell'ingrandimento, di due persone sui sedili anteriori che Anna, e soprattutto Montecchi, riconobbero subito.

«Sono Lorenzo e Flavio Venturi» disse lei, omettendo il grado di parentela perché loro, adesso, sapevano che non erano figli di Riccardo.

Sempre che fossero figli di qualcuno.

Stavolta fu la collega di Ventimiglia a cercare di nascondere la sorpresa: «Conoscete i figli della vittima?».

«Sappiamo chi sono» fu evasiva Anna.

«Però» aggiunse l'altra «la guardia di sicurezza, di turno stanotte al cancello, sostiene di non aver fatto passare nessuno in quegli orari.»

«Strano.»

«Comunque potrebbero dirci qualcosa su quello che è successo qui stanotte.»

L'uso del condizionale allertò Anna: «Non li trovate?».

«Per ora, no. E sono potenziali testimoni, non sospettati. Al momento. Il magistrato di turno ha aperto un fascicolo per omicidio volontario, ma senza indagati.»

Anna e Piero si guardarono per un secondo, ma Maria non se ne accorse perché stava rimettendo nella cartellina le immagini della telecamera.

«Abbiamo emesso un avviso di ricerca su tutto il territorio nazionale e segnalato il caso anche ai nostri colleghi oltre il confine» aggiunse.

«Pensi siano andati in Francia?» chiese Anna.

«Uno dei due, mi pare quello che si chiama Lorenzo, studia e vive là» rispose la collega.

«Dove?» scappò a Montecchi, intervenendo così nella conversazione fra le due poliziotte per la prima volta.

«Alla Sorbona, a Parigi. Perché?»

Montecchi ignorò la domanda.

«E l'altro ragazzo?»

«Studia alla Sapienza, a Roma.»

Anna e Montecchi si guardarono di nuovo, pensando la stessa cosa che però non potevano dire: avevano appena trovato il collegamento che stavano cercando.

Con la scusa di fumare, che poi tanto scusa non era, Montecchi e la Orsini uscirono sul piazzale della Beyond.

«Ti rendi conto?» considerò lei.

«Mi rendo conto» annuì Montecchi, osservando il fumo che si perdeva nell'aria della sera.

«Dobbiamo dirglielo.»

«Non abbiamo alcuna prova, lasciamoli lavorare. Li stanno cercando, li troveranno e allora potremmo anche...»

Anna lo interruppe: «Maria deve sapere che nei delitti di Roma e Parigi, dove peraltro vivono quei due, sono accadute le stesse cose».

«Lo saprà a breve, vedrai. O magari lo sa già e fa come noi: non vuole dircelo immaginando che tu non lo sappia. Ed è probabile, perché tu sei l'Unità delitti insoluti e non indaghi su quegli omicidi.»

Anna invidiò la lucidità di Montecchi: superava lei, che si riteneva già abbastanza quadrata.

«Chi sono quei due?» disse alla fine.

Lui fece una smorfia che voleva essere un sorriso amaro: «Di sicuro non possono essere i figli di un uomo che è stato operato di vasectomia pochi mesi prima del presunto concepimento. Difficile fare dei bambini senza gli spermatozoi».

«Ma è davvero un'operazione irreversibile?»

«Sì. La letteratura medica dice che teoricamente si potrebbe anche fare un altro intervento per tentare di tornare come prima, ma di fatto è irreversibile. E anche se non lo fosse, qui i tempi non ci sono. Fai la vasectomia ad agosto, ma subito cambi idea e a settembre concepisci non uno, ma due figli? Improbabile, per non dire impossibile.»

«E quindi chi sono Lorenzo e Flavio Venturi?»

«Cloni.»

«E di chi?»

Montecchi sorrise, stavolta davvero, e buttò il mozzicone lungo la breve scalinata d'ingresso della Beyond.

Poi rimase a fissarlo.

«Ci sei?» chiese Anna.

Lui si strinse nel trench imbottito, faceva freddo.

«Hai presente il discorso che ti ho fatto a Roma? L'adrenalina e via dicendo?»

«Sì, certo.»

«E se avessimo sbagliato tutto?»

«Cosa?»

«Da dove vengono Lorenzo e Flavio Venturi, per esempio. E a cascata tutto il resto.»

Anna non capiva e tacque.

Ma certo, pensò Montecchi, *torna tutto lo stesso. E ora nel quadro ci sono anche i delitti di Roma e Parigi.*

Si accese un'altra sigaretta.

«Ci vorranno mesi, a voi della polizia, per capire cosa c'è dentro quest'azienda...»

«Professore?»

«... prima ho sentito un tuo collega dire che ci sono cinque piani sotterranei...»

«Professor Montecchi?»

«... e non sanno nemmeno da...»

«Piero?!» sbottò Anna con evidente esasperazione.

Lui la guardò.

«L'ha fatto su se stesso l'esperimento, Anna. Non aveva bisogno di suo figlio. Il genio era lui, il tesoro era suo. Il padre cellulare di Lorenzo e Flavio Venturi è il nonno. Sono cloni di Giovanni Venturi, il genio della fisica e di chissà cos'altro.

Anna rimase a bocca aperta.

«Ha creato i suoi cloni, sì, ma ha passato loro anche i suoi geni. E la sindrome di Capgras. Pensa a quanta fame di adrenalina avranno avuto quei due in tutti questi anni. E quanta ancora ne hanno. Tanto da arrivare a uccidere un uomo che sapevano non essere il loro vero padre e, prima, le due persone che i loro geni, quelli del nonno, odiavano di più al mondo: Gambassi e Colmart, i colleghi del gran rifiuto, quelli che dissero no alla Beyond e al sogno di Venturi. Sembra un film, Anna, ma torna tutto. Pare incredibile, sì, ma è così.»

«Questa storia non finisce mai» commentò lei.
Montecchi cercò di trovare il mare con lo sguardo.
Sapeva che era là, oltre il buio.
Ma non lo vedeva.
Proprio come la verità.
«Infatti, Anna, abbiamo appena iniziato.»

26

La macchina di Lorenzo e Flavio Venturi, un'Audi A3, venne intercettata da una pattuglia della polizia stradale alla fine dell'autostrada A4, a Trieste, ma non venne fermata subito.

I due ventenni furono seguiti lungo il raccordo che collegava Trieste a Gorizia. Il blitz scattò quando fu chiaro che l'auto dei fratelli si stava dirigendo verso il confine fra Italia e Slovenia, attraverso piazza della Transalpina, nel centro di Gorizia, là dove una volta c'era un vero e proprio muro a dividere i due Paesi.

Erano ancora formalmente considerati dei testimoni ed erano ricercati per essere ascoltati dalla polizia in merito alla loro presenza sul luogo del delitto, nell'orario presunto dell'omicidio del padre.

Dovevano muoversi con i piedi di piombo, perché i due ragazzi avrebbero potuto sostenere, con probabilità di successo, che in realtà erano andati per qualche motivo a casa del padre.

Tesi sostenibile, peraltro, dato che la polizia non aveva trovato nessuna prova che collocasse i due fratelli Venturi dentro la Beyond.

E non la trovava perché non sapeva, e non lo poteva sapere dato che era noto solo alla famiglia, che c'era un collegamento diretto, sotterraneo, fra la casa e l'azienda, attraverso il quale i ragazzi erano passati senza che nessuno li vedesse.

Come fossero state spente le telecamere della Beyond, be', anche quello restava un mistero, dato che la criptazione di quei particolari dati, all'interno dei server della sicurezza interna, era di un livello mai visto dai tecnici informatici della polizia.

E comunque tutto sarebbe stato inutile poco tempo dopo, perché se Lorenzo Venturi aveva dato una giustificazione plausibile dell'accaduto, Flavio, separatamente, in un'altra stanza della questura di Gorizia, era scoppiato a piangere e aveva confessato l'assassinio del padre, sostenendo di averlo commesso assieme al fratello.

Ma Flavio e Lorenzo Venturi non avrebbero mai risposto alla domanda sul perché l'avessero fatto e perché proprio in quell'orrendo modo.

Né sarebbero mai arrivati al processo, perché solo qualche settimana più tardi, in due carceri diverse, i due fratelli avrebbero avvertito un forte malore e sarebbero stati ricoverati in ospedale.

La diagnosi, per entrambi, sarebbe stata durissima, molto più dell'ergastolo che avrebbero rischiato: leucemia acuta promielocitica, una forma particolarmente aggressiva di tumore del sangue.

I medici, peraltro, sarebbero rimasti molto sorpresi perché avevano fatto subito la diagnosi giusta e, proprio per questo, erano convinti di salvarli, ma nessuno dei due ragazzi avrebbe risposto alle cure con trasfusioni di concentrati piastrinici, plasma fresco congelato ed emoderivati.

Dai due ospedali non solo non sarebbero usciti più, ma vi sarebbero morti in soli quattro giorni dopo la diagnosi.

Impedendo di conoscere la verità sui delitti di Roma e Parigi e sulla loro nascita.

Anzi, per l'esattezza, sulla loro creazione.

«Li hanno presi» esultò Maria Braccesi, uscendo dalla Beyond.

«Dove?»

«A Gorizia, volevano superare il confine e sparire.»

«Un mossa esagerata per dei semplici testimoni» intervenne Montecchi, continuando senza successo a cercare di vedere il mare.

«Vado là, ci voglio parlare.»

«Buona fortuna» le augurò lui, che non era superstizioso.

«In bocca al lupo anche a lei» rispose irritata la dirigente della Mobile, che invece lo era eccome.

«Teniamoci in contatto» disse ad Anna e sparì.

La responsabile dell'UDI e Montecchi rimasero soli, su un lato del grande piazzale davanti alla Beyond, lontani da orecchie indiscrete.

«Che facciamo ora?» chiese lei.

«Possiamo fare poco» replicò Montecchi, dopo un momento di riflessione. «Però forse abbiamo risolto tutti i delitti di questa storia.»

«Tu dici?»

«Ventimiglia 2003: l'assassino è Giovanni Venturi, secondo tuo padre. Parigi, Roma e oggi: gli assassini sono Lorenzo e Flavio Venturi, secondo la logica. I tuoi colleghi troveranno presto la connessione e gliela contesteranno.»

«E il movente? A parte quella che tu chiami fame, intendo...»

«Ipoteticamente, ma tanto qui si parla ormai solo per ipotesi, Giovanni Venturi clona se stesso e i due prodotti della clonazione diventano i suoi nipoti. Non sappiamo se i cloni dell'uomo pensino anche le stesse, identiche cose del loro creatore, ma immaginiamo di sì: quindi Venturi senior passa ai suoi cloni non solo la sindrome di Capgras ma anche una rabbia profonda, coltivata negli anni, verso i suoi colleghi che rifiutarono di unirsi a lui. Ecco anche un movente...»

«Suggestivo» aggiunse l'aggettivo Anna.

«Sì, suggestivo, lo dico io per primo. Ma in via del tutto astratta ci sta, si spiega. E si spiegherebbe anche la contemporaneità dei fatti. I cloni avevano gli stessi desideri e le stesse volontà nello stesso momento.»

«Teoria affascinante. E inquietante» convenne Anna.

Montecchi scrollò le spalle, anche per un brivido improvviso causato dal freddo umido che, da quelle parti, sembrava arrivare fino alle ossa: «Mi sono dimenticato qualcosa?».

Lei ribatté: «E i suicidi, se lo sono stati davvero? Il poliziotto che intervenne nella villa nel 2003, il procuratore di Imperia che si sparò per la vergogna di aver indirettamente contribuito a far assolvere un assassino? Chi pagherà per loro?».

Montecchi la guardò: la sua volontà era encomiabile.

Ma...

«Nessuno, Anna» concluse.

Si aspettava una reazione tra il furioso e l'indignato, quando la suoneria del cellulare le impedì di ribattere.

Istintivamente, si allontanò per rispondere.

Non abbastanza lontana, però.

Non abbastanza per evitare che Montecchi la sentisse quasi gridare: «Che cosa?».

Tornò dalla telefonata, se possibile, ancora più sconvolta di quanto già non fosse.

«Io...»

«Che succede, Anna?»

Cercava le parole adeguate, si vedeva benissimo.

Alla fine le vennero.

«Era il mio amico, il capo della Mobile di Sanremo.»

«E...?»

«Un'ora fa hanno trovato morto il dottor Ricci, quello della clinica dove Venturi si era operato di vasectomia. Quello con cui abbiamo parlato prima» e pronunciò l'ultima frase con rabbia mista a stupore.

O forse paura, pensò Montecchi.

«Morto? Morto come?»

Anna si accese l'ennesima sigaretta di una giornata che sembrava non finire mai.

Montecchi la imitò.

«Un infarto o un aneurisma cerebrale, ancora non si sa. Dovranno fargli l'autopsia per capirlo. Mi ha detto solo che la moglie era preoccupata perché dovevano andare a un appuntamento e così aveva chiamato la sua segretaria. Che l'ha trovato per terra, senza vita, nel suo ufficio.»

I due si fissarono.

«Tu credi alle coincidenze, professore?»

Lui alzò il suo solito sopracciglio: «No. Credere alle coincidenze rappresenta solo il desiderio irrazionale dell'uomo di dare una spiegazione a qualcosa che non riesce a capire. L'essere umano, da sempre, è alla continua ricerca di controllo su una vita che gli sfugge di mano. Io credo solo alla Scienza, che spinge tutti noi a farci sempre nuove domande e a trovare nuove risposte».

«Quindi non c'è una spiegazione del fatto che quel medico è morto proprio ora, poche ore dopo aver parlato con noi di Venturi e dei suoi figli-non figli, giusto? Tutto casuale.»

«È morto di infarto o di un aneurisma, come ha detto il tuo amico. Un malore. L'autopsia ce lo dirà, ora è inutile preoccuparsi.» Montecchi ostentò tranquillità, ma la tempistica, se non proprio inquietante, era quantomeno singolare.

«Io, se permetti, mi preoccupo» replicò lei.

«Che altro ti ha detto?»

«Che sarà stato sicuramente un malore e tutto finirà lì. In caso contrario mi dovrò trovare una buona scusa, perché il suo cellulare potrebbe rivelare che il capo dell'Unità delitti insoluti di Roma lo ha contattato poche ore prima di schiattare. E quindi il capo della suddetta unità, cioè io, potrebbe essere chiamato a spiegare il motivo di quella telefonata.»

Montecchi provò a rassicurarla: «Io starei tranquilla. Sarà stato un malore e finirà tutto in una bolla di sapone».

Anna lo fissò: «Come le altre strane morti, vuoi dire? Tipo quel mio collega che si è impiccato con i piedi che toccavano terra? E se qualcuno ci stesse controllando, *mi* stesse ascoltando? Sentisse le mie telefonate e...».

Ora stai attento a come le rispondi, si disse Montecchi.

Decise di dirle come la pensava davvero, senza indorare la pillola.

Non completamente, diciamo.

«Ascolta, se anche ci fosse qualcosa di strano, e non c'è niente che possa farcelo pensare se non la coincidenza temporale, non credi che a quest'ora, prima di arrivare al punto in cui siamo arrivati, avrebbero potuto fare del male anche a noi due?»

Lei rifletté: «No, perché in effetti non abbiamo in mano alcuna prova».

«Esatto. Tranne quella foto che tuo padre ci ha passato di nascosto e che ci avrebbe condotto da Lorenzo e Flavio Venturi, se quei due non avessero fatto tutto da soli. Forse avremmo potuto risolvere la storia dei cloni, ma poi… stop, fine.»

«E il documento che ti ha dato mio padre? L'ultima pagina del contratto che lega la Beyond ai militari?»

Montecchi agitò una mano nell'aria, come a cercare di catturare una mosca che non c'era: «C'è scritto poco o niente. Magari la cosa importante davvero, quella che lui voleva farti arrivare, era l'altra, la foto dei fratelli Venturi».

«O magari c'è qualcosa che non sappiamo ancora» obiettò lei.

«Ci sono un sacco di cose che non sappiamo ancora, Anna.»

«E guarda caso riguardano tutte la Variante. Ci siamo concentrati sui fratelli Venturi, ma il Progetto Variante?»

Montecchi ammise: «Su quello siamo fermi. E dubito che riusciremo ad andare oltre».

Oltre: cominciava a odiarla quella parola, pensò.

«E se i Venturi, i cloni, fossero solo un effetto ottico? Un escamotage, un trucco per tenerci occupati e distrarci?» continuò lei.

Montecchi recepì le parole di Anna e cercò di cogliere la completezza del suo ragionamento: «Se così fosse, be', ci sono riusciti».

«Intendiamoci,» proseguì la donna «tutta la storia dei Venturi è orrenda, dal 2003 a oggi, fra assassini, terribili violazioni etiche della *tua* Scienza, e la realizzazione della clonazione umana. Ma, lo hai detto tu, ormai si era a un passo dal raggiungerla. E quindi: che cosa c'è di ancora più importante dietro la Variante e il suo Cubo? Talmente importante da rendere secondaria la clonazione umana?»

Si accese un'altra sigaretta e valutò che, oggettivamente, la narrazione di Anna aveva un senso.

«La Variante è sostanzialmente questo: soldi per la Beyond in cambio di una rivoluzionaria tecnologia per..., boh, la NATO? I militari? I governi occidentali? Non lo sappiamo» concluse.

«Ma chi controlla chi?» chiese Anna.

«Non sappiamo neanche questo.»

«E a che scopo?»

«E tre. Se vuoi lo ripeto di nuovo. Non. Lo. Sappiamo. E probabilmente non lo sapremo mai.»

Anna non si arrese: «C'è una frase che mi hai raccontato e che mi è rimasta impressa».

«Quale?»

«Quella di Riccardo Venturi a proposito di suo padre.»

«Me ne ha dette tante.»

«Una me la ricordo e mi gira per la testa. Ti ha detto che suo padre è stato un genio che si è sacrificato.»

Montecchi la corresse: «Per la precisione, quando l'altro giorno mi sono presentato a sorpresa da lui e ci ho trovato anche i due figli-non figli, come li definisci tu, mi ha testualmente detto che suo padre era uno scienziato che ha fatto cose straordinarie, un genio che ha sacrificato la sua vita per il mondo e per la Scienza».

Anna lo guardò: «Allora è rimasta in testa anche a te».

Montecchi, effettivamente sorpreso per la chiarezza del suo ricordo, lo ammise: «A quanto pare».

«Significa che, forse, e sottolineo forse, ci è rimasta in testa perché ci stiamo facendo la stessa domanda.»

«Dài, falla.»

«Giovanni Venturi era un genio che si è sacrificato, okay. Ma per cosa? Perché suo figlio ha usato proprio questo termine?»

Montecchi, che in effetti, quasi inconsciamente, si era posto la stessa domanda, fu interrotto un'altra volta dallo squillo del telefono di Anna.

La vide guardare il display, rispondere "Ciao" e ascoltare prima di guardarsi intorno.

«Aspetta, cerco una stanza dove parlare senza problemi. Ora sono all'aperto. Ti richiamo fra un secondo.»

E riattaccò.

I suoi occhi correvano lungo tutto l'esterno della Beyond.

«Che succede?» chiese Montecchi.

«Era Michi, dice che vuole riferirci una cosa importante sulla firma del documento nella chiavetta USB.»

«Quale firma?»

«Quella di Giovanni Venturi.»

«E quindi?»

Anna lo fissò: «Pare che sia una firma vera».

Montecchi resse lo sguardo: «I morti non firmano i contratti. Non è possibile».

«Guarda dove siamo» e indicò in alto con un dito.

Montecchi alzò lo sguardo.

Il logo dell'azienda, con la scritta Beyond, incombeva su di loro.

Quando riabbassò la testa, vide che lei lo guardava.

Poi parlò.

«Siamo oltre.»

27

«Parla.»

Anna e Montecchi si erano chiusi nel bagno dei disabili al piano terra della Beyond; lei aveva richiamato Michi, mettendolo in vivavoce così da poterlo ascoltare entrambi.

Aveva abbassato il volume quasi al minimo, rendendo difficile capire le parole del poliziotto della Scientifica, e questo costruiva una scena alquanto singolare, dato che i due erano praticamente appiccicati e vicini allo schermo del cellulare.

Michi Arduini, il mago dei computer del Compendio Tuscolano, iniziò a parlare: «Allora...».

Sembrava avere parecchio da dire e che non sapesse da dove cominciare.

«Come ti dicevo, sono riuscito a parlare subito con il mio amico grafologo, quello che fa il perito per la procura di Milano. Era a casa, in convalescenza perché è stato investito da un'auto in bicicletta ed è fermo con una gamba rotta. Mi ha detto che si rompeva le scatole a stare a casa a non far niente, e così ho colto l'occasione per chiedergli se poteva valutare in breve tempo una cosa per me. Mi ha risposto "Anche subito". Così gli ho mandato per mail il documento che era nella chiavetta...»

«Quello con gli *omissis*, spero» disse Anna.

«Certo, credi sia stupido?»

«No. Però ogni tanto fa bene avere delle conferme.»

«Va be', insomma. Gli ho mandato quello e ovviamente anche l'altro, che mi hai dato tu, per confrontare la firma.»

«E...?»

«E mi ha richiamato dopo un po', tenendomi un'ora al telefono. Poi sono subito venuto in ufficio da te, ma i tuoi colleghi mi hanno detto che eri andata via.»

Silenzio.

«Ma hai saputo che hanno ammazzato quello della Beyond? Me l'hanno scritto alcuni miei amici su Telegram. È come se fosse stato assassinato Elon Musk o Bill Gates o...»

«Michi...» lo bloccò Anna.

«Sì?»

«Vai avanti, per favore, non ho molto tempo.»

Il ragazzo si riconnesse alla realtà: «Ma sei andata a Ventimiglia pure tu? Nella roba che c'era nella chiavetta si parlava anche della Beyond! Dài, non...».

«Michi, per favore.»

«Okay, okay, però quando torni voglio sapere.»

«Immagino che on line troverai già tutte le notizie che vuoi su questa storia.»

«Sì, ma se tu sei là... Wow...»

«Michi...»

Montecchi silenziò il microfono premendo un tasto sul display: «Questo ragazzo pare più un nerd dell'informatica che un poliziotto» sbottò, irritato per le sue continue divagazioni.

Lei alzò gli occhi al cielo: «Lo so, lo so, ma è il più bravo di tutti, credimi».

«Non lo metto in dubbio, però...»

Anna riattivò il microfono proprio mentre Michi ricominciava a raccontare.

«Va be', dicevo del mio amico. Ha visto quello che gli ho mandato, mi ha richiamato e mi ha confermato quello che immaginavo e ti avevo anticipato, cioè che da un file PDF, da un file di testo sostanzialmente trasformato in immagine, non si può capire se la firma è vera.»

«E la comparazione con quell'altra firma che ti ho dato?» chiese Anna.

«Lui dice che c'è troppa differenza temporale fra le due ed è inutile anche solo farla, la comparazione, dato che il modo di firmare può cambiare nel tempo. Te l'avevo detto anche io, ricordi?»

«Ma tu prima hai specificato che...»

«... la firma è vera?» finì la frase il poliziotto.

«Sì.»

«E secondo te perché il mio amico mi ha tenuto un'ora al telefono? Per spiegarmi una cosa che non sapevo. Il motivo per il quale, secondo lui, non può essere un falso.»

«Spiega.»

«Premessa. Lui mi ha chiesto che cosa fosse quel foglio, quello con gli *omissis*, perché la discriminante del suo ragionamento era quella.»

«E tu cosa gli hai risposto?» domandò Anna.

«Gli ho detto quello che ho capito, leggendo le parti senza *omissis* e guardando il formato della pagina. Le firme, la data e tutto il resto. Mi pare evidente che sia l'ultima pagina di una specie di contratto. Cos'è che si firma, di solito, sull'ultima pagina? Un contratto, no?»

«È una specie di contratto, hai ragione, e quindi? Che ha scoperto il tuo amico?»

«Allora... Come ti dicevo, lui collabora con la procura di Milano come perito calligrafico e ha avuto parecchie volte a che fare con cose di questo tipo.»

«E dunque?» Anna iniziava a spazientirsi, Montecchi taceva e ascoltava, a braccia incrociate, nervoso.

«Lui dice che se quello è un contratto, la firma, per consentire la riconducibilità al suo autore e in base a precise norme del codice dell'amministrazione digitale, dev'essere autografa, ossia fatta di pugno dallo stesso.»

«Sarebbe a dire?» chiese lei aggrottando la fronte.

«Una firma che poi viene scansionata e aggiunta in seguito a un documento, digitalmente, non ha alcun effetto né valore per la legge, e un contratto firmato in questo modo si può considerare mai stipulato. Sarebbe nullo, inesistente. Carta igienica per pulirsi il...»

«Ho capito, Michi, ho capito.»

«Quindi quella firma dev'essere per forza vera, a meno che i firmatari non lo sapessero o fossero ben consapevoli che quello che stavano firmando non valesse niente. Fregandosene.»

«Scusa, Michi,» Anna non si arrese «però non è sempre così. Nelle multe o in una cartella esattoriale che ti arriva a casa, al posto della firma degli agenti accertatori o del pubblico ufficiale c'è solo l'indicazione del nome e cognome, al massimo con il numero di matricola.»

«È l'obiezione che ho fatto anch'io a lui. Lo so bene, data la quantità industriale di multe che prendo...»

«E lui che ti ha detto?»

«Che quelli sono atti di pubblica amministrazione ed è la legge italiana stessa che, per semplificare e snellire le procedure burocratiche, consente che siano sottoscritti senza l'impiego di una penna e dell'inchiostro, ma solo con l'indicazione del nominativo per esteso dell'ufficiale che ha redatto il documento. Per la validità di quel tipo di atti è sufficiente che sia certa la riconducibilità dell'atto stesso, indipendentemente dal tipo di segno grafico apposto.»

Anna capì dove voleva andare a parare: «Ma questo è un atto privato».

«Esatto. E la firma dev'essere vera, reale, altrimenti il contratto non vale niente.»

Anna e Montecchi si guardarono.

«Grazie, Michi, ora devo rispondere a un'altra chiamata. Ci sentiamo presto» e chiuse la telefonata interrompendo a metà il «Prego» del suo collega.

«Che ne pensi?» chiese lei, guardandolo con aria dubbiosa.

«Che dobbiamo uscire da qui. Così ci accendiamo una sigaretta ed evitiamo anche che qualcuno che ci ha visti entrare insieme nel bagno e starci un bel po', possa pensare chissà cosa.»

Montecchi, poco dopo, stava fumando all'aperto e riflettendo ad alta voce: «Il tuo collega sostiene che scansionare una firma, attaccarla su un file e poi stampare il documento potrebbe non avere valore legale. Ho capito bene?».

«Sì, ha detto questo. Ma io non ne sarei così sicura. Mi pare più che altro una questione formale che, nella nostra storia, conta poco. Alla gente che ha firmato quel foglio penso che interessasse la sostanza più della forma. Che importa se quella firma ha valore legale o no?»

Montecchi annuì e puntò la Gauloise verso Anna, per rafforzare il concetto della parola con il gesto: «Infatti, secondo me è un falso problema. La domanda da porsi è un'altra».

«Quale?»

«A che scopo? Perché mettere anche la firma di Giovanni Venturi su quel documento? Potevano tranquillamente farne a meno, no?»

Anna ipotizzò: «Perché ne avevano bisogno? Perché serviva proprio la sua firma?».

«Della firma di un morto? Uno che, ti ricordo, non aveva più da tempo alcuna carica, esecutiva o formale, nella Beyond. Tanto più che c'è anche la firma del figlio Riccardo, che era già l'amministratore delegato. Sarebbe dovuta bastare quella, non credi?»

Anna rimase in silenzio a pensare. Montecchi continuò, sempre più dubbioso: «O forse Giovanni Venturi non è mai morto. Il fatto che la firma sia presumibilmente vera è un dato oggettivo».

«Un dato oggettivo, ma presunto. Un dato oggettivo vero, reale, è che noi, te lo ripeto un'altra volta, abbiamo un testimone che ha visto con i suoi occhi il cadavere di quell'uomo prima che fosse infilato nel forno crematorio!» ribatté Anna, alzando il tono della voce.

«E allora perché c'è quella firma su quel foglio? Vera o falsa che sia, dimmi: perché? Dammi una spiegazione plausibile.»

Silenzio.

«Non lo so» ammise lei dopo qualche secondo.

«Quel contratto è una sorta di scambio merci: soldi in cambio di qualcosa. Lo chiedo ancora, a te e a me stesso: a cosa serviva metterci anche la firma di Giovanni Venturi? Che bisogno c'era?» ribadì Montecchi.

«Perché ci doveva essere per forza anche lui» disse a bassa voce Anna.

«Sì, questo è il dato oggettivo. Il vecchio Venturi ci doveva essere per forza: amministratore delegato o pensionato, vivo o morto. Ci doveva essere la sua firma. Ma perché, Anna?»

Anna Orsini scivolò in un silenzio stanco e gonfio di continue domande, a cui non sapeva dare una risposta sensata.

Vide Montecchi appoggiato con una spalla al muro d'angolo dell'entrata, impegnatissimo come suo solito a guardare nel vuoto con una sigaretta fra le dita; cosa che, ormai l'aveva capito, voleva dire che stava pensando.

«Sai la sola cosa che mi fa piacere in questo momento?» disse Anna nel silenzio che aveva avvolto quel luogo, come se la morte del capo avesse cristallizzato la Beyond e tutti i suoi misteri.

«Quale?» chiese Montecchi, continuando a guardare altrove.

«Che almeno, forse, l'abbiamo fatta finita con quei poveri ragazzi usati come cavie in questo posto.»

«Tu dici?»

«Ho detto forse.»

Anna gli si avvicinò.

«Ma che stai facendo?» gli chiese.

«Sto cercando di vedere il mare. Dovrebbe essere là, da qualche parte.»

E da qualche parte c'era anche la verità che la sua mente stava disperatamente cercando.

Montecchi si accorse che stava costruendo un complicatissimo puzzle con mille tessere, alcune che aveva raccolto in città lontane centinaia di chilometri fra loro, e chissà quante altre mancanti.

Roma, Parigi, Verona, Aviano, Ventimiglia.

Uno scienziato che aveva fatto cose straordinarie.

Un genio che si era sacrificato per la Scienza.

Una tecnologia rivoluzionaria su cui tutti volevano mettere le mani, ma che uno solo possedeva.

Una tecnologia che non sarebbe dovuta esistere per altri vent'anni.

Tante tessere, un'infinità.

Ma la Variante non poteva ambire solo alla clonazione dell'uomo perché, nonostante fosse una tecnologia rivoluzionaria, la Natura e la Scienza avevano trovato comunque il modo di difendersi.

Ed era stata realizzata solo una clonazione imperfetta, perché, alla fine, le cellule generavano cloni disperatamente affamati dell'unica sostanza che permetteva la loro sopravvivenza: l'adrenalina. Prodotta, per ironia del destino, solo dall'essere umano, l'uomo che i cloni un giorno forse avrebbero potuto sostituire.

Era imperfetta perché li rendeva anche degli assassini.

Degli assassini affamati.

E quindi no, non era quella la verità, non c'era quello dietro la Variante.

«Professore?» sentì una voce di donna che sperava fosse Cinzia, che avrebbe voluto con tutto il cuore fosse lei, che però non lo sarebbe mai stata.

«Piero?»

La luna ruppe le nuvole e illuminò l'orizzonte.

E accadde più o meno come quando la pallina della roulette corre velocissima, rimbalza da tutte le parti e all'improvviso, quasi magicamente, trova la casella in cui fermarsi mentre tutto rallenta.

E alla fine si ferma.

Montecchi riuscì a vedere il mare.

E il mare gli portò la verità.

L'ultima verità impossibile di una storia impossibile.

«Torniamo dentro» disse ad Anna.

Aveva una strana espressione nello sguardo.

«Che succede?»

«Ti porto a vedere la Variante.»

«La variante di che cosa?»

Montecchi guardò la luna, riconoscente.

Era grato per avergli fatto vedere il mare.

E per averlo aiutato a capire.

«La Variante della vita.»

28

Montecchi salì le scale d'emergenza due gradini alla volta.

«Mi vuoi spiegare cosa sta succedendo?» gli chiese Anna quando si fermò, affannata, al secondo piano.

«Dobbiamo tornare nell'ufficio di Venturi, ti spiegherò tutto lì. Pensi che ci sia ancora qualcuno dei tuoi colleghi, lì dentro, a lavorare?»

Anna lo fissò e decise che si sarebbe fidata di lui, fino in fondo: «Non lo so. Forse c'è ancora qualcuno della Scientifica».

Montecchi guardò l'orologio: erano quasi le nove, si trovavano lì da più di tre ore.

«Dobbiamo stare da soli in quella stanza per una decina di minuti, aiutami a trovare il modo.»

«Io...»

«Anna, aiutami. E poi capirai.»

Lo guardò e, senza una parola, lo superò per salire l'ultima rampa di scale che portava all'ufficio di Venturi.

Apparve per prima sulla soglia della stanza e vide, con sollievo, che erano rimasti solo due uomini della Scientifica.

Anna s'identificò e poi decise di mentire; dopo avrebbe trovato una scusa più credibile.

O almeno ci avrebbe provato.

«Vi cerca il vostro capo, dice che è urgente e che vi aspetta al cancello d'entrata per verificare una cosa.»

I due uomini in tuta bianca si guardarono, incerti.

«Fate voi, ma mi sembrava che fosse in compagnia del questore» ribadì lei.

Non erano abituati a discutere le indicazioni di un superiore, e la dirigente dell'Unità delitti insoluti di Roma lo era, ma fu la parola "questore" a farli scattare.

Interruppero quello che stavano facendo e imboccarono le scale, ringraziando la collega.

Anna li sentì scendere e poi chiuse senza far rumore la porta d'emergenza, mentre l'ascensore, unico altro punto di accesso all'ufficio, era stato bloccato al piano.

Erano soli e irraggiungibili.

Anna allargò le braccia: «Bene, ora è possibile che mi caccino dalla polizia. Spero che almeno avvenga per un motivo valido».

«Perché gli hai detto del cancello?»

«Ci metteranno di più ad andare là, accorgersi della cazzata che ho detto e tornare indietro. Ti ho dato più tempo.»

Montecchi la ringraziò con un cenno della testa e si diresse verso la scrivania di Venturi, occupata quasi interamente da un portadocumenti in pelle.

Poi si tolse il trench e si sedette sulla poltrona.

Tutte le carte che aveva visto lì sopra la prima volta erano sparite, prima fotografate e poi sequestrate dalla polizia.

Sul ripiano c'era solo un grande monitor piatto, spento, e una tastiera.

Montecchi guardò sotto la scrivania e vide che non c'era alcun PC, nessun processore, nessun disco fisso; solo un grande cavo partiva dallo schermo e spariva in un piccolo foro nel parquet, per finire chissà dove.

Il monitor era collegato con buona probabilità direttamente ai server centrali della Beyond attraverso quell'unico cavo.

«La telecamera è attiva» disse Anna, indicando una minuscola spia rossa che brillava su una protuberanza della parte superiore dello schermo.

Montecchi premette un tasto a caso e un piccolo cursore verde si illuminò in alto a sinistra, brillando sullo schermo nero.

«Allora non era spento, era in pausa» aggiunse lei.

«Credo che questo computer non sia mai stato spento.»

«Ma che vuoi fare?»

Montecchi si piegò sulla tastiera: «Vedere se ho ragione».

Poi iniziò a scrivere.

Buongiorno, professor Venturi digitò. Non ci fu neppure bisogno di premere il tasto *Invio*.

Anna impallidì: «Ma che ca…?».

Non fece in tempo a finire la frase che un'altra riga di caratteri verdi apparve sotto quella che aveva appena scritto Montecchi.

Non è più giorno, secondo il mio orologio, professor Montecchi.

La spia rossa della telecamera brillava.

Montecchi tornò a scrivere sulla tastiera.

Lei è il professor Venturi? Il professor Venturi che è morto nel 2010?

Il cursore lampeggiò due secondi, prima di comporre la risposta:

In un certo senso.

Montecchi soffiò, gonfiando le guance.

E un'altra frase apparve.

Nervoso, professor Montecchi?

No, rispose lui, ed ebbe l'istinto di coprire quella maledetta telecamera.

E ancora un'altra frase: **Se ha l'intenzione di oscurare la telecamera, la prego, non lo faccia. Userei comunque le altre, dove lei non può arrivare.**

Montecchi alzò lo sguardo, si ricordò della presenza delle telecamere negli angoli del soffitto e cercò di limitare le sue reazioni, anche se era difficile oggettivamente.

Anna, più semplicemente, guardava lo schermo ammutolita.

Sto parlando con una variante del professor Venturi?

Il cursore era immobile, e Montecchi colse l'occasione per proseguire.

È lei la Variante, vero?

Il cursore lampeggiava ancora e lui continuò a scrivere.

Credevo fosse solo teoria e non so come ha fatto, ma la sua tecnologia è riuscita a copiare il suo cervello e a trasferirlo – cercò una parola adeguata, poi scrisse semplicemente – **lì. Ho indovinato?**

«Ma cosa...?» chiese Anna, che non capiva. O, meglio, la sua mente si rifiutava di capire.

Montecchi le parlò mentre il cursore lampeggiava ancora e quella... "cosa" sembrava elaborare una risposta: «In inglese si chiama *mind uploading*, che in modo letterale si traduce con "caricamento della mente". È un processo, finora e sottolineo finora ipotetico, attraverso il quale si potrebbe copiare il cervello con tutte le sue facoltà e i suoi ricordi in un sistema artificiale».

«L'intelligenza artificiale?»

«Qualcosa di molto superiore.»

«Il cervello umano dentro a un computer?»

«Più o meno. È il cervello "copiato" in un computer attraverso un processo di scansione e mappatura dell'organo biologico, finito il quale lo si riversa in un sistema informatico. Non è il computer che si fa uomo, come vorrebbe fare l'intelligenza artificiale, ma l'uomo che si fa computer, amplificando se stesso.»

«Ma è fantascienza!» No, Anna non stava facendo una domanda.

Montecchi scosse la testa, poi si ricordò di dover limitare le sue reazioni: «Alcuni ricercatori lo ritenevano impossibile fino allo sviluppo di computer molto più veloci, i computer quantistici, previsti non prima del 2045. Eccolo, il tesoro che ha lasciato Giovanni Venturi. Prima ha creato questi computer con venti, trent'anni d'anticipo, e scommetto che sono dove finisce il cavo che vedi sparire sotto il parquet, e poi ha ricreato se stesso. Non è fantascienza, Anna, è la Scienza di domani. Anzi, oggi. Qui e ora».

Anna tacque, sgomenta.

«Con questo processo, la mente si distacca dal corpo biologico e non è più legata ai limiti fisici di quel corpo» aggiunse Montecchi.

«Mi stai dicendo che...»

«Che quest'uomo ha superato il confine fra la vita e la morte. Anzi no, è più giusto dire che ha cancellato quel confine. E può continuare a esistere finché la copia digitale della sua mente, enormemente più veloce e con più conoscenza di qualunque vivente, non verrà distrutta o cancellata. La Variante è lui, Anna, lui o in qualunque altro modo tu lo voglia definire: è la Variante della vita come la conoscevamo fino a oggi. Immortale, onnipresente grazie al web che connette il mondo ed è onnisciente.»

Montecchi quasi non credeva alle sue stesse parole.

Bravo, professor Montecchi, apparve sullo schermo.

C'è anche un microfono, pensò, *da qualche parte.*

Che altro sarei?, chiese ancora la macchina.

Montecchi aggrottò la fronte e iniziò a scrivere, premendo i tasti con determinazione.

So che cosa era prima, professor Venturi: un uomo molto malato che ha sterminato la sua famiglia.

«Piero, guarda» disse Anna mentre era intento a scrivere.

Lui alzò la testa e vide che su metà schermo era apparsa l'immagine della pagina del *Corriere della Sera* che riportava l'assoluzione definitiva del premio Nobel per la Fisica Giovanni Venturi, imputato dell'omicidio della sua seconda moglie e delle sue due figlie.

Montecchi ignorò il messaggio e continuò a digitare:

e che ha trasformato suo figlio in un assassino e i suoi nipoti in mostri come lei.

Poi si appoggiò allo schienale della poltrona e fissò la telecamera sul computer: *ora mi fa esplodere lo schermo in faccia*, pensò istintivamente.

Dopodiché, una dietro l'altra, lettere verdi iniziarono ad apparire e a comporre parole e frasi.

Ho creato un'azienda che sarà ricordata nella storia dell'umanità. Ho creato un nuovo sistema di calcolo quantistico con trent'anni d'anticipo, professore, e anche i governi sono venuti in ginocchio da me per provare a sottrarre i miei segre-

ti. Sappia che non ci sono riusciti e non ci riusciranno. Il mio lavoro mi ha salvato. Ha salvato la mia mente. E ha permesso di superare i concetti di vita e di morte. È andato oltre, professore, oltre.

Perché ha scelto se stesso?, scrisse Montecchi dopo un attimo di riflessione, scegliendo una fra le mille domande che avrebbe voluto fare.

Lo schermo rispose: **Mentre il mio fragile corpo moriva, non potevo permettere che accadesse lo stesso alla mia mente. Dovevo difendere quello che avevo creato. Mio figlio era un debole, non ci sarebbe mai riuscito da solo. Il processo di emulazione del cervello, il suo trasferimento neurone per neurone – 86 miliardi di neuroni interconnessi da 100 trilioni di sinapsi – meritava un candidato all'altezza, una mente superiore. Un genio che non poteva far morire il suo cervello. Io.**

Montecchi tornò a piegarsi sulla tastiera: **La Scienza non...**

Non osi parlare a me di Scienza, lo interruppe la macchina, **Io mi sono fatto Scienza, io sono la Scienza.**

Come ha fatto a firmare l'accordo con i militari?, scrisse Montecchi, sempre più turbato all'idea di stare conversando con una macchina di un livello intellettivo mai visto.

Professor Montecchi, mi sorprende. La costruzione di arti artificiali è una delle gemme più preziose di quest'azienda. Volevano una prova che esistessi davvero e l'hanno avuta.

Voleva rispondere sul concetto di "esistere", ma Anna lo scosse: «Non abbiamo più molto tempo» disse guardando fuori dalla finestra.

Io la spegnerò, scrisse Montecchi d'istinto, senza sapere come effettivamente avrebbe fatto.

Il cursore lampeggiò un secondo di più.

Non lo farà, professor Montecchi. Perché non glielo permetteranno. Stia a vedere.

Montecchi non fece in tempo a pensare cosa volesse dire, che un'esplosione scosse l'intera stanza.

Dalla porta d'emergenza, che non esisteva più, fecero irruzione alcuni uomini armati in divisa, senza alcun contrassegno o bandiera che li identificasse, e col volto coperto da maschere tattiche.

«Anna!»

Ma tutto avvenne con rapidità impressionante e un'efficacia chirurgica.

Due uomini presero Montecchi, che non aveva avuto neanche il tempo di alzarsi dalla poltrona, e altri due Anna.

Prima che un cappuccio nero gli venisse calato sul viso, fece in tempo a vedere che lo schermo era tornato a essere completamente nero.

Come tutto il suo mondo.

29

Piero Montecchi, con il cappuccio in testa, venne portato giù per le scale d'emergenza dai due uomini.

Poi fu spinto, con forza ma senza eccessiva rudezza, a salire su qualcosa di più alto di un semplice gradino e lo misero a sedere su una superficie metallica.

Sentì sbattere qualcosa, come una porta, e poi un motore che si metteva in moto.

Un furgone, pensò Montecchi, cercando di recuperare l'autocontrollo che aveva imparato a gestire durante l'addestramento da parà.

Il furgone, o qualunque altra cosa fosse, si mosse lentamente in avanti e lui si concentrò sul percorso.

Capì facilmente che stavano uscendo dalla Beyond e, percorrendo al contrario via delle Ginestre, scendevano verso il mare.

Riconobbe i tornanti di quella strada grazie a qualcosa che neanche quegli uomini potevano oscurare, come avevano fatto invece con la sua vista: la forza centrifuga cui veniva sottoposto il suo corpo quando il furgone curvava.

Riuscì, grazie alla sua mente analitica e alla memoria, a "leggere" quel percorso fino a quando il furgone rallentò, fino quasi a fermarsi, per poi scattare nuovamente in avanti: si stavano immettendo sull'Aurelia.

Sentì il suo corpo scivolare verso destra e capì che erano diretti verso est, allontanandosi dal confine con la Francia.

Valutò che stavano tornando verso Ventimiglia, poi perse ogni riferimento mentale, e si rassegnò a essere trasportato dove quegli uomini volevano condurlo.

Percepì che c'era qualcuno assieme a lui, nel cassone del furgone, ma decise di non parlare, sicuro che non avrebbe ottenuto niente da loro.

Già, pensò Montecchi, *ma chi sono "loro"?*

Avevano fatto un'irruzione armata dentro la Beyond, ancora controllata dalla polizia, che non poteva non aver notato quello che era successo.

Cercò di ricordare, momento per momento, quel che era accaduto: l'arrivo nell'ufficio di Riccardo Venturi, la sua conversazione con il computer che conteneva la mente di suo padre Giovanni – cercò di isolare in un angolo recondito del suo cervello quanto quella cosa lo turbasse – poi l'esplosione e quegli uomini armati e mascherati che portavano via lui e Anna.

Anna.

Al ricordo della donna ebbe una fitta allo stomaco.

Era una poliziotta, certo, ma lui non aveva saputo minimamente proteggerla.

Aveva solo urlato il suo nome quando li avevano presi, ma lei non aveva risposto.

E ripensando a tutti quelli che erano morti in quella storia – assassinati, stroncati da malori improvvisi, suicidi o "suicidati" – non poté impedire a una goccia di sudore gelido di formarsi su una delle sue tempie e di scendere sul volto.

Il viaggio non durò molto, forse un'ora o forse meno, calcolò Montecchi.

Sentì che il furgone si fermava, che l'uomo silente davanti a lui si alzò e che il portello da dove era entrato si apriva.

Venne aiutato a scendere, sempre senza violenza, e sentì un vento gelido sferzarlo.

Era all'aperto, senza il suo trench imbottito, e aveva freddo.

Ancora col cappuccio in testa, ma senza essere ammanettato o cose simili, venne accompagnato fino a quella che capì essere una scala, perché una voce gli intimò: «Salga».

Eseguì tenendosi al corrimano da entrambi i lati; un'altra persona, davanti a lui, lo prelevò all'ultimo gradino e lo accompagnò fino a una sedia.

Sentì un rumore, come un sibilo.

Poi, da dietro, gli venne tolto il cappuccio.

«Guardi sempre dritto davanti a sé» ordinò la stessa voce di prima. «Non provi a voltarsi, altrimenti sarò costretto a rimetterle il cappuccio per tutta la durata del viaggio e…»

«Dove…»

«… e resti in silenzio. Non apra il finestrino. Se ha sete, c'è quella bottiglietta d'acqua. Se ha bisogno di andare in bagno, la trattiene. La nostra conversazione finisce qui. Si allacci la cintura di sicurezza.»

Montecchi sentì il sibilo crescere d'intensità. Prese la bottiglietta per bere un sorso d'acqua.

È la degna conclusione di tutta questa storia, pensò. *Sono su un altro maledetto aereo.*

Che decollò dal piccolo aeroporto di Villanova d'Albenga, il Riviera Airport, ottanta chilometri a est di Ventimiglia.

E a est continuò ad andare.

Ma il volo, per sua parziale gioia, durò poco perché Montecchi non poteva sapere di essere su un bimotore Gulfstream G650, il business jet più grande e veloce dell'azienda statunitense, capace di trasportare fino a un massimo di diciotto passeggeri e, soprattutto, di volare a novecento chilometri all'ora.

Montecchi sentì l'aereo salire alla quota di crociera e poco dopo iniziare già a scendere.

Non appena le ruote del Gulfstream toccarono terra, il suo sospiro di sollievo durò pochissimo.

Fece in tempo a guardare l'orologio e a vedere che era quasi mezzanotte.

Poi, senza alcun preavviso e senza dire una parola, gli venne rimesso il cappuccio e, appena sentì l'aereo fermarsi, fu invitato bruscamente ad alzarsi e a muoversi lungo lo stesso percorso di prima.

Si rese conto di essere di nuovo all'aperto, in cima alla scaletta dell'aereo, quando una folata di vento molto più freddo del precedente lo investì in pieno, facendolo barcollare fino a rischiare di cadere all'indietro.

Una mano e una voce lo fermarono: «Ora scenda, piano. Si tenga al corrimano per non cadere, come ha fatto prima».

Montecchi eseguì e, alla fine delle scale, una mano lo prese per un braccio e lo accompagnò fino a terra.

Poi camminò finché un'altra mano si appoggiò sopra la sua testa e lo spinse verso il basso.

«Si chini e si sieda» lo invitò un'altra voce.

Capì che erano in un'auto.

La macchina scattò in avanti e dopo poco tempo, una decina di minuti al massimo, si fermò di nuovo.

Aprirono lo sportello e Montecchi, preso per un braccio, fu fatto scendere.

Stavolta si accorse che erano due le persone che lo accompagnavano, tenendolo per entrambe le braccia.

Quando non sentì più freddo, capì che erano entrati in un ambiente chiuso.

Cercò di concentrarsi sul percorso che stava facendo: non sarebbe servito a nulla, ma assecondava il bisogno di tenere occupata la sua mente.

Per non far prendere il sopravvento alla paura.

Così Montecchi iniziò a calcolare lo spazio intorno a sé in modo analitico, minuziosamente: ventuno passi dopo aver finito di sentire freddo, due gradini, un ascensore che scende, forse di due piani, ventitré passi, sinistra, otto passi, ancora sinistra.

E due mani che lo spingevano lievemente sulle spalle per farlo sedere.

E via il cappuccio.

E davanti a lui l'ex ministro Emanuele Orsini.

Che sorrideva tranquillo, come se fossero ancora su quella magnifica terrazza nel cuore di Roma.

30

«Buonasera, professor Montecchi. Non mi aspettavo di riverderla così presto. Lei è un uomo di molte risorse e straordinaria acutezza. La sua reputazione è assolutamente meritata.»

Il cervello umano, di qualunque essere umano, segue percorsi tutti suoi, a volte inaspettati, e anche quello di Montecchi fece la stessa cosa.

Fra le infinite domande che poteva fargli, il suo cervello scelse quella più lineare, forse più semplice, che lo collegava all'ex ministro.

«Dov'è Anna?» chiese perciò Montecchi.

Orsini si rabbuiò: «Le avevo detto di tenerla lontana da questa storia».

«Dov'è Anna?»

«Al sicuro. Non le verrà fatto alcun male, ma questo dipende anche da lei, professore.»

Montecchi corrugò la fronte: «Cosa vuol dire?».

«Che, in base alle sue prossime decisioni, ad Anna non accadrà niente. E neanche a lei.»

Montecchi lo fissò: aveva sbagliato a considerare innocuo quell'uomo non più giovane.

Ora che lo vedeva per quel che era, e che ne ascoltava le parole, percepì la sua assoluta mancanza di umanità.

Era come un animale a sangue freddo, un coccodrillo che

galleggiava a pelo d'acqua, invisibile ma pronto ad attaccare, ad azzannare chiunque. Soprattutto chi provava a entrare, non gradito, nel suo territorio.

Come lui.

E Anna.

I due uomini si fissarono.

Il tempo delle cortesie è finito, pensò Montecchi: «Ora capisco perché sua moglie si è suicidata».

Orsini non mosse un muscolo: «Peccato, era una donna debole».

«Di sicuro meno forte di lei, che è pronto a uccidere sua figlia se io non faccio quel che lei mi obbligherà a fare.»

«Quante parole, professore. E poi non decido io. Anzi, per la precisione, non decido *solo* io» replicò l'ex ministro.

Sì, pensò Montecchi osservandolo meglio, *sembra proprio un coccodrillo quando sorride.*

E sorrideva sempre.

«Che vuole da me?» gli chiese dopo qualche secondo.

Orsini si sporse lentamente in avanti, incrociando le mani sul tavolo che li divideva.

«Intanto mi dispiace per tutto questo disagio, ma è stato deciso così.»

«Disagio? Lei, questo, lo chiama disagio? Io lo chiamo sequestro di persona. E poi,» continuò Montecchi, con voce sempre più alta, sporgendosi a sua volta verso il suo interlocutore «chi ha deciso cosa? Dove sono io adesso?»

«Professore,» rispose Orsini «se avessimo voluto che lei lo sapesse, le pare che le avremmo messo il cappuccio?»

Ah già, pensò automaticamente Montecchi, *questo è l'uomo delle domande retoriche.*

Guardò la stanza senza finestre dove si trovavano: senza specchi, né telecamere, né microfoni.

Almeno per quello che poteva vedere, erano totalmente soli.

Orsini si accorse dello sguardo di Montecchi puntato verso l'alto: «Nessuna telecamera qui. In certe stanze non vogliamo avere occhi indiscreti che ci possono osservare mentre parliamo di cose importanti. Penso che capisca a cosa mi riferisco».

Lo capisco eccome, pensò: «E allora mi dica che succede».

«Possiamo dire che il CICAP del mio caro amico Giancarlo spende bene i soldi che gli doniamo. Ha fatto di nuovo centro: non c'è niente di soprannaturale in quei due orribili omicidi in contemporanea a migliaia di chilometri di distanza, niente di strano e...»

«Niente di strano?» lo interruppe Montecchi, che ormai aveva revocato la regola di Cinzia del contare sempre fino a cinque prima di dare voce ai suoi pensieri.

«Stavo parlando di soprannaturale, professore, non di questioni scientifiche.»

«Hanno imparato a clonare le persone. Questa non è una questione scientifica e basta, come la chiama lei. Questo è...»

«Professore, non hanno imparato. Hanno creato dei cloni imperfetti, per il momento...»

«Hanno creato degli assassini.»

Orsini non smetteva di fissarlo: «Imperfetti. Dovevano solo soddisfare dei bisogni, indispensabili per continuare a vivere».

«E tutta quella povera gente senza nome rapita e uccisa a Ventimiglia?»

«Danni collaterali, professore. Danni, peraltro, di cui non importa niente a nessuno. Non siete voi scienziati che usate quei piccoli topolini bianchi per i vostri esperimenti? Per testare nuovi farmaci o...»

«Stiamo parlando di persone qui, di uomini e donne. Persone. Non topolini da laboratorio» alzò la voce Montecchi.

«Servivano. E comunque le ricordo che i fratelli Venturi sono stati già presi.»

«E chi mi dice che non ce siano altri?»

«Chissà, professore. Ma la discriminante è che non siano più... imperfetti, no?»

Montecchi seguì il suo ragionamento: «L'ho capito, sa? I cloni imperfetti, come li definisce lei, erano solo un modo per distrarre me e Anna, per portarci più lontano dalla verità, più lontano dalla Variante. Per quello ci ha fatto scoprire la foto dei due ragazzi nella chiavetta USB che mi ha dato: perché alla fine li trovassimo. E dando anche ad Anna, per placarla e distrarci ancora di più, quel che disperatamente voleva: verità e giustizia per le vittime del massacro del 2003. Invece, il contratto con gli *omissis* che mi ha passato era solo un'arma di distrazione di massa. Sbaglio?».

Orsini annuì impercettibilmente con la testa: «Le ho appena detto quanto lei, a mio giudizio, sia un uomo di grande valore».

«Dunque, la Variante non è altro che Giovanni Venturi stesso. Un uomo che, grazie alla tecnologia da lui creata con decenni di anticipo sul previsto, è riuscito a completare la mappatura del cervello, il suo, e a trasferirlo dentro una macchina. Lo sa, vero, che per un uomo di Scienza come me tutto questo è aberrante?»

«Si ricorda cosa le dissi sulla Variante, quando eravamo a Roma?»

Il cervello di Montecchi rielaborò la frase di Orsini: "quando eravamo a Roma" significava che in quel momento non erano nella capitale.

L'ex ministro continuò: «Le dissi che la Variante avrebbe potuto cambiare l'umanità, modificare il corso della Scienza».

«Venturi, la sua mente nel computer o quel che è, mi ha fatto capire che non avrete mai la sua tecnologia, quella che gli ha permesso di fare di sé quello che ha fatto.»

«So che ha parlato con lui e...»

«Lui? Lo definisce un "lui"?»

Orsini lo squadrò: «È Giovanni Venturi. In un'altra... forma. Ma è sempre lui, sì. In che altro modo dovrei definirlo?».

«Un mostro, una degenerazione scientifica.»

«È il futuro, professore.»

«E quello doveva essere: futuro! Non oggi, non così, non senza regole. La Scienza ha bisogno di regole.»

«E chi le decide queste regole, professore: lei? Altri? Chi?»

Montecchi scosse la testa: «Non esiste la Scienza senza etica. La Scienza ha il dovere d'interrogarsi sui dilemmi morali determinati dai grandi temi della tecnologia del futuro, della medicina moderna, della nostra società. Del nostro mondo. La Scienza non può essere un Far West».

«Ma noi non vogliamo che lo sia, professore. Per questo vogliamo conoscerla: per controllarla. E possiamo farlo.»

«Chi controlla chi, in questo momento? Lei, e tutti quelli che sono con lei, voi tutti non avete la minima idea del potere che ha raggiunto la mente di Giovanni Venturi.»

«Professore, vale la pena correre il rischio. La tecnologia che lui ha scoperto sarà resa disponibile al mondo. Malattie che non hanno cura oggi, potranno essere curate domani. Anzi, non esisteranno nemmeno più, perché potremo intervenire prima sul nostro patrimonio genetico.»

Montecchi sorrise, appoggiandosi allo schienale della sedia e incrociando le braccia sul petto: «La smetta di offendere la mia intelligenza. La Scienza, la medicina, non c'entrano niente: è solo una questione di potere. Potere con la P maiuscola. Lo sa lei e lo so io. Almeno la smetta di ammantare di poesia questa... mostruosità».

«Noi potremo...» iniziò Orsini, ma l'altro lo interruppe colpendo il tavolo con un pugno.

«Perdio, quell'uomo è riuscito a trasportare il suo cervello in una rete artificiale, moltiplicando per non so quante volte le sue capacità. Quell'uomo ha cancellato il confine fra la vita e la morte. Quell'uomo ha creato...» Cercò la parola giusta, ma Orsini la pronunciò prima di lui.

«L'immortalità, esatto.»

Montecchi lo guardò come avrebbe guardato un bambino di dieci anni, seduto su una cassa di dinamite e con un fiammifero acceso in mano: «No, ministro. Venturi ha creato la fine del mondo. La fine del mondo per come noi lo conosciamo».

Orsini allargò le braccia: «Ma lei di questo non ne farà mai parola con nessuno».

Montecchi lo fissò con rabbia: «Il mondo deve sapere».

«Cosa dovrebbe sapere, professore?»

«Che lo state distruggendo.»

«O magari lo stiamo migliorando.»

«Sì, certo...» rise forzatamente Montecchi. «Far sparire malattie incurabili e altre favole. Lei ci crede davvero? Ma mi faccia il piacere.»

«Non sono favole. E sono qui apposta perché anche lei possa crederci. E taccia.»

«Perché? Perché dovrei farlo? Per Anna? Perché?»

Orsini sospirò e si alzò in piedi.

Bussò alla porta alle sue spalle, che poco dopo si aprì.

Vide una mano dargli qualcosa, un oggetto piatto e scuro, poi la porta si richiuse.

Il vecchio politico superò il tavolino, ci appoggiò sopra il computer portatile che gli era stato dato e lo aprì.

Lo schermo era nero.

Poi tornò verso la porta.

«Perché dovrei tacere?» chiese ancora Montecchi.

L'altro drizzò le spalle e si voltò.

«Perché noi siamo i buoni.»

Lo schermo si accese nell'esatto momento in cui Orsini uscì dalla stanza.

Montecchi vide l'immagine di una spiaggia, in riva al mare.

Ma era un video, non un'immagine, e la ripresa si spostò lentamente finché inquadrò una figura.

Che si voltò fino a guardare direttamente chi stava riprendendo.

O, meglio, *chi* la stava guardando.

Piero Montecchi smise di respirare.

Sentì gli occhi riempirsi di lacrime e quella voce che per tanto tempo aveva occupato le sue notti, nei suoi sogni.

«Ciao, Amore.»

Cinzia lo guardava e sorrideva.

«Ora mi devi solo ascoltare.»

Epilogo

La Grande-Motte, Francia
20 febbraio 2024

Winston correva sulla spiaggia infinita della Grande-Motte, in uno straordinario contrasto cromatico fra il blu del mare del Golfo del Leone e il bianco degli enormi edifici creati dall'architetto Jean Balladur, che spuntavano da tutte le parti e volevano ricordare le piramidi precolombiane.

Il mistral, il vento impetuoso di quella zona, in Italia chiamato maestrale, aveva spazzato via ogni nuvola e il cielo era di un azzurro commovente.

Piero Montecchi, imbacuccato nel suo giubbotto, mani in tasca, passeggiava assorto, mentre Winston gli saltellava intorno, correva libero sulla spiaggia deserta e poi tornava, felice da lui.

Sentì la vibrazione del cellulare nel giubbotto: lo prese e vide che era Anna, dal suo ufficio.

Sorrise e pensò che anche lei aveva trovato un motivo valido per tacere, ma non gli aveva detto quale fosse.

L'avrebbe richiamata: l'animo di quella donna sapeva di buono.

Ma lui si era preso qualche giorno di ferie e aveva scelto di andare in un luogo che gli ricordasse Cinzia, la sua Cinzia.

Perché doveva fare i conti con quello che aveva visto e sentito, motivo per il quale aveva poi deciso di non parlare.

Alla fine, Orsini lo aveva condotto fuori e solo all'esterno, poco prima dell'alba, aveva capito che si trovava dentro la base di Aviano, dove parte di quella storia era cominciata: la parte che più gli stava a cuore.

Anche il tenente colonnello Cinzia Sanesi era stata trasportata nel mondo di Giovanni Venturi.

E aveva scelto di entrarci da sola, volontaria; si era offerta, una volta che aveva capito cosa ci fosse oltre il progetto Variante.

Non era stata una scelta dovuta alla malattia, era stato solo l'ultimo atto – casuale o no, lui non l'avrebbe mai saputo – di una vicenda oltre i confini della realtà che lui conosceva, oltre i confini della "sua" scienza, dove Cinzia aveva coraggiosamente deciso di andare.

Per sfida, per incoscienza, e fors'anche per la consapevolezza di poter conquistare un frammento di eternità, cosa che a Montecchi faceva spavento al solo pensiero.

E, forse, era stata proprio quella scelta a regalarle la straordinaria serenità che le aveva visto addosso, come un'invisibile armatura, nei suoi ultimi mesi di malattia.

Una serenità nata dalla certezza che il cancro non avrebbe spento tutto, ma che tutto si sarebbe acceso di nuovo, sotto una luce diversa.

Perché era letteralmente *dentro* al Progetto Variante.

Non solo per scoprire se tutto quel nuovo mondo avrebbe potuto portare qualcosa di buono e cosa, ma anche per impedire che un uomo solo, una cosa sola, potesse controllare l'intero sistema.

E controllarlo da dentro, alla pari, con le stesse conoscenze e forze, sarebbe stato l'unico modo possibile.

«Noi siamo i buoni» gli aveva detto Emanuele Orsini, ma nessuno poteva definirsi buono in quella storia.

Nessuno, neanche lui che alla fine aveva deciso di tacere, una volta saputo che Cinzia aveva e avrebbe sempre avuto un ruolo determinante.

E Cinzia, la sua Cinzia, la mente di lei era e restava buona. Di lei si sarebbe sempre fidato.

Quando l'aveva vista, aveva creduto a un altro trucco grafico del computer, come il famoso video che aveva spinto il procuratore di Imperia a togliersi la vita.

La costruzione di una realtà parallela, virtuale, diversa.

E la negazione era stata la risposta quasi immediata.

Ma Cinzia, o quel che era adesso, un'immagine riprodotta dal computer, aveva scosso la testa e gli aveva solo mostrato la sua mano.

«Lo riconosci?» gli aveva detto.

Certo che lo riconosceva: al dito portava l'anello che aveva comprato per lei, il suo regalo per San Valentino. Poi lo aveva depositato ancora impacchettato nella bara, prima della sepoltura.

Ma come hai fatto a saperlo, ovunque tu sia, se lo sapevo soltanto io?, ricorda di averle chiesto quasi in lacrime.

Lei aveva sorriso e gli aveva spiegato com'era andata: che il giorno della sua morte lui, Piero, aveva guardato attraverso le telecamere di sicurezza del cimitero e che lei, invece, aveva seguito quelle dell'impresa funebre, dove si vedeva lui che lasciava un pacchetto regalo accanto al suo corpo, prima che la bara venisse chiusa.

Da dove era adesso, *e per come era adesso*, in pochi secondi, aveva potuto controllare la sua carta di credito e riguardare i video delle telecamere di sicurezza del gioielliere relativi al giorno e all'ora in cui aveva fatto l'acquisto.

Aveva visto il suo regalo e ne aveva creato una copia digitale, per tenerlo con sé, nel suo mondo, per sempre.

Poi avevano parlato a lungo e si erano detti addio, perché sapevano entrambi che il punto di non ritorno, per tutti e due, era stato superato.

Non c'era posto per lui nella sua eternità. Nella sua vita, quella vera, tangibile, Cinzia era fatta ormai della stessa sostanza dei sogni. Era andata via, non sarebbe tornata mai più.

Lo sapeva, lo aveva accettato, anzi no: accettato non era la parola giusta, disse fra sé.

Lo aveva... incassato. Sì, incassato come un pugno preso in faccia sul ring, che ti fa traballare, mette in dubbio ogni certezza, oscura la speranza del futuro.

Cinzia aveva scelto un mondo in cui lui non avrebbe mai potuto accedere, e lo stesso giorno in cui l'aveva ritrovata, era chiaro che avrebbe dovuto lasciarla andare.

Per sempre, senza rimpianti.

Il loro frammento d'eternità avrebbe dovuto essere l'amore. Quella era un'altra cosa. E lui non ne avrebbe fatto parte.

Così avrebbero vissuto senza l'altro, nel ricordo dell'altro.

In due mondi diversi.

Il mistral spazzò con più forza la spiaggia. Lontano, a ovest, un fronte compatto di nuvole nere annunciava pioggia e temporali.

Montecchi si strinse nel giubbotto, con le mani nelle tasche, e cercò di non piangere, mentre pensava che avrebbe tanto voluto abbracciarla un'ultima volta.

E forse, chissà, un giorno sarebbe accaduto.

In un altro tempo.

In un altro spazio.

Oltre.

Dello stesso autore

Brossura con bandelle - pp. 840 - euro 20,00

Gigi Paoli

I misteri di Firenze

Ironico, tenace, instancabile, Carlo Alberto Marchi divide le sue frenetiche giornate tra il lavoro di cronista al *Nuovo Giornale* di Firenze e la non meno sfiancante attività di padre single di Donata, la figlia adolescente che non si lascia sfuggire un'occasione per rimettere in riga questo padre irruente e affettuoso, che tenta invano di assumere un'aria di severità. Ma non è facile essere sempre sul pezzo quando le inchieste si susseguono senza tregua, riecheggiando tra le aule dell'avveniristico e inquietante Palazzo di Giustizia, da lui ribattezzato "Gotham City". Un anziano antiquario massacrato con ventitré coltellate in un antico edificio di via Maggio; il dirigente di una casa farmaceutica vittima di un misterioso incidente, mentre un'ondata di morti per overdose colpisce la città; e infine la scomparsa di un bambino di quattro anni che risveglia nei fiorentini la paura del "Mostro". In tutto questo, Marchi e il suo inseparabile collega "l'Artista" devono parare i colpi del direttore del *Nuovo*, che li marca stretti e non gradisce la loro tendenza all'insubordinazione…
Tre indagini piene di suspense e atmosfera, in una Firenze inedita, gotica e oscura che vi attirerà pericolosamente.

Adesso in un'unica edizione:
Il rumore della pioggia
Il respiro delle anime
La fragilità degli angeli

Gigi Paoli

Il giorno del sacrificio

Brossura con bandelle - pp. 432 - euro 16,90

È un lunedì mattina di fine settembre a Firenze, ma il cielo azzurro fa pensare a una giornata d'estate e niente lascia presagire l'incubo in cui la città sarà risucchiata di lì a poche ore. A bordo della sua auto il reporter Carlo Alberto Marchi si sta dirigendo a caccia di notizie verso Gotham City, il futuristico Palazzo di Giustizia, quando una telefonata allarmante del capocronista gli intima di correre subito al polo universitario lì vicino: è successo qualcosa di molto grave, qualcosa di cui ancora si sa ben poco. Un muro di poliziotti e ambulanze impedisce il passaggio a studenti e curiosi. Quando Marchi riesce finalmente a farsi strada, non è preparato a quello che sta per vedere: sangue dappertutto, una decina di studenti a terra, alcuni corpi coperti da lenzuola bianche. Un attentato? Le prime testimonianze confermano i dubbi più spaventosi: tra quei cadaveri si trova anche l'autore della carneficina, che dopo aver sparato all'impazzata si è ucciso urlando "Allah Akbar". Firenze si risveglia nel terrore, il panico si scatena in città, soprattutto quando le televisioni di tutto il mondo trasmettono un videomessaggio ricevuto da fonte anonima. Sullo sfondo della cupola del Duomo divorata dalle fiamme, una voce annuncia: «Crociati della città di Firenze, siamo qui. Il Giorno del Sacrificio sta finalmente arrivando anche per voi». È evidente che ci sarà un nuovo, terribile attentato. Ma dove? Rimangono solo cinque giorni per scoprirlo…

Gigi Paoli

Diritto di sangue

Brossura con bandelle - pp. 312 - euro 16,90

Dopo mesi di coma e buio totale, Carlo Alberto Marchi è finalmente uscito dall'ospedale, ma la sua rocambolesca caduta dalla passerella di "Gotham", il Palazzo di Giustizia di Firenze, ha lasciato pesanti conseguenze fuori e dentro di lui: è dipendente dagli antidolorifici, si muove con una stampella ed è tormentato da un fischio continuo nelle orecchie. Costretto a stare lontano dal lavoro al giornale, si consola con l'affetto della figlia Donata e l'inatteso ritorno dell'ex fidanzata Olga. Ma non è facile starsene a casa mentre la sua cronaca giudiziaria è stata affidata a una collega, che, come se non bastasse, ha fama di essere anche in gamba. Eppure, proprio nel momento più impensato, la vita lo chiama ancora a rapporto: il capocronista del *Nuovo* gli chiede ufficiosamente di sfruttare i suoi contatti per indagare su un omicidio che ha sconvolto la città. Nel parco delle Cascine viene trovato ucciso Giorgio Mati, il gestore di un furgone che distribuisce birra e panini ai viandanti notturni. Lo stesso Marchi ha concluso lì diversi turni, mangiando e bevendo insieme a poliziotti e trans. E ciò che rivelano le prime indagini ha dell'incredibile: il tranquillo paninaro nascondeva un passato cruento, che a poco a poco si incastra come un puzzle con gli anni più bui di Firenze. Ma soprattutto con un dolore che ha colpito la famiglia stessa di Marchi, e non ha mai avuto risposta. Una risposta a cui Marchi ha diritto. Un diritto di sangue.

Gigi Paoli

La voce del buio

Edizione tascabile - pp. 320 - euro 13,00

Da dodici anni alcuni anziani scompaiono di notte, senza lasciare traccia, tutti nello stesso modo: escono da Villa Imperiale, la sfarzosa casa di riposo sul Passo della Mendola dove sono ospiti, abbandonano i propri indumenti ai margini del bosco e si inoltrano nel buio richiamati da una voce... o almeno così riferiscono alle autorità gli amici e i parenti dei dispersi. Ogni due anni puntualmente la storia si ripete, senza che gli inquirenti riescano a venirne a capo. Mentre in paese si mormora che lassù c'è qualcosa di sovrannaturale per il susseguirsi di eventi inspiegabili, a far luce sul caso viene chiamato il professor Piero Montecchi. Fascinoso, ironico, innamorato della scienza e di una moglie perduta, Montecchi è docente di Neuroscienze forensi all'Università di Verona e membro del CICAP, l'ente che controlla le affermazioni sul paranormale.

Tra foreste silenziose, presenze inquietanti e un antico fatto di sangue che ha sconvolto per sempre il villaggio, lo scettico professore dovrà sciogliere i nodi di una vicenda che sembra trascendere i limiti della razionalità. Perché nessuno meglio di lui sa che l'enigma più contorto non è l'occulto, bensì la mente umana. Un mistero impossibile, macchiato dall'ombra di presenze oscure. Un meccanismo narrativo perfetto. Un nuovo grande protagonista del giallo italiano.

MISTO
Carta da fonti gestite
in maniera responsabile
FSC® C115118

Stampato presso Elcograf S.p.A.
Stabilimento di Cles